W0399889

Le Livre de Poche Jeunesse

Milamber
le Tout-Puissant

DU MÊME AUTEUR DANS
Le Livre de Poche Jeunesse

La Guerre de la Faille

Pug, l'apprenti magicien – Tome 1

L'héritage du dragon – Tome 2

Milamber le Tout-Puissant – Tome 3

RAYMOND E. FEIST

Milamber le Tout-Puissant

LA GUERRE DE LA FAILLE
TOME 3

Traduit de l'anglais (États-Unis) par Antoine Ribes

Le Livre de Poche Jeunesse
Bragelonne

Qui est l'auteur ?

Raymond E. Feist est né à Los Angeles en 1945 dans une famille d'origine lorraine, émigrée aux États-Unis. Il fait des études en communication, et publie en 1982 son premier roman où apparaît l'univers des jeux de rôles qui le fascinent tant. Il vit aujourd'hui en Californie du Sud avec sa femme, l'écrivain Kathlyn S. Starbuck, et leurs enfants.

Titre original : *Magician*
Copyright © Raymond E. Feist 1982, 1992 (édition révisée)
© Bragelonne 2005, pour la présente édition.
© Hachette Livre, 2007, pour la présente édition.
Effet de matière de la couverture : Jacques Barriac.

Je dédie ce livre à la mémoire de mon père,
Felix E. Feist,
en tout point, un magicien.

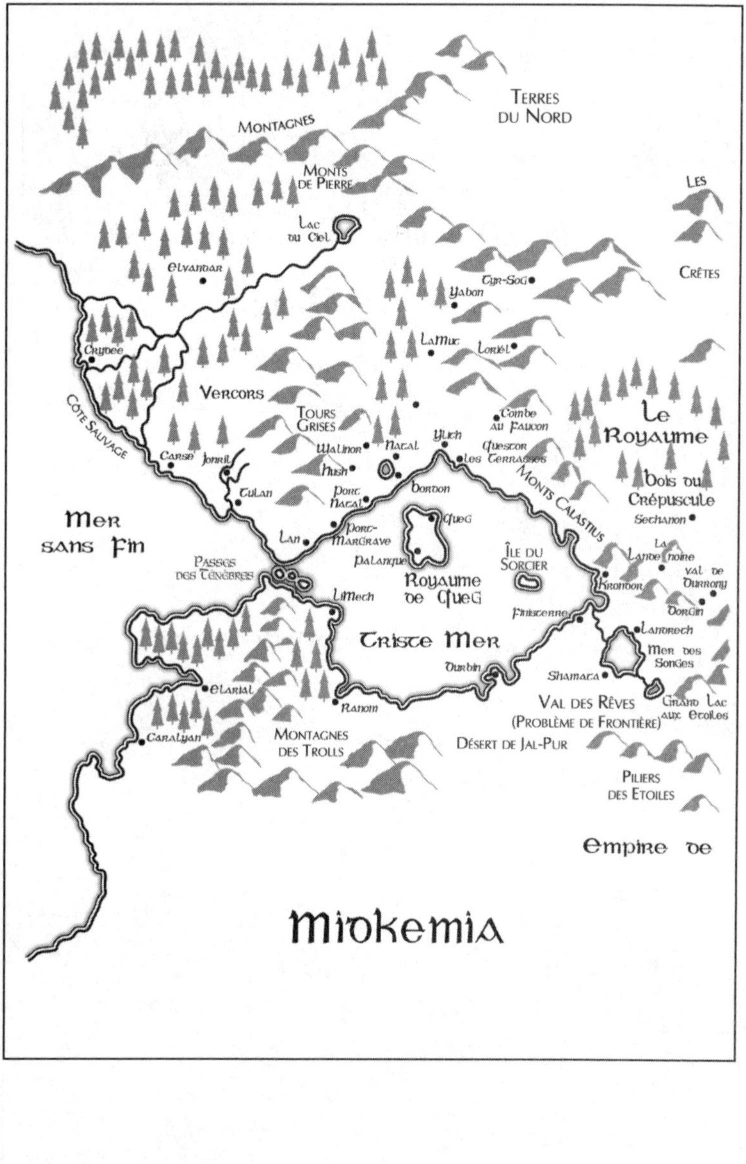
Terres du Nord
Montagnes
Monts de Pierre
Les
Lac du Ciel
Elvandar
Tyr-Sog
Yabon
Crêtes
LaMut
Loriél
Crydee
Vercors
Côte Sauvage
Tours Grises
Combe au Faucon
Le Royaume
Ylith
Questor
Les Terrasses
Walinor
Natal
Hush
Carse
Jonril
Tulan
Port Natal
Bordon
Monts Calastius
Bois du Crépuscule
Sethanon
Mer sans Fin
Queg
Lan
Port-Margrave
Palanque
Passes des Ténèbres
Île du Sorcier
La Lande noire
Val de Durrony
Royaume de Queg
Krondor
Limech
Dorgin
Finisterre
Landreth
Triste Mer
Mer des Songes
Durbin
Shamata
Elarial
Ranom
Val des Rêves
(Problème de Frontière)
Grand Lac aux Etoiles
Caralyan
Montagnes des Trolls
Désert de Jal-Pur
Piliers des Etoiles
Empire de
Midkemia

Crocs du Monde
Portes de Fer
Portes du Nord
N
O
E
S
Hautetour
Blanches
La Forêt-Noire
Rouez
Ran
Romney
Tiburn
Sadara
Croix de Malac
Silden
Cheam
Rillanon
Salador
Timons
Royaume de Roldem
Chaîne Grise
Mer du Royaume
Taunton
Vertes Etendues
Havre Mauve
Pont Suet
Pics de la Tranquillité
Kesh la Grande

TOUNDRA des THÜN
LA
Cité des Magiciens
l'Empire de
TSURANUANNI
AMBOLINA
NESHSKA
Mixoxa
Holan-Qu
Tusan
Migran
Nar
Iles de la Garde
Pesh
Mer de Sang
Kelewan
0 100 200 300 400 500 600
Banganok (ruines)
DUSTARI
TSUBAR
(la Terre Oubliée)
GRAND DESERT de SABLE

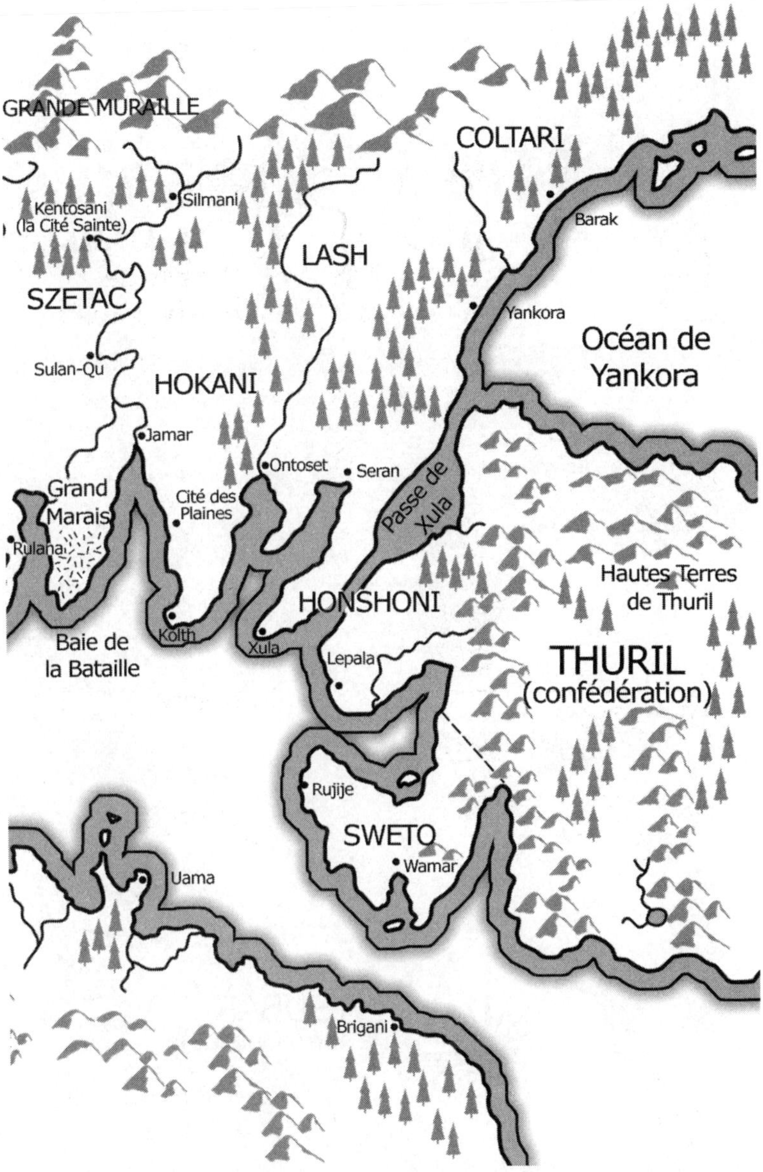
GRANDE MURAILLE
COLTARI
Kentosani
(la Cité Sainte)
Silmani
Barak
LASH
SZETAC
Yankora
Océan de
Yankora
Sulan-Qu
HOKANI
Jamar
Ontoset
Seran
Grand
Marais
Cité des
Plaines
Passe de
Xula
Rulana
Hautes Terres
de Thuril
HONSHONI
Kolth
Xula
Baie de
la Bataille
Lepala
THURIL
(confédération)
Rujije
SWETO
Wamar
Uama
Brigani

Nous étions, belle reine,
Deux gamins qui au-delà de la vie ne voyaient
qu'un lendemain tout pareil à ce jour et resteraient
des enfants pour l'éternité.

Shakespeare, *Conte d'hiver.*

Résumé des événements précédents

Pug et Tomas étaient en route avec le duc Borric pour aller demander de l'aide au prince Erland de Krondor, quand ils furent séparés lors de la périlleuse traversée des mines naines. Tomas, perdu dans les galeries souterraines, finit par tomber sur l'antre du dernier des dragons, Rhuagh. Rejoint par Dolgan, le chef des nains, venu le secourir, l'adolescent assiste à la mort majestueuse de cette créature légendaire. En remerciement de son amitié et soutien, le dragon remet à Tomas une armure et une épée exceptionnelles, imprégnées d'une magie aussi ancienne que le monde, à fois grandiose et effrayante. Désormais séparé du reste de la troupe, le jeune guerrier n'a d'autre choix que d'accompagner Dolgan dans son village afin d'y passer l'hiver.

Pug, quant à lui, poursuit sa route en compagnie de son maître, le magicien Kulgan, du duc et de son fils cadet Arutha. Mais, une fois à Krondor, il leur faut déjà repartir. En effet le prince Erland, jalousé par le roi Rodric, s'est vu retirer tout pouvoir de décision.

C'est directement auprès du suzerain que le duc de Crydee va devoir plaider sa cause. Après des semaines de trajet, la délégation finit par atteindre Rillanon, la capitale. Mais le jeune monarque, atteint de violentes sautes d'humeur, semble ne prêter que peu d'attention à la menace d'invasion. Pire, tout porte à croire que le duc Guy du Bas-Tyra, ennemi héréditaire de Borric, manipule dans l'ombre ce roi à moitié fou.

Or la guerre vient de commencer ! Les forces tsurani, profitant du redoux, ont lancé une grande offensive contre le royaume, les elfes et les nains. Arutha est envoyé de toute urgence à Crydee afin de soutenir l'assaut contre le duché. Son père et les autres prennent quant à eux le chemin du front est, près des Tours grises, où l'attend déjà son fils aîné, Lyam.

Kulgan, persuadé que les Tsurani mènent leur offensive depuis une faille dans l'espace, veut tenter une incursion en territoire ennemi afin de récolter le maximum d'informations sur ce phénomène. Mais, lors du raid, Pug, en sauvant son maître, se fait capturer.

De son côté, Tomas mène lui aussi la lutte contre cet ennemi redoutable. Grâce à son courage et ses armes fabuleuses, il est rapidement devenu une légende. Mais, dans les mois qui viennent, les attaques contre les mines s'intensifient et les nains sont bientôt contraints de fuir leurs montagnes pour trouver refuge à Elvandar, chez les elfes. Pourtant, pour Tomas, le repos est impossible, car d'étranges visions, comme venues d'un autre âge, commencent à le hanter jour et nuit.

À Crydee, la situation est tout aussi critique. Face

à la plus forte armée tsurani jamais rassemblée, Arutha et les siens luttent jour après jour. Malgré la violence des assauts et l'importance des pertes, la place forte tient bon et réussit à contenir l'ennemi jusqu'à l'arrivée des renforts. Plus que jamais, le prince et ses lieutenants, en particulier Martin l'Archer, Amos l'ancien corsaire mais aussi la princesse Carline, ont prouvé leur force et leur vaillance.

I

L'esclave

Étendu par terre, l'esclave agonisant hurlait.

La chaleur du jour était implacable. Les autres esclaves poursuivaient leur travail, s'efforçant autant que possible d'ignorer ses cris. La vie ne valait pas cher dans ce camp de travail et il ne servait à rien de se préoccuper d'un destin qui en attendait tant d'autres. Le mourant avait été mordu par un relli, une créature du marais semblable à un serpent. Son venin agissait lentement et provoquait de terribles douleurs. Sans magie, il n'était pas possible de le soigner.

Soudain, le silence se fit. Pug regarda par-dessus son épaule et vit un garde essuyer son épée. Une main s'abattit sur l'épaule du jeune homme tandis que la voix de Laurie lui soufflait à l'oreille :

— Il semblerait que notre vénérable contremaître n'ait pas apprécié les cris d'agonie de Toffston.

Pug se noua soigneusement un bout de corde autour de la taille et répondit :

— Au moins, il est mort rapidement. (Il se tourna vers le grand chanteur blond de Tyr-Sog, une ville du royaume des Isles, et ajouta :) Fais attention. Cet arbre est vieux et il est peut-être pourri.

Puis, sans un mot, Pug escalada le tronc du ngaggi, un arbre des marais qui ressemblait à un sapin, dont les Tsurani utilisaient le bois et la résine. Comme ils ne disposaient pas de métaux, les Tsurani avaient trouvé d'astucieux substituts. Le bois de cet arbre, modelé comme du papier, puis séché pour atteindre une dureté incroyable, pouvait avoir de multiples usages. La résine servait à coller le bois et à tanner les peaux, lesquelles, après avoir été convenablement traitées, pouvaient donner des armures de cuir aussi dures que les cottes de mailles midkemianes. Les armes en lamelles de bois feuilletées étaient presque aussi efficaces que l'acier midkemian.

Quatre années de travail dans les marais avaient endurci le corps de Pug. Il fit jouer ses muscles noueux en grimpant dans l'arbre. Sa peau avait bruni au soleil brûlant de Tsuranuanni et il avait le visage mangé de barbe, comme tous les esclaves.

Pug atteignit les premières grandes branches et jeta un coup d'œil à son ami. Laurie se tenait jusqu'aux genoux dans l'eau sombre, chassant d'un air absent les insectes qui pullulaient dans le camp de travail. Pug aimait bien Laurie. Le troubadour n'avait pas sa place ici, mais il n'avait pas eu non plus de bonnes raisons de suivre une patrouille militaire en espérant voir des soldats tsurani. Il disait qu'il cherchait de quoi écrire des ballades qui l'auraient rendu célèbre dans tout le royaume. Malheureusement, il en avait vu plus qu'il ne l'aurait voulu. La patrouille s'était trouvée prise au milieu d'une importante offensive tsurani et Laurie s'était fait capturer. Il était arrivé au camp quatre mois auparavant et Pug et lui s'étaient rapidement liés d'amitié.

Pug reprit son escalade, toujours attentif aux dangereuses créatures arboricoles de Kelewan. En atteignant l'endroit où il pourrait commencer l'étêtage, Pug se figea en apercevant un mouvement. Il se détendit en constatant qu'il ne s'agissait que d'un pic-pic, une créature protégée par des piquants, qui ressemblait à un buisson d'épines de ngaggi. L'animal s'enfuit en voyant arriver l'humain et sauta sur une branche d'arbre un peu plus loin. Pug vérifia qu'il n'y avait pas d'autres animaux, puis commença à fixer ses cordes. Il devait couper les cimes de ces arbres gigantesques, afin qu'ils ne risquent pas de blesser quelqu'un en cas de chute.

Pug donna quelques coups dans l'écorce pour l'entailler, puis sentit la lame de bois de sa hache s'enfoncer dans la pulpe, plus tendre, qui se trouvait juste sous l'enveloppe. Il renifla prudemment et une odeur âcre assaillit ses narines. Il jura.

— Celui-ci est pourri, hurla-t-il à Laurie. Préviens le contremaître.

Il attendit, en regardant au travers des cimes. D'étranges insectes et des créatures qui ressemblaient à des oiseaux volaient tout autour de lui. Cela faisait quatre ans qu'il avait été emmené comme esclave dans ce monde, mais il ne s'était toujours pas habitué à l'apparence de ces formes de vie. Elles n'étaient pas si différentes de celles de Midkemia, mais c'était justement ces différences qui lui faisaient cruellement penser à sa terre natale. Les abeilles auraient dû être rayées de jaune et de noir et non de rouge vif. Les ailes des aigles n'auraient pas dû être striées de jaune vif, ni celles des faucons de violet. Ces créatures n'étaient ni des abeilles, ni des aigles ni des faucons, mais la ressemblance était frappante. Pug acceptait plus facilement les créatures franchement bizarres de Kelewan que celles-ci. Il avait fini par trouver familiers les needra à six pattes, ces bêtes de somme domestiques qui ressemblaient à des bœufs, mais avec deux grosses pattes supplémentaires, ou les Cho-ja, ces créatures insectoïdes qui servaient les Tsurani et qui parlaient leur langue. Mais chaque fois que du coin de l'œil il apercevait une créature et se retournait en s'attendant à voir une bête de Midkemia, il se rendait compte qu'il s'était illusionné et il sentait le désespoir l'envahir.

La voix de Laurie le tira de sa rêverie :

— Le contremaître arrive.

Pug jura. Si le contremaître devait se salir en marchant dans l'eau, il allait être de mauvaise humeur – ce qui présageait des coups de bâton, ou une réduction de la nourriture souvent trop pauvre. Il était déjà furieux du retard dans les coupes. Une famille de fouisseurs – des sortes de castors à six pattes – s'était installée sous les racines des grands arbres. Ils rongeaient les racines les plus tendres et les arbres tombaient malades, puis mouraient. Le bois, trop tendre, devenait aigre, se gorgeait d'eau et, au bout de quelque temps, l'arbre s'effondrait sur lui-même. On avait mis du poison dans plusieurs tunnels de fouisseurs, mais les arbres étaient déjà abîmés.

Nogamu, le contremaître, arriva en pataugeant dans le marécage et en jurant d'une voix forte. C'était un esclave lui aussi, mais il avait atteint le plus haut rang auquel il pouvait aspirer. Même s'il ne serait jamais libre, il jouissait de nombreux privilèges et pouvait même donner des ordres aux soldats et aux hommes libres placés sous son commandement. Un jeune soldat le suivait, l'air plutôt amusé. Il était rasé à la manière des hommes libres tsurani et, quand il leva les yeux vers Pug, ce dernier put distinguer clairement son visage. Il avait les pommettes hautes et les yeux presque noirs, comme la plupart des Tsurani. Il fixa Pug et sembla acquiescer légèrement. L'esclave barbare n'avait jamais vu d'armure bleue comme la sienne, mais étant donné l'étrange organisation militaire des Tsurani, ce n'était pas surprenant. Chaque famille, domaine, région, ville, cité et province semblait posséder sa propre armée. La manière dont toutes ces armées arrivaient à se coordonner au sein de l'empire était une énigme pour Pug.

Le contremaître vint se placer à la base de l'arbre, en relevant sa courte robe pour la garder au-dessus de l'eau. Il grogna comme l'ours auquel il ressemblait tant et cria à l'adresse de Pug :

— Comment ça, encore un arbre pourri ?

Pug parlait tsurani bien mieux que n'importe quel Midkemian du camp, car il était là depuis plus longtemps que tout le monde, à l'exception de quelques vieux esclaves tsurani. Il cria :

— À l'odeur, il est pourri, répondit-il d'une voix

forte. Il va falloir en préparer un autre et laisser celui-ci, maître esclave.

— Vous êtes tous des fainéants ! répliqua le contremaître en agitant le poing. Cet arbre va très bien. Vous voulez juste vous épargner du travail. Coupez, maintenant !

Pug soupira. Inutile de discuter avec l'Ours, comme l'appelaient tous les esclaves midkemians. Visiblement, quelque chose l'avait mis en colère et les esclaves allaient payer pour ça. Pug se mit en devoir de couper la cime qui tomba rapidement par terre. L'odeur de pourriture se faisait de plus en plus forte si bien qu'il retira rapidement les cordes de l'arbre. Juste au moment où il enroulait la dernière longueur autour de sa taille, il entendit un craquement juste devant lui.

— Il tombe ! cria-t-il aux esclaves en dessous.

Sans hésitation, ils s'enfuirent immédiatement. On n'ignorait jamais ce cri-là.

À présent que l'on avait coupé la cime, le fût de l'arbre se fendait par le milieu. Ce n'était pas courant, mais si un arbre était assez abîmé pour que la pulpe soit complètement molle, il pouvait craquer de haut en bas, cédant sous son propre poids à la moindre faille dans l'écorce. Le poids des branches entraînait chaque moitié dans deux directions opposées. Si Pug était resté encordé au fût, il aurait été coupé en deux avant que les cordes ne cèdent.

Le jeune homme estima dans quelle direction il allait tomber. Puis, quand la partie sur laquelle il se trouvait commença à bouger, il s'écarta d'un bond. Il tomba dans le marais, à plat sur le dos, essayant de profiter au maximum des soixante centimètres d'eau pour amortir sa chute. Le choc quand il heurta la surface de l'eau fut immédiatement suivi d'un impact plus dur contre le sol. Il y avait surtout de la boue au fond, de sorte que Pug ne souffrit pas trop de sa chute, mais l'air se retira brutalement de ses poumons. Sentant le décor tourner autour de lui, le jeune homme eut assez de présence d'esprit pour s'asseoir et prendre une grande goulée d'air.

Soudain, un énorme poids s'abattit sur son estomac, lui coupant le souffle et lui enfonçant la tête sous l'eau. Il essaya de se dégager et découvrit qu'une grande branche lui barrait le ventre. Il arrivait tout juste à sortir la tête de l'eau pour prendre de l'air. Ses poumons le brûlaient et il ne contrôlait plus sa respiration. De l'eau lui coula dans la gorge et il commença à s'étrangler. Toussant et crachant, Pug tenta de garder son calme, mais il sentait la panique le gagner. Il poussa frénétiquement sur le poids qui l'écrasait mais ne parvint pas à le faire bouger.

Brusquement, sa tête fut tirée hors de l'eau.

— Crache, Pug ! l'encouragea Laurie. Crache la boue que tu as dans les poumons, ou tu vas attraper la fièvre.

Pug toussa et cracha de nouveau. Grâce à son ami qui lui maintenait la tête hors de l'eau, il parvint à reprendre son souffle.

— Soulevez cette branche, hurla Laurie. Je vais le tirer de là-dessous.

D'autres esclaves arrivèrent en pataugeant, ruisselants de sueur. Ils plongèrent les mains dans l'eau et attrapèrent la branche. Ils tirèrent et réussirent à la déplacer un peu, mais Laurie ne parvint pas à libérer Pug.

— Apportez des haches : il va falloir couper la branche du tronc.

D'autres esclaves s'apprêtaient à ramener des haches quand Nogamu cria :

— Non. Laissez-le. Nous n'avons pas le temps. Il faut couper des arbres.

— On ne peut pas le laisser ! protesta Laurie en hurlant presque sur son supérieur. Il va se noyer !

Le contremaître s'approcha et le fouetta au visage. Le chanteur reçut une profonde entaille à la joue, mais refusa de lâcher la tête de son ami.

— Retourne au travail, esclave. Ce soir, tu seras battu pour m'avoir parlé sur ce ton. Il n'est pas le seul à pouvoir étêter un arbre. Maintenant, lâche-le !

Il frappa Laurie encore une fois. Le troubadour cilla, mais garda la tête de Pug hors de l'eau.

Nogamu leva son fouet pour frapper une troisième fois, mais une voix derrière lui vint briser son élan :

— Coupez cette branche et libérez cet esclave.

Laurie vit que l'homme qui venait de parler était le jeune soldat qui accompagnait le maître esclave. Ce dernier fit volte-face, n'ayant pas l'habitude que l'on discute ses ordres. Lorsqu'il vit qui venait de parler, il ravala les mots qui lui étaient montés aux lèvres.

— Comme mon maître voudra, céda-t-il en inclinant la tête.

Il fit signe aux esclaves qui portaient des haches de libérer Pug. En peu de temps, ce dernier fut sorti d'affaire. Laurie le ramena vers le jeune soldat. Pug recracha l'eau qu'il avait encore dans les poumons et dit, dans un souffle :

— Je remercie le maître pour ma vie.

L'homme ne répondit pas, mais quand le contremaître approcha, il se tourna vers lui.

— L'esclave avait raison, vous aviez tort. L'arbre était pourri. Il n'est pas convenable de votre part de le punir pour vos erreurs et votre mauvais caractère. Je devrais vous faire battre, mais je n'en ai pas le temps. Le travail avance trop lentement et mon père est mécontent.

Nogamu inclina la tête.

— Je perds la face devant mon seigneur. Ai-je la permission de me donner la mort ?

— Non. L'honneur serait trop grand. Retournez au travail.

Le visage du contremaître s'empourpra de rage et de honte. Relevant son fouet, il fit signe à Laurie et à Pug.

— Vous deux, retournez au travail.

Laurie se releva et Pug essaya d'en faire autant. Il avait failli se noyer et ses genoux tremblaient sous lui, mais il réussit à se mettre debout après quelques essais.

— Ces deux-là sont excusés pour la journée, ordonna le jeune seigneur. Celui-ci, ajouta-t-il en montrant Pug, ne servira pas à grand-chose. L'autre doit soigner les coupures que vous lui avez faites, sinon elles vont s'infecter. (Il se tourna vers un garde.) Ramenez-les au camp et faites en sorte qu'ils reçoivent les soins nécessaires.

Pug lui en fut reconnaissant, plus pour Laurie que

pour lui-même. Moyennant un peu de repos, Pug aurait pu retourner au travail, mais une blessure ouverte, dans le marais, était presque toujours synonyme de condamnation à mort. Les infections se développaient très vite dans cet endroit chaud et sale et les esclaves n'avaient pratiquement pas de moyens pour lutter contre.

Ils suivirent le garde. En partant, Pug vit le maître esclave leur jeter un regard brûlant de haine.

Le plancher craqua et Pug se réveilla instantanément. Son instinct d'esclave lui disait qu'en pleine nuit, dans cette hutte, ce bruit n'était pas normal.

Dans la pénombre, il entendit des pas se rapprocher, puis s'arrêter au pied de sa paillasse. À côté de lui, Pug entendit Laurie retenir son souffle et comprit que le ménestrel avait lui aussi été réveillé par l'intrus, de même que la moitié des esclaves de la hutte, très certainement. L'étranger hésita et Pug attendit, inquiet et tendu. Il y eut un grognement ; aussitôt, le jeune homme roula hors de sa paillasse. Un poids s'abattit violemment et Pug entendit le bruit sourd d'une dague frapper le sol là où se trouvait sa poitrine quelques instants auparavant. Soudain, la pièce sombra dans le chaos. Des esclaves criaient et couraient vers la porte.

Pug sentit des mains se poser sur lui dans le noir et une douleur aiguë lui transpercer les côtes. Il attrapa son assaillant sans le voir et lutta contre lui pour tenter de lui prendre sa dague. Un second coup lui entailla la paume. Brusquement, l'assaillant cessa de bouger et

Pug se rendit compte qu'un troisième corps recouvrait celui de son assassin.

Des soldats entrèrent en courant dans la hutte avec des lanternes à la main. Pug découvrit Laurie, allongé sur le corps immobile de Nogamu. L'Ours respirait encore, mais au vu de la dague qui saillait de ses côtes, cela ne durerait pas longtemps.

Le jeune soldat qui avait précédemment sauvé la vie de Pug et de Laurie entra et les autres lui firent place. Il se tint au-dessus des trois combattants et demanda simplement :

— Il est mort ?

Les yeux du contremaître s'ouvrirent.

— Je vis, mon seigneur, répondit-il dans un murmure à peine audible. Mais je meurs par la lame.

Un faible sourire de défi apparut sur son visage couvert de sueur.

L'expression du jeune soldat ne trahit aucune émotion, mais ses yeux flamboyèrent.

— Je ne pense pas, répliqua-t-il doucement. (Il se tourna vers deux soldats qui se trouvaient dans la pièce.) Emmenez-le dehors tout de suite et pendez-le, pour que son clan ne puisse pas chanter ses honneurs. Et laissez le corps aux insectes, ce sera un avertissement pour tous ceux qui voudraient me désobéir. Allez.

Le visage du mourant pâlit et ses lèvres tremblèrent.

— Non, maître. Je vous en prie, laissez-moi mourir par la lame. Quelques minutes de plus.

Une écume rouge apparut au coin de sa bouche.

Les deux soldats, solidement taillés, se baissèrent pour attraper Nogamu et, sans s'inquiéter de lui faire mal, le tirèrent à l'extérieur. On l'entendit crier tout le long du trajet, car il avait encore une voix d'une force impressionnante, comme si la peur de la corde lui avait redonné un second souffle.

Tout le monde resta figé, comme dans un tableau, jusqu'à ce que les hurlements s'éteignent sur un cri étranglé. Le jeune officier se tourna alors vers les deux esclaves. Pug s'assit, du sang coulant de la longue entaille qui lui barrait la poitrine. De sa main valide, il serrait celle qui était blessée et dont les doigts ne bougeaient plus.

— Amenez votre ami, ordonna le jeune soldat à Laurie.

Ce dernier aida Pug à se remettre debout. Ils sortirent de la hutte à la suite de l'officier, qui les emmena de l'autre côté du campement jusqu'à ses propres quartiers. Après leur avoir donné l'ordre d'entrer, il demanda à un garde d'aller chercher le médecin du camp et laissa les deux esclaves rester debout en silence jusqu'à l'arrivée de celui-ci. Il s'agissait d'un vieux Tsurani, vêtu de la robe d'un de leurs dieux – lequel, les Midkemians auraient eu bien du mal à le dire. Il inspecta les blessures de Pug et annonça que la blessure à la poitrine était superficielle mais que la main, par contre, serait une autre affaire.

— La coupure est profonde et les muscles et les tendons ont été sectionnés. Sa main va guérir, mais elle va perdre de sa mobilité et de sa force. Il est probable qu'il ne soit plus bon qu'à de petits travaux.

Le soldat acquiesça, une étrange expression sur le visage, mélange de dégoût et d'impatience.

— Très bien. Soignez ses blessures et laissez-nous.

Le médecin se mit en devoir de nettoyer les plaies. Il sutura et pansa la main, exhorta Pug à la garder propre, puis partit. Pour oublier la douleur, le jeune homme entreprit de relaxer son esprit grâce à un vieil exercice mental.

Après le départ du médecin, le soldat observa les deux esclaves qui se tenaient devant lui.

— Selon la loi, je devrais vous faire pendre pour avoir tué le contremaître.

Ils ne répondirent pas. Ils resteraient silencieux jusqu'à ce que le soldat leur dise de parler.

— Mais comme je l'ai moi-même fait pendre, je suis libre de vous garder en vie, si cela me plaît. Je peux juste vous punir de l'avoir blessé. (Il se tut un moment avant d'ajouter :) Considérez-vous comme punis. (D'un geste de la main, il les renvoya.) Laissez-moi, mais soyez ici à l'aube. Je dois décider de ce que je vais faire de vous.

Ils sortirent, heureux de s'en tirer à bon compte, car normalement ils auraient dû se balancer au bout d'une corde à côté du contremaître.

— Je me demande ce que ça veut dire, dit Laurie en traversant le campement.

— J'ai trop mal pour me poser une telle question, répondit Pug. Je suis simplement heureux de pouvoir voir le jour se lever demain.

Laurie garda le silence jusqu'à ce qu'ils arrivent à la hutte.

— Je crois que le jeune seigneur a quelque chose en tête.

— Possible. Mais ça fait longtemps que je ne cherche plus à comprendre nos maîtres. C'est pour ça que je suis resté en vie aussi longtemps, Laurie. Je fais juste ce qu'on me dit de faire et je supporte. (Pug montra l'arbre auquel était pendu le corps du contremaître sous la lune pâle – seule la petite lune était visible ce soir.) C'est bien trop facile de finir comme ça.

— Tu as peut-être raison, opina Laurie. Mais je crois encore pouvoir m'enfuir.

Pug eut un rire amer.

— Où ça, chanteur ? Où est-ce que tu irais ? Vers la faille, en traversant une armée de dix mille Tsurani ?

Laurie ne répondit pas. Ils retournèrent à leurs paillasses et essayèrent de se rendormir malgré la chaleur humide.

Le jeune officier se tenait sur une pile de coussins, les jambes croisées à la tsurani. Il renvoya le garde qui avait accompagné Pug et Laurie, puis leur fit signe de s'asseoir, ce qu'ils firent avec beaucoup d'hésitation, car habituellement, un esclave n'avait pas le droit de s'asseoir en présence d'un maître.

— Je suis Hokanu, des Shinzawaï. C'est à mon père qu'appartient ce camp, déclara-t-il sans préambule. Il est très mécontent de la récolte de cette année et m'a envoyé pour y remédier. Voilà maintenant que je n'ai plus de contremaître pour ce travail, à cause d'un imbécile qui vous a blâmés pour sa propre stupidité. Qu'est-ce que je vais faire ?

Les deux esclaves restèrent cois.

— Depuis combien de temps êtes-vous là ?

Pug et Laurie répondirent chacun à son tour. Hokanu médita leur réponse.

— Toi, reprit-il en désignant Laurie, tu n'as rien

d'inhabituel, sauf que, tout bien considéré, tu parles notre langue mieux que la plupart des barbares. Mais toi, ajouta-t-il en s'adressant cette fois à Pug, tu es resté en vie plus longtemps que la plupart de tes compatriotes guindés et tu parles bien notre langue toi aussi. Tu pourrais presque passer pour un paysan d'une province lointaine.

Ils restèrent immobiles, sans comprendre où Hokanu voulait en venir. Pug réalisa brusquement qu'il avait sans doute un an ou deux de plus que le seigneur tsurani, qui était bien jeune pour disposer d'un tel pouvoir. Les manières de ce peuple étaient décidément très étranges. À Crydee, il serait encore apprenti, ou poursuivrait son éducation de dirigeant, puisqu'il était de haute naissance.

— Comment se fait-il que tu parles si bien ? insista-t-il.

— Maître, j'ai été l'un des premiers parmi mes compatriotes à être capturé et amené ici. Nous n'étions que sept et tous les autres étaient des esclaves tsurani. Il a fallu apprendre à survivre. Au bout de quelque temps, il n'est plus resté que moi. Les autres sont morts, à cause des fièvres et des infections, quand ils n'ont pas été tués par les gardes. Il ne restait donc plus personne à qui je puisse parler. Pendant un an, j'ai été le seul Midkemian ici.

L'officier acquiesça, puis se tourna vers Laurie.

— Et toi ?

— Maître, dans mon pays, je suis un chanteur, un ménestrel. Selon nos coutumes, nous voyageons beaucoup et devons apprendre de nombreuses langues. Et puis j'ai l'oreille musicale. Votre langue est ce qu'on appelle une « langue à tons » : selon le ton sur lequel on le prononce, le même son a des sens complètement différents. Nous avons plusieurs langues de ce genre au sud de notre royaume. J'apprends vite.

Un éclat brilla dans les yeux du soldat.

— Il est bon que je sache cela. (Il parut se plonger dans une profonde réflexion, puis acquiesça pour lui-même au bout d'un moment.) Le destin des hommes est soumis à de nombreuses influences, esclaves. (Il sourit, ce qui lui donna un air presque enfantin.) Ce campement est dans une pagaille absolue. Je dois préparer un rapport pour mon père, le seigneur des Shinzawaï, et je crois savoir où réside le problème. Je voudrais que tu me dises ce que tu en penses, ajouta-t-il en faisant signe à Pug. Tu es ici depuis plus longtemps que n'importe qui.

Le jeune esclave se donna un temps de réflexion. Cela faisait longtemps que personne ne lui avait demandé son avis sur quelque sujet que ce soit.

— Maître, le premier contremaître, celui qui était là au moment de ma capture, était un homme très perspicace, qui savait que des hommes, même des esclaves, ne peuvent pas travailler efficacement s'ils sont affaiblis par la faim. Nous étions mieux nourris et, si nous recevions une blessure, on nous laissait le temps de guérir. Nogamu, lui, avait mauvais caractère et prenait chaque retard comme un affront personnel. Quand des fouisseurs abîmaient une futaie, c'était la faute des esclaves. Si l'un d'entre nous venait à mourir, c'était un complot pour discréditer sa manière de superviser les hommes. Chaque problème se soldait par une diminution de nourriture, ou par des heures de travail supplémentaires. Tout ce qui arrivait de bien, il le considérait comme un dû.

— C'est bien ce que je me disais. Nogamu était auparavant quelqu'un de très important. C'était le hadonra – l'intendant – du domaine de son père. Sa famille s'est rendue coupable de trahison envers l'empire et son propre clan a vendu comme esclaves tous ceux qui n'ont pas été pendus. Il n'a jamais fait un bon esclave. On a pensé qu'en lui donnant la responsabilité d'un camp, il pourrait faire bon usage de ses compétences. Cela n'a pas été le cas. Y a-t-il un homme, ici, parmi les esclaves qui soit capable de reprendre le commandement ?

Laurie inclina la tête.

— Oui, maître, il y a Pug...

— Je ne pense pas. J'ai des projets pour vous deux.

Pug, étonné, se demanda ce qu'Hokanu voulait dire.

— Peut-être Chogana, maître, suggéra-t-il. Il était fermier, mais ses récoltes ont périclité et il a été vendu comme esclave pour payer les taxes. On peut lui faire confiance.

Le soldat tapa une fois dans ses mains et un garde entra immédiatement dans la pièce.

— Allez me chercher l'esclave Chogana.

Le garde salua et sortit.

— Il est bon qu'il soit tsurani, reprit le soldat. Vous autres barbares ne savez pas où est votre place et je n'ose imaginer ce qui arriverait si j'en laissais un chargé de l'exploitation. Il dirait aux soldats de couper les arbres et aux esclaves de les surveiller.

Il y eut un moment de silence, puis Laurie éclata

de rire, un son riche et grave. Hokanu sourit tandis que Pug l'observait attentivement. Ce jeune homme, qui tenait leurs vies entre ses mains, semblait faire beaucoup d'efforts pour gagner leur confiance. Laurie paraissait l'apprécier, mais Pug restait sur la réserve car il avait quitté la vieille société midkemiane depuis plus longtemps. Là-bas, en temps de guerre, nobles et manants étaient des compagnons d'armes qui partageaient les repas comme les souffrances sans aucune distinction de rang. Mais ici, Pug avait très vite appris une chose sur les Tsurani : ils n'oubliaient jamais leur statut. Ce qui arrivait dans cette hutte était uniquement du fait de ce jeune soldat et non du hasard. Hokanu parut sentir qu'on l'observait car il leva les yeux vers Pug. L'espace d'un bref instant, leurs regards se croisèrent, avant que Pug ne baisse les yeux comme tout esclave était censé le faire. Mais cet instant, aussi bref fût-il, avait suffi pour qu'un message passe entre les deux hommes. C'était comme si le soldat lui avait dit : « Tu ne crois pas que je suis votre ami. Soit, tant que tu continues à jouer ton rôle. »

Avec un geste de la main, Hokanu ordonna :

— Retournez à votre hutte et reposez-vous bien, car nous partons après le repas de midi.

Les deux Midkemians se levèrent et s'inclinèrent, puis sortirent à reculons de la hutte. Pug marchait en silence, mais Laurie prit la parole :

— Je me demande où nous allons. (Comme il ne recevait pas de réponse, il ajouta :) De toute manière, ce sera sûrement mieux qu'ici.

Pug se demanda si ce serait effectivement le cas.

Une main lui secoua l'épaule et Pug se réveilla. Il s'était assoupi par cette chaleur matinale, profitant de l'occasion qui lui était donnée de prendre un peu de repos supplémentaire avant que Laurie et lui partent avec le jeune noble après le repas. Chogana, l'ancien paysan que Pug avait recommandé, lui fit signe de se taire, montrant Laurie qui dormait profondément.

Pug suivit le vieil esclave à l'extérieur de la hutte et s'assit à l'ombre d'un mur.

— Mon seigneur Hokanu m'a dit que c'est toi qui lui as recommandé de me choisir comme contremaître du camp, expliqua Chogana en parlant lentement, comme à son habitude. (Son visage brun et ridé s'inclina dignement devant Pug.) Je te suis redevable.

Pug lui rendit son salut, formel et inhabituel pour ce camp.

— Il n'y a pas de dette. Tu te conduiras comme le doit un contremaître et tu t'occuperas bien de nos frères.

Un sourire fendit le visage de Chogana, révélant des dents brunies par toutes les années qu'il avait passées à mâcher des noix de tateen. Cette noix légèrement narcotique – que l'on trouvait facilement dans les marais – ne vous rendait pas moins efficace, mais le travail vous paraissait moins rude. Pug avait évité de prendre cette habitude, comme la plupart des Midkemians pour qui cette pratique devait sans doute correspondre à un ultime renoncement.

Chogana, les yeux plissés à cause de la lumière, regarda le camp. Il était vide, à l'exception des cuisiniers et du garde du corps du jeune seigneur. Au loin, on entendait les esclaves travailler sous les arbres.

— Quand j'étais petit, dans la ferme de mon père à Szetac, reprit Chogana, on a découvert que j'avais un talent. On m'a examiné, puis on a dit que ce n'était pas vrai. (Pug ne comprit pas le sens de cette dernière phrase, mais ne l'interrompit pas.) Je suis donc devenu fermier comme mon père. Mais j'avais bel et bien un talent. Parfois je vois des choses, Pug, des choses à l'intérieur des hommes. J'ai grandi ; on a commencé à parler de mon talent et des gens, pauvres la plupart du temps, venaient me demander des conseils. Au début quand j'étais jeune, j'étais arrogant et je demandais beaucoup en échange, pour dire ce que je voyais. Plus vieux, je suis devenu plus humble ; je prenais ce qu'on m'offrait, mais je disais toujours ce que je voyais. De toute manière, les gens partaient mécontents. Tu sais pourquoi ? demanda-t-il avec un petit rire. (Pug secoua la tête.) Parce qu'ils ne venaient pas pour connaître la vérité, mais pour entendre ce qu'ils voulaient entendre.

Pug rit avec Chogana.

— Alors, j'ai fini par dire que mon talent était parti et, au bout d'un moment, les gens ont cessé de venir à ma ferme. Mais mon talent n'est jamais mort, Pug, et je vois encore des choses, parfois. J'ai vu quelque chose en toi et je voudrais te le dire avant que tu partes définitivement. Je vais mourir dans ce camp, mais le destin qui t'attend est différent. Désires-tu le connaître ? (Le Midkemian répondit par l'affirmative.) En toi réside un pouvoir caché. Ce qu'il est et ce que cela signifie, je l'ignore.

Connaissant l'étrange attitude que les Tsurani avaient envers la magie, Pug s'inquiéta soudain que quelqu'un ait pu percevoir l'entraînement qu'il avait subi auparavant. Pour la plupart d'entre eux, il n'était qu'un esclave du camp, à l'exception de quelques rares personnes qui savaient qu'il avait été châtelain sur son monde.

— J'ai rêvé de toi, Pug, poursuivit Chogana, les yeux fermés. Je t'ai vu sur une tour et tu affrontais un adversaire terrible. (Il ouvrit les yeux.) Je ne sais pas ce que signifie ce rêve, mais tu dois savoir ceci : avant de monter dans cette tour pour affronter cet ennemi, tu dois chercher ton wal. C'est le centre secret de ton être, un lieu idéal où règne la paix intérieure. Quand tu y seras, tu seras protégé de tout. Ta chair pourra souffrir, et même mourir, mais au sein de ton wal, tu endureras tout cela en paix. Cherche bien, Pug, car rares sont ceux qui trouvent leur wal. (Chogana se releva.) Tu vas bientôt partir. Viens, il faut réveiller Laurie.

— Chogana, merci, dit le jeune homme en allant vers l'entrée de la hutte. Mais encore une chose : tu as parlé d'un ennemi sur une tour. Que peux-tu me dire de lui ?

Chogana rit et agita sa tête de haut en bas.

— Oh, oui, je l'ai vu. (Il continua à rire en montant les marches de la hutte.) C'est l'ennemi que tout homme craint le plus. (Ses yeux plissés transpercèrent Pug.) C'était toi.

Pug et Laurie étaient assis sur les marches du temple, six gardes tsurani paressant à côté d'eux. Ces derniers s'étaient montrés à peu près aimables pendant tout le voyage, qui avait été fatigant, même s'il n'avait pas été difficile. Sans chevaux ni rien qui puisse les remplacer, les Tsurani qui ne voyageaient pas dans un chariot tiré par un needra devaient employer des jambes humaines, les leurs ou celles d'autres personnes. Les nobles se promenaient le long des larges rues de la ville dans des palanquins portés à dos d'esclaves soufflants et suants.

Pug et Laurie avaient reçu la courte robe grise, toute simple, des esclaves. En effet, leur pagne, pratique dans les marais, était considéré comme trop indécent pour pouvoir se déplacer au milieu des citoyens tsurani. Ces derniers avaient quand même un peu de pudeur, même si elle était moins marquée que celle des gens du royaume.

Ils avaient longé la côte de l'immense étendue d'eau qu'ils appelaient la baie de la Bataille, qui avait surpris Pug. En effet, elle était bien plus grande que toutes les baies du royaume, car, même des hautes falaises qui la surplombaient, on ne pouvait pas en voir l'autre côté. Au bout de plusieurs jours de voyage, ils avaient fini par arriver sur des terres cultivées et avaient vu l'autre rive se rapprocher rapidement. Quelques jours de route supplémentaires les avaient amenés dans la cité de Jamar.

Pendant qu'Hokanu faisait des offrandes au temple, Pug et Laurie regardaient les passants. Les Tsurani semblaient adorer les couleurs. Ici, même le plus pauvre des ouvriers avait des chances d'être vêtu d'une robe courte aux couleurs éclatantes. Les plus riches portaient des vêtements bien plus impressionnants encore, couverts de dessins compliqués. Seuls les esclaves n'avaient pas droit aux couleurs.

Partout dans la ville, la foule de fermiers, de marchands, d'ouvriers et de voyageurs se pressait. Des rangées de needra piétinaient, tirant des chariots remplis de produits et de marchandises. Les gens étaient si nombreux que leur nombre paraissait submerger Pug et Laurie. Les Tsurani étaient comme des fourmis qui grouillaient en tous sens, comme si le commerce de l'empire devait se faire au détriment du confort de ses citoyens. De nombreux passants s'arrêtaient pour regarder les Midkemians, qu'ils considéraient comme des géants barbares puisque eux-mêmes ne dépassaient pas un mètre soixante-cinq. Même Pug paraissait grand, avec son mètre soixante-dix. De leur côté, les Midkemians avaient fini par considérer les Tsurani comme des avortons.

Pug et Laurie ne cessaient de regarder tout autour d'eux. Ils attendaient dans le centre de la ville, sur la place des grands temples, parmi lesquels se trouvaient dix pyramides construites au beau milieu d'une série de parcs de tailles diverses. Toutes étaient magnifiquement ornées de fresques murales, composées à la fois de mosaïques et de peintures. D'où ils se trouvaient, les deux hommes pouvaient voir trois des parcs. Chacun d'eux était construit en terrasses, avec de petits ruisseaux et de minuscules cascades. Des arbres nains, ainsi que de grands arbres qui donnaient de l'ombre, avaient été plantés sur les pelouses. Des musiciens passaient en jouant de la flûte et d'étonnants instruments à cordes qui produisaient une musique étrange, polytonale, pour distraire les passants ou les gens qui prenaient un peu de repos dans les parcs.

Laurie écoutait, fasciné.

— Écoute ces accords ! Et ces mineurs ! (Il soupira et baissa la tête, l'air sombre.) C'est bizarre, mais c'est de la musique. (Il leva les yeux et regarda Pug ; sa voix, d'ordinaire si joyeuse, était devenue sinistre.) Si seulement je pouvais encore jouer. (Il regarda les musiciens qui s'éloignaient.) Je pourrais même apprécier la musique tsurani.

Pug le laissa s'abandonner à sa nostalgie. Du regard, il fit le tour de la place bourdonnante d'activité, s'efforçant de mettre de l'ordre dans les impressions qui l'assaillaient sans cesse depuis qu'il était entré dans les faubourgs de la ville. Partout les gens se pressaient à leur travail. À quelque distance des temples, ils étaient passés par un marché, qui ressemblait un peu à ceux des villes du royaume, tout en étant plus grand. Les cris des colporteurs et des acheteurs, les odeurs, la chaleur, tout lui rappelait étrangement sa patrie.

À l'approche de la troupe d'Hokanu, les gens s'étaient écartés, prévenus par les gardes à la tête de la procession qui criaient « Shinzawaï ! Shinzawaï ! » pour annoncer à tous qu'un noble personnage approchait. La troupe n'avait cédé le passage qu'une seule fois, à un groupe d'hommes entièrement vêtus de rouge, en robe et cape de plumes écarlates. Celui que Pug prit pour le grand prêtre portait un masque de bois qui ressemblait à un crâne rouge, tandis que les autres avaient le visage peint d'écarlate. Ils tenaient des sifflets de roseau dans lesquels ils soufflaient et les gens se dispersaient pour les laisser passer. L'un des soldats fit un signe de protection et Pug apprit plus tard que ces gens étaient des prêtres de Turakamu, le mangeur de cœurs, le frère de la déesse Sibi, Celle-Qui-Est-La-Mort.

Pug se tourna vers un garde à côté d'eux et demanda la permission de parler. Le garde acquiesça et l'esclave lui montra le temple où priait Hokanu.

— Maître, quel dieu réside en ces lieux ?

— Barbare ignorant, répondit aimablement le soldat, les dieux ne résident pas là, mais dans les Cieux supérieurs et inférieurs. Ce temple est destiné aux hommes, qui y font leurs dévotions. Le fils de mon seigneur fait ici des offrandes et des suppliques à Chochocan, le dieu Bon des Cieux supérieurs et à son serviteur, Tomachaca, le dieu de la Paix, pour que les Shinzawaï aient la chance avec eux.

Quand Hokanu les rejoignit finalement, ils repartirent. Ils se frayèrent un chemin dans la ville, Pug continuant à étudier toutes les personnes qu'ils croisaient. La foule était incroyablement dense et le jeune homme se demanda comment ils pouvaient la supporter. Comme des fermiers venant à la ville pour la première fois, Pug et Laurie restaient bouche bée devant les merveilles de Jamar. Même le troubadour, qui prétendait avoir une grande expérience du monde, s'extasiait de tout. Les gardes s'amusaient du plaisir évident que prenaient les barbares aux choses les plus communes.

Tous les bâtiments étaient faits de bois et d'un matériau translucide, semblable à du tissu, mais rigide. Quelques-uns, comme les temples, étaient en pierre, mais le plus remarquable était que tous les bâtiments qu'ils croisaient, du temple à la hutte d'ouvrier, étaient peints en blanc, à l'exception des poutres apparentes et des encadrements de porte, bruns et soigneusement polis. Chaque surface libre était décorée de fresques colorées. Les animaux, les paysages, les dieux et les scènes de bataille abondaient. Partout, l'œil fasciné se perdait dans cette débauche de couleurs.

Au nord des temples, de l'autre côté de l'un des parcs et faisant face à un large boulevard, se trouvait un bâtiment unique, séparé des autres par de grandes pelouses bordées de haies. Deux gardes, vêtus d'une armure et d'un heaume semblables à ceux de l'escorte d'Hokanu, surveillaient la porte. Ils saluèrent Hokanu quand celui-ci s'approcha.

Sans un mot, les autres gardes contournèrent la maison, laissant les esclaves seuls avec le jeune officier. Ce dernier fit un signe et l'un des deux gardes fit coulisser sur le côté la grande porte tendue de tissu. Ils entrèrent dans un couloir qui conduisait vers l'arrière du bâtiment, avec des ouvertures de chaque côté. Hokanu les mena jusqu'à une porte au fond, qu'un autre esclave vint leur ouvrir.

Pug et Laurie découvrirent alors que la maison ressemblait à un grand carré, disposé autour d'un jardin central, auquel on pouvait accéder par tous les côtés. Près d'un bassin glougloutant se trouvait un vieil homme, vêtu d'une simple robe d'un noir bleuté d'excellente coupe. Il consultait un parchemin. Il leva les yeux à l'entrée des trois hommes et se leva pour accueillir Hokanu.

Ce dernier retira son heaume et se mit au garde-à-vous. Pug et Laurie restèrent légèrement en retrait, silencieux. Le seigneur des Shinzawaï fit un signe de tête et Hokanu approcha. Ils se prirent dans les bras l'un de l'autre.

— Mon fils, c'est bon de te revoir, déclara le vieil homme. Comment vont les choses au camp ?

Hokanu dressa un bref bilan de la situation, en allant à l'essentiel, mais sans rien omettre d'important. Puis il expliqua les mesures qu'il avait prises pour remédier à la situation.

— Le nouveau contremaître fera en sorte que les esclaves aient de quoi se nourrir et se reposer. Il devrait rapidement augmenter la production.

Son père acquiesça.

— Je pense que tu as agi avec sagesse, mon fils. Nous enverrons quelqu'un d'autre dans quelques mois pour juger de l'évolution de la production, mais les choses ne peuvent guère empirer, de toute façon. Le seigneur de guerre exige une production accrue et nous risquons de tomber en disgrâce. (Il sembla finalement remarquer les esclaves.) Et ceux-là ? demanda-t-il simplement en montrant Laurie et Pug.

— Ils sont spéciaux. Je pensais à la discussion que nous avons eue la nuit précédant le départ de mon frère pour le nord. Ils pourraient s'avérer utiles.

— As-tu parlé de ceci à qui que ce soit ?

Les rides autour des yeux gris du vieil homme se creusèrent. Bien qu'il fût beaucoup plus petit, quelque chose en lui rappelait à Pug le duc Borric.

— Non, mon père. Seuls ceux qui ont tenu conseil cette nuit-là…

Le seigneur de la maison le coupa de la main.

— Garde tes remarques pour plus tard. Ne confie jamais un secret à une ville. Préviens Septiem que nous fermons la maison et que nous partons pour nos terres demain matin.

Hokanu s'inclina légèrement, puis se retourna pour sortir.

— Hokanu. (La voix de son père l'arrêta.) Tu as bien agi.

L'air visiblement fier, le jeune homme sortit du jardin.

Le seigneur de la maison se rassit sur un banc de pierre sculptée, à côté d'une petite fontaine et regarda les deux esclaves.

— Comment vous appelez-vous ?

— Pug, maître.

— Laurie, maître.

Cette simple réponse sembla soudain lui donner un nouvel aperçu de la situation.

— Par cette porte, dit-il en désignant la gauche, on arrive à la cuisine. Mon hadonra se nomme Septiem. Il s'occupera de vous. Partez, maintenant.

Les Midkemians s'inclinèrent et quittèrent le jardin. En entrant dans la maison, Pug faillit renverser une jeune fille au détour d'une allée. Elle était vêtue d'une robe d'esclave et portait un grand paquet de linge, qui vola en tous sens.

— Oh ! s'exclama-t-elle. Je viens juste de les laver. Il va falloir tout recommencer.

Pug se pencha immédiatement pour l'aider à ramasser. Elle était grande pour une Tsurani, presque aussi grande que lui, et bien faite. Ses cheveux bruns étaient tirés en arrière et de longs cils noirs encadraient ses yeux sombres. Pug se figea dans son mouvement et la regarda d'un air admiratif. Elle eut un moment d'hésitation en sentant son regard sur elle, puis ramassa rapidement le reste des vêtements et s'enfuit. Laurie regarda sa svelte silhouette battre en retraite, ses jambes brunes mises en valeur par sa courte robe d'esclave.

— Ah ! s'exclama le ménestrel en donnant une tape sur l'épaule de son compagnon. Je t'avais bien dit que les choses allaient s'arranger.

Ils sortirent de la maison et s'approchèrent des cuisines, où l'odeur de nourriture bien chaude leur aiguisa l'appétit.

— J'ai l'impression que tu as fait de l'effet à cette fille, Pug.

Ce dernier n'avait pas une grande expérience des femmes et sentit ses oreilles s'échauffer. Au camp des esclaves, on parlait beaucoup de femmes et cela, plus encore que tout le reste, lui avait donné l'impression d'être encore un adolescent. Il tourna la tête pour voir si Laurie se moquait de lui, mais il vit que le chanteur blond regardait derrière eux. Il suivit son regard et aperçut un visage timide et souriant disparaître à l'une des fenêtres de la maison.

Le jour suivant, la maisonnée de la famille Shinzawaï se retrouva sens dessus dessous. Des esclaves et des serviteurs couraient en tous sens pour préparer le voyage vers le nord. Pug et Laurie se trouvèrent livrés à eux-mêmes, car personne n'avait eu le temps de leur assigner une tâche. Ils s'assirent à l'ombre d'un grand arbre semblable à un saule, profitant de ces instants de loisir, si nouveaux pour eux, tout en observant la maison en effervescence.

— Ces gens sont fous, Pug. Même pour les caravanes, on fait moins de préparatifs. On dirait qu'ils veulent tout emmener avec eux.

— Peut-être bien. Ces gens ne me surprennent plus désormais. (Pug se redressa et s'appuya contre le tronc.) J'ai déjà vu des choses qui défient toute logique.

— C'est bien vrai. Mais, quand comme moi on a vu tant de terres différentes, on apprend que plus les choses sont différentes, plus elles sont similaires en réalité.

— Comment ça ?

Laurie se redressa lui aussi pour s'appuyer de l'autre côté de l'arbre.

— Je n'en suis pas certain, répondit-il tout bas, mais quelque chose se prépare et nous sommes censés y jouer un rôle, à coup sûr. En faisant preuve de subtilité, nous pourrions bien retourner cela à notre avantage. Garde bien ça en tête. Quand quelqu'un a besoin de toi, tu peux toujours marchander, si grande que soit la différence entre toi et lui.

— Bien sûr. Donne-lui ce qu'il veut et il te laissera la vie.

— Tu es trop jeune pour montrer autant de cynisme, répliqua Laurie, les yeux pétillant de joie. Tu veux que je te dise ? Laisse-moi donc ce genre de réplique de vieux voyageur désabusé et je ferai en sorte que tu ne rates pas une certaine occasion.

— Quelle occasion ? renifla Pug.

— Eh bien, tout d'abord, dit Laurie en désignant quelqu'un derrière son ami, cette petite fille que tu as failli renverser hier semble avoir quelque difficulté à soulever ces coffres. (Pug, tournant la tête, vit la jeune fille en question essayer d'empiler plusieurs grandes caisses dans les chariots.) Je pense qu'elle ne refusera pas un peu d'aide, non ?

— Qu'est-ce que… ? dit Pug, l'air confus.

Laurie le poussa gentiment.

— Vas-y, nigaud. Un peu d'aide maintenant et après… qui sait ?

Son compagnon trébucha.

— Après ?

— Par les dieux !

Laurie éclata de rire et donna à Pug un petit coup de pied aux fesses.

La joie du troubadour était contagieuse et Pug souriait encore en s'approchant de la fille, qui essayait de placer une énorme caisse au-dessus d'une autre. Pug la lui prit des mains.

— Attends, je m'en occupe.

Elle s'écarta, hésitante.

— Ce n'est pas lourd. C'est juste trop haut pour moi.

Elle évitait de regarder Pug, qui souleva aisément la caisse et la plaça sur les autres, en faisant bien attention à sa main blessée.

— Voilà qui est fait, dit-il en s'efforçant de prendre un ton désinvolte.

La fille écarta une mèche de cheveux noirs qui lui était tombée devant les yeux.

— Tu es un barbare, n'est-ce pas ? demanda-t-elle timidement.

Pug tressaillit.

— C'est vous qui nous appelez comme ça. Moi,

j'aime à croire que je suis aussi civilisé que n'importe qui.

Elle rougit.

— Je ne voulais pas t'offenser. Ils traitent aussi mon peuple de barbare. Tout ce qui n'est pas tsurani, ils l'appellent comme ça. Ce que je voulais dire, c'est que tu viens de cet autre monde.

Pug opina.

— Comment tu t'appelles ?

— Katala, répondit-elle avant d'ajouter, très vite : Et toi, comment tu t'appelles ?

— Pug.

Elle sourit.

— C'est un nom bizarre, Pug.

Elle semblait en apprécier les consonances. C'est alors que le hadonra, Septiem, un vieil homme encore bien droit au port de général à la retraite, surgit au détour de la maison.

— Hé, vous deux ! s'écria-t-il. Il y a encore du travail à faire ! Ne restez pas là.

Katala rentra en courant dans la maison et Pug resta planté là, face au régisseur en robe jaune, sans savoir que faire.

— Toi ! Comment tu t'appelles ?

— Pug, maître.

— Visiblement, toi et ton ami le géant blond, vous n'avez rien à faire. Je vais remédier à ça. Appelle-le.

Pug soupira. Au temps pour leur tranquillité. Il fit signe à Laurie de venir et on les assigna au chargement des chariots.

2

Le manoir des Shinzawaï

Ces trois dernières semaines, le temps s'était rafraîchi.

Malgré tout, la chaleur de l'été se faisait encore sentir. La saison d'hiver sur ces terres – si l'on pouvait réellement appeler cela une saison – durait à peine six semaines, avec de brèves pluies froides venant du nord. Les arbres gardaient la plupart de leurs feuilles bleu-vert et il ne semblait pas y avoir d'automne. Cela faisait quatre ans que Pug vivait en Tsuranuanni et il n'avait vu aucun de ces signes familiers qui indiquent le passage des saisons : pas de migration d'oiseaux ni de gelée blanche au matin, pas de pluies glaciales ni de neige ou de fleurs sauvages qui s'ouvrent. Cette terre semblait éternellement prise dans l'ambre doux de l'été.

Au début du voyage, ils avaient suivi la grande route de Jamar, vers la cité de Sulan-Qu au nord. Le fleuve Gagajin était encombré de bateaux et de barges, tout comme la grande route, surchargée de caravanes, de carrioles de paysans et de nobles en palanquin.

Le seigneur des Shinzawaï était parti dès le premier jour par bateau vers la Cité sainte, pour assister au Grand Conseil. La domesticité suivait à un rythme plus paisible. Hokanu s'arrêta non loin de la ville de Sulan-Qu pour rendre une visite de politesse à la dame des Acoma, ce qui permit à Pug et à Laurie de parler avec un autre esclave midkemian récemment capturé. Les nouvelles de la guerre étaient décourageantes. Rien n'avait changé depuis la dernière fois où ils en avaient entendu parler : le conflit était toujours dans l'impasse.

Lors de l'étape dans la Cité sainte, le seigneur des Shinzawaï rejoignit son fils et sa suite. Ensemble, ils poursuivirent leur route vers le domaine des Shinzawaï, situé non loin de la cité de Silmani. Jusqu'ici, le voyage vers le nord s'était déroulé sans encombre.

La caravane approchait des frontières des terres que la famille possédait dans le nord. Pug et Laurie n'avaient pas grand-chose à faire, à l'exception de quelques tâches occasionnelles comme vider les marmites, nettoyer les excréments de needra ou encore charger et décharger des marchandises. Pour l'heure, ils étaient assis à l'arrière d'un chariot, les jambes pendantes. Laurie mordit dans un fruit de jomach bien mûr, un fruit vert un peu plus gros qu'une grenade, à la chair semblable à celle d'une pastèque.

— Comment va ta main ? demanda-t-il en recrachant les pépins.

Pug regarda sa main droite, examinant les plis de la cicatrice écarlate qui lui barrait la paume.

— Elle est encore engourdie. Je crains que ça ne s'améliore plus.

Laurie jeta un coup d'œil.

— Abandonne tout de suite tout espoir de tenir à nouveau une épée un jour, commenta-t-il en souriant.

Pug éclata de rire.

— Fais-en autant. Quelque part, j'ai l'impression qu'ils auraient du mal à te trouver de la place chez les lanciers montés de l'empire.

Laurie cracha des pépins sur le nez du needra qui tirait le chariot derrière eux. La créature à six pattes gronda et le conducteur leur fit des signes rageurs de son bâton.

— Hormis le fait que l'empereur n'a pas de lanciers et qu'il n'a pas non plus de chevaux, je ne vois pas de meilleure place.

Pug rit d'un air moqueur.

— Je vous montrerai, mon jeune ami, rétorqua Laurie sur un ton d'aristocrate, que nous autres, troubadours, sommes souvent en butte à de peu recommandables personnages, brigands et coupe-jarrets qui en veulent à nos émoluments durement gagnés – si maigres soient-ils. Si nous n'apprenions pas à nous défendre, nous ne pourrions pas conserver notre travail, si tu vois ce que je veux dire.

Pug sourit. Il savait qu'un troubadour était presque sacro-saint dans une ville. Si jamais il se faisait blesser ou voler, la nouvelle ne tardait pas à se répandre et aucun autre troubadour n'acceptait de revenir dans cette ville. Mais sur la route, c'était une tout autre histoire. Pug ne doutait pas de la capacité de Laurie à se défendre, mais il n'allait pas le laisser prendre ce ton pompeux sans de cinglantes représailles. Il ouvrait la bouche quand il fut coupé par des cris provenant de l'avant de la caravane. Des gardes se mirent à courir. Laurie se tourna vers son compagnon, plus petit que lui.

— À ton avis, qu'est-ce que c'est que ce remue-ménage ?

Sans attendre de réponse, il sauta et courut vers l'avant. Pug le suivit. Quand ils arrivèrent derrière le palanquin du seigneur des Shinzawaï, ils virent des silhouettes s'avancer sur la route dans leur direction. Laurie tira Pug par la manche.

— Des cavaliers !

Pug n'en croyait pas ses yeux, car en effet c'étaient bien des cavaliers qui s'approchaient sur la route, en armure shinzawaï. Comme ils s'approchaient, il vit qu'en fait de cavaliers, il n'y en avait qu'un seul, accompagné de trois Cho-ja, tous d'une belle couleur bleu sombre.

Le cavalier, un jeune Tsurani aux cheveux bruns, plutôt grand pour quelqu'un de sa race, mit pied à terre, non sans une certaine maladresse.

— Ce n'est pas avec ça qu'ils risquent de renverser la situation militaire, fit remarquer Laurie. Regarde, il n'a ni selle ni étriers, juste une sorte de vague muselière de cuir, même pas de mors. Et visiblement, personne n'a soigné ce pauvre cheval depuis un bon mois.

Le rideau du palanquin se releva à l'approche du cavalier. Les esclaves déposèrent leur fardeau sur le sol et le seigneur des Shinzawaï en sortit. Hokanu, qui avait quitté sa place parmi les gardes à l'arrière de la caravane pour rejoindre son père, étreignit chaleureusement le cavalier. Puis ce dernier prit le seigneur des Shinzawaï dans ses bras. Pug et Laurie l'entendirent déclarer :

— Père ! C'est bon de vous revoir.

— Kasumi ! C'est bon de revoir mon premier fils. Depuis quand es-tu là ?

— Cela fait moins d'une semaine. Je serais bien passé à Jamar, mais on m'a dit que vous deviez revenir ici, alors je vous ai attendus.

— Je suis content. Qui sont tes compagnons ? demanda le seigneur des Shinzawaï en désignant les créatures.

— Celui-ci, répondit Kasumi en montrant le plus proche, est le chef de guerre X'calak, qui revient de la guerre contre les petites gens sous les montagnes de Midkemia.

La créature s'avança et leva sa main droite – très humaine d'apparence – en signe de salut.

— Salut, Kamatsu, seigneur des Shinzawaï, honneur à ta maison, déclara-t-elle d'une voix aiguë et sifflante.

Le vieil homme s'inclina légèrement.

— Bienvenue, X'calak. Honneur à ta fourmilière. Les Cho-ja sont toujours les bienvenus.

La créature recula et attendit. Le seigneur se tourna vers le cheval.

— Que montes-tu, mon fils ?

— Un cheval, père. Une de ces créatures que les barbares montent au combat. Je vous en ai déjà parlé. C'est vraiment un animal merveilleux. Sur son dos, je puis courir plus vite que le plus rapide des coureurs cho-ja.

— Comment tient-on dessus ?

L'aîné des fils Shinzawaï rit.

— Avec beaucoup de difficulté, je le crains. Les barbares ont des techniques qui me sont encore inconnues.

Hokanu sourit.

— Peut-être pourrons-nous obtenir des leçons.

Kasumi lui donna une tape dans le dos.

— J'ai demandé à plusieurs barbares, mais malheureusement ils étaient tous morts.

— J'en ai deux ici qui ne le sont pas.

Kasumi jeta un coup d'œil par-dessus l'épaule de son frère et vit Laurie, qui faisait une bonne tête de plus que les autres esclaves rassemblés là.

— Je vois. Bien, il faudra le lui demander. Père, avec votre permission, je vais rentrer et faire en sorte que tout soit prêt pour vous accueillir.

Kamatsu étreignit son fils et accepta. L'aîné prit la crinière dans une main et d'un bond athlétique sauta à dos de cheval. Avec un signe de la main, il repartit.

Pug et Laurie retournèrent rapidement à leur place dans le chariot.

— Tu as déjà vu des êtres comme ceux-là ? demanda le troubadour.

Pug opina.

— Oui. Les Tsurani les appellent des Cho-ja. Ils vivent dans de grandes fourmilières de terre, comme des fourmis. Les esclaves tsurani avec lesquels j'ai discuté au camp ont dit qu'ils étaient là depuis toujours. Ils sont loyaux à l'empire, bien que d'après ce qu'on m'en a dit, chaque fourmilière a sa propre reine.

Laurie lorgna vers l'avant, en se tenant d'une main.

— Je n'aimerais pas me battre contre ça à pied. Regarde comment ils courent.

Pug ne répondit rien. La remarque faite par l'aîné des Shinzawaï à propos des petites gens sous les montagnes lui rappelait de vieux souvenirs. *Si Tomas est en vie*, se dit-il, *ce doit être un homme maintenant. S'il est en vie.*

Le manoir des Shinzawaï était immense. C'était le plus grand édifice – hormis les temples et les palais – que Pug ait jamais vu. Il se trouvait au sommet d'une colline, avec une vue sur des kilomètres à la ronde. Le bâtiment était de forme carrée, comme à Jamar, mais d'une taille nettement supérieure. La maison de ville aurait aisément tenu à l'intérieur du jardin central de celle-ci. Derrière se trouvaient les communs, les cuisines et les quartiers des esclaves.

Pug tournait la tête de tous côtés pour pouvoir voir le jardin. Ils le traversèrent très vite, ce qui ne lui laissa que peu de temps pour s'en faire une idée. Le hadonra, Septiem, lui fit les gros yeux.

— Ne traîne pas.

Pug accéléra le pas et se retrouva à côté de Laurie. Bien qu'ils marchent vite, le jardin était impressionnant. On y avait planté de nombreux arbres qui procuraient de l'ombre aux alentours des trois bassins entourés d'une forêt de fleurs et d'arbres miniatures. Il y avait des bancs de pierre où s'installer pour se reposer en contemplant les lieux. Des sentiers de gravillons serpentaient partout. Le manoir, haut de trois étages, s'élevait tout autour de ce petit parc. Les deux étages supérieurs avaient des balcons, reliés par de nombreux escaliers. On voyait des serviteurs se presser en haut, mais il semblait n'y avoir personne dans le jardin, ou tout au moins dans la partie qu'ils traversaient.

Ils arrivèrent à une porte coulissante et Septiem leur fit face.

— Vous deux, les barbares, soignez vos manières devant les seigneurs de cette maison, ou par les dieux, je vous ferai écorcher le dos, leur dit-il d'un ton ferme. Faites bien attention à respecter tout ce que je vous ai dit, ou vous regretterez que maître Hokanu ne vous ait pas laissés pourrir dans les marais.

Il fit coulisser la porte et annonça les esclaves. On leur donna l'ordre d'entrer et Septiem poussa les Midkemians à l'intérieur. La pièce dans laquelle ils se retrouvèrent était éclairée par de la lumière filtrée au travers de panneaux translucides peints de multiples couleurs. Des gravures, des tapisseries et des tableaux finement dessinés étaient accrochés aux murs. Le sol était couvert d'une épaisse pile de coussins, à la manière tsurani. Sur un grand coussin était assis Kamatsu, seigneur des Shinzawaï. Non loin de lui se trouvaient ses deux fils. Ils étaient tous vêtus de courtes robes de tissu précieux, impeccablement coupées, comme les Tsurani en mettaient lorsqu'ils n'avaient plus à remplir de fonction officielle. Pug et Laurie attendirent, debout, les yeux baissés, qu'on leur adresse la parole.

Hokanu s'exprima le premier :

— Le géant blond se nomme Lohri et celui qui est de taille plus normale se nomme Peug.

Laurie ouvrit la bouche, mais un rapide coup de

coude de Pug le fit taire avant qu'il ne puisse intervenir.

L'aîné remarqua l'échange et dit :

— Tu veux parler ?

Laurie releva les yeux, puis les baissa rapidement. Leurs instructions étaient claires : ne pas parler jusqu'à ce qu'on leur en donne l'ordre. Laurie n'était pas sûr que cette question fût un ordre.

— Parle, dit le seigneur de la maison.

Laurie regarda Kasumi.

— Je me nomme Laurie, maître. Lau-rie. Et mon ami se nomme Pug et non Peug.

Hokanu sembla estomaqué de s'être fait corriger, mais Kasumi acquiesça et prononça les noms plusieurs fois, jusqu'à ce qu'il parvienne à les dire correctement.

— Avez-vous déjà fait du cheval ? demanda-t-il ensuite.

Les deux esclaves acquiescèrent.

— Bien. Alors vous pourrez m'enseigner comment on fait.

Pug, malgré ses yeux baissés, observait la pièce. Quelque chose attira son regard. À côté du seigneur des Shinzawaï se trouvait un plateau de jeu, avec des figurines familières. Kamatsu le remarqua et lui demanda :

— Tu connais ce jeu ?

Il se pencha et rapprocha le plateau, de manière à le placer devant Pug.

— Maître, je connais ce jeu, répondit Pug. Nous appelons ça les échecs.

Hokanu échangea un regard avec son frère, qui s'inclina en avant.

— Comme beaucoup le disent, père, il y a déjà eu des contacts avec les barbares.

Son père écarta le commentaire d'un geste.

— C'est une théorie. (Il s'adressa à Pug.) Assieds-toi là et montre-moi comment on bouge les pièces.

Le jeune homme s'assit et tenta de se rappeler ce que lui avait appris Kulgan. Il n'avait jamais été brillant à ce jeu, mais il connaissait quelques ouvertures classiques et avança un pion.

— Cette pièce ne peut avancer que d'une case, sauf dans son premier mouvement, maître. Dans ce cas, elle peut se déplacer de deux cases. (Le seigneur de la maison acquiesça et lui fit signe de continuer.) Cette pièce est un cavalier et se déplace ainsi.

— Nous appelons ce jeu le shâh, lui apprit Kamatsu après avoir vu comment bougeaient les différents pions. Les pièces portent d'autres noms, mais le reste est pareil. Allons, jouons.

Il donna les pièces blanches à Pug. Ce dernier fit une ouverture conventionnelle par le pion du roi et le seigneur des Shinzawaï contra son action. Pug jouait mal et se fit battre rapidement. Les autres regardèrent la partie sans un mot.

— Tu joues bien, pour ton peuple ? demanda le seigneur quand ce fut fini.

— Non, maître, je joue mal.

Kamatsu sourit et des rides se formèrent aux coins de ses yeux.

— Alors il est possible que ton peuple ne soit pas aussi barbare qu'on veut bien le dire. Nous rejouerons bientôt.

Il fit un signe de tête à son fils aîné qui se leva puis

s'inclina devant son père et demanda à Pug et à Laurie de le suivre.

Les Midkemians s'inclinèrent devant le maître de maison et sortirent de la pièce à la suite de Kasumi. Celui-ci leur fit traverser la maison, jusqu'à une petite pièce meublée de paillasses et de coussins.

— Vous dormirez ici. L'autre porte donne sur ma chambre. Je veux vous avoir à portée de main constamment.

— Qu'est-ce que le maître veut faire de nous ? demanda Laurie avec hardiesse.

Kasumi le regarda un moment.

— Vous autres barbares ne ferez jamais de bons esclaves. Vous oubliez trop souvent votre place. (Laurie commença à bégayer une excuse, mais le Tsurani le coupa :) Cela n'a que peu d'importance. Tu devras m'apprendre des choses, Laurie. Tous les deux, vous allez m'apprendre à monter à cheval et à parler votre langue. Je veux savoir ce que signifie tout votre charabia quand vous parlez entre vous.

Un gong résonna dans la maison et leur conversation s'arrêta.

— Un Très-Puissant arrive, annonça Kasumi. Restez dans vos appartements. Je dois aller lui souhaiter la bienvenue en compagnie de mon père.

Il sortit à grands pas, laissant les deux Midkemians s'installer dans leurs nouveaux quartiers en se demandant ce qu'auguraient ces changements dans leur vie.

Par deux fois lors des deux jours qui suivirent, Pug et Laurie aperçurent l'hôte de marque des Shinzawaï. Il ressemblait beaucoup au seigneur de la maison, mais il était plus mince et portait la robe noire des Très-Puissants tsurani. Pug posa quelques questions aux domestiques mais ne recueillit que peu d'informations. Les deux Midkemians n'avaient jamais vu une peur comparable à celle que les Très-Puissants pouvaient inspirer aux Tsurani. Ils représentaient visiblement un pouvoir à part, mais comme Pug n'était pas très au fait des réalités de la société tsurani, il avait du mal à comprendre exactement quelle était leur place dans cette structure. Au début, il avait cru qu'ils étaient sous le coup d'une sorte de tabou social, car on lui disait toujours que les Très-Puissants étaient « en dehors de la loi ». Un esclave tsurani exaspéré, qui n'arrivait pas à croire que Pug puisse être aussi ignorant de choses si importantes, finit par lui faire comprendre que les Très-Puissants n'avaient que très peu – ou pas – de contraintes sociales, car ils rendaient un service inestimable à l'empire.

Pug fit aussi une découverte qui allégea quelque peu sa nostalgie due à la captivité. Derrière les enclos à needra, il trouva un chenil plein de chiens qui aboyaient et remuaient la queue. C'étaient les seuls animaux que Pug ait vus sur Kelewan qui ressemblaient parfaitement à ceux de Midkemia et leur simple présence lui procura une immense joie. Il courut chercher Laurie dans leur chambre et le ramena au chenil. Ils s'assirent sur la piste, en plein milieu d'un groupe de chiens joueurs.

Laurie riait aux éclats de leurs jeux bruyants. Ils ne ressemblaient pas aux chiens de chasse du duc. Plus maigres, ils avaient les pattes plus longues et des oreilles pointues qui se dressaient au moindre bruit.

— J'en ai vu des semblables, à Gulbi – une ville sur la grande route commerciale au nord de Kesh. On appelle ça des lévriers et ils servent à chasser les fauves rapides et les antilopes des savanes autour de la vallée du Soleil.

Le maître-chien, un esclave très maigre aux paupières tombantes nommé Rachmad, arriva et leur jeta un regard soupçonneux.

— Qu'est-ce que vous faites là ?

Laurie regarda l'homme à l'air sévère et tira gentiment sur le museau d'un chiot surexcité.

— Nous n'avons pas vu de chiens depuis que nous avons quitté notre pays, Rachmad. Notre maître est occupé avec le Très-Puissant, alors nous nous sommes dit que nous allions visiter ton beau chenil.

À la mention de son « beau chenil », le visage sombre de l'esclave s'éclaira.

— Je m'efforce de maintenir ces chiens en bonne santé. Nous devons les garder enfermés, ils essayent toujours de s'attaquer aux Cho-ja, qui ne les aiment pas du tout.

Un moment, Pug songea qu'on les avait peut-être pris à Midkemia, comme le cheval. Quand il demanda d'où ils venaient, Rachmad le regarda comme s'il était devenu fou.

— Le soleil t'a tapé sur la tête. Il y a toujours eu des chiens.

Sur cette dernière phrase, il considéra la conversation comme close et s'en alla.

Plus tard dans la nuit, Pug se réveilla en entendant Laurie entrer dans la chambre.

— Qu'est-ce que tu faisais ?

— Chut ! Tu veux donc réveiller toute la maison ? Rendors-toi.

— Où tu es allé ? demanda Pug en chuchotant.

Il vit Laurie sourire dans la pénombre.

— Je suis allé voir une certaine petite cuisinière, pour… discuter.

— Oh ! Almorella ?

— Oui, répondit joyeusement le troubadour. C'est une sacrée fille.

La jeune esclave qui servait aux cuisines lui faisait les yeux doux depuis l'arrivée de la caravane, quatre jours plus tôt.

— Tu devrais essayer de te faire quelques amis aussi, ajouta Laurie après un temps de silence. Ça permet de voir les choses sous un autre angle.

— J'imagine, répondit Pug d'un air à la fois un peu choqué et envieux.

Almorella était une très jolie fille, pleine de joie, aux yeux sombres et malicieux, qui avait à peu près l'âge du jeune homme.

— Cette petite Katala, par exemple, insista le chanteur. Tu lui as tapé dans l'œil, je crois bien.

Les joues brûlantes, Pug jeta un coussin sur son ami.

— Oh, tais-toi et va dormir.

Laurie étouffa un rire. Il alla à sa paillasse et laissa Pug seul avec ses pensées.

Pug profitait de la fraîcheur du vent, porteur d'une odeur de pluie. Laurie, lui, montait le cheval de Kasumi, sous l'œil attentif du jeune officier tout proche. Le troubadour avait demandé à des artisans tsurani de confectionner une selle et un mors pour la monture et s'appliquait à faire une démonstration de leur utilisation.

— Ce cheval est entraîné au combat, cria-t-il. On pourrait presque lui lâcher la bride. (Il le montra aussitôt en laissant pendre les rênes d'un côté de l'encolure du cheval, puis de l'autre.) Mais on peut aussi le diriger avec les genoux.

Il leva les mains et montra au fils aîné de la maison comment on faisait.

Cela faisait trois semaines qu'ils enseignaient l'équitation au jeune noble et celui-ci semblait doué. Laurie sauta de selle et Kasumi prit sa place. Cependant, le Tsurani, gêné par la selle, eut un peu de mal au départ. Il passa devant Pug, qui lança :

— Maître, serrez bien les jambes !

Le cheval sentit la pression et partit en un trot rapide. La vitesse, au lieu d'inquiéter Kasumi, sembla le fasciner.

— Plus bas les talons ! cria Pug.

Puis, sans qu'aucun des deux esclaves lui ait donné d'instructions, Kasumi talonna violemment son cheval et l'envoya au galop dans le champ.

— Soit il est doué, soit il se tue, commenta Laurie en le regardant disparaître sur la prairie.

Pug opina.

— Je crois qu'il tient le bon bout. En tout cas, il ne manque pas de courage.

Laurie cueillit un long brin d'herbe et le cala entre ses dents. Il s'accroupit et gratta l'oreille d'une chienne allongée à ses pieds, autant pour l'empêcher de courir après le cheval que pour jouer avec elle. Elle roula sur le dos et lui mordilla la main, pour jouer.

Laurie se tourna vers Pug.

— Je me demande à quel jeu notre ami est en train de jouer.

Son compagnon haussa les épaules.

— Comment ça ?

— Tu te souviens de quand nous sommes arrivés ici ? J'ai appris que Kasumi devait partir avec ses compagnons cho-ja. Bon, ces trois Cho-ja sont partis ce matin – raison pour laquelle Bethel peut sortir du chenil – et j'ai entendu dire que les ordres du fils aîné des Shinzawaï venaient subitement d'être modifiés. Mets tout bout à bout, ajoute les cours d'équitation et de langue et qu'est-ce qu'on a au final ?

Pug s'étira.

— Je l'ignore.

— Moi aussi. (Laurie sembla dégoûté.) Mais quelque chose de très important se joue ici même. Moi, je voulais juste voyager, raconter mes histoires et chanter mes chansons, ajouta-t-il d'un ton léger en parcourant la plaine du regard. Et puis, un jour j'aurais trouvé une veuve avec une auberge.

Pug éclata de rire.

— Je crois que tu trouverais le travail d'aubergiste bien morne après toutes ces belles aventures.

— Tu parles d'une belle aventure ! Je pars avec une troupe de milice provinciale et je tombe pile au beau milieu de toute l'armée tsurani. Depuis, je me suis fait battre plusieurs fois, j'ai passé des mois à patauger dans les marais, j'ai traversé la moitié de ce monde à pied...

— Sur un chariot, si je me souviens bien.

— Bon, en tout cas, j'ai traversé la moitié de ce monde et voilà maintenant que je donne des cours d'équitation à Kasumi Shinzawaï, fils aîné d'un seigneur de Tsuranuanni. Ce n'est pas de ça que sont faites les grandes ballades.

Pug sourit d'un air désabusé.

— Tu aurais pu y rester quatre ans, dans les marais. Estime-toi heureux. Au moins, tu peux espérer être encore en vie demain – tout au moins tant que Septiem ne t'attrape pas la nuit près des cuisines.

Laurie regarda Pug.

— Je sais que tu te moques de moi – pour Septiem, je veux dire. Mais ça fait longtemps que je me demande quelque chose, Pug. Pourquoi est-ce que tu ne parles jamais de ta vie avant ta capture ?

Le jeune homme regarda au loin d'un air absent.

— Ça doit être une habitude que j'ai prise dans le camp des marais. On ne gagne rien à se rappeler ce qu'on était. J'ai vu des hommes très braves mourir parce qu'ils n'arrivaient pas à oublier qu'ils étaient nés libres.

Laurie tira l'oreille de la chienne.

— Mais les choses sont différentes, ici.

— Vraiment ? Souviens-toi de ce que tu disais à Jamar sur les gens qui veulent obtenir quelque chose de toi. Je crois que mieux tu te sens ici, plus ce sera facile pour eux d'obtenir ce qu'ils veulent de toi. Ce seigneur Shinzawaï est loin d'être bête. Quelle est la meilleure manière de dresser un chien ou un cheval ? demanda-t-il en sautant du coq à l'âne. Avec un fouet ou avec des caresses ?

Laurie leva les yeux.

— Quoi ? Eh bien, avec des caresses, mais il faut de la discipline, aussi.

Pug acquiesça.

— Je crois qu'on nous traite exactement comme Bethel et ses congénères. Mais nous restons des esclaves. Ne l'oublie jamais.

Laurie regarda le pré un long moment sans rien dire.

Les cris de l'aîné de la maison qui réapparaissait les sortirent tous deux de leurs pensées. Il arrêta le cheval devant eux et sauta de selle.

— Il vole, déclara-t-il dans la langue du royaume, sur un ton haché.

Kasumi était un élève doué, qui apprenait très vite à parler leur langue. Il complétait ses cours par un flot incessant de questions sur les terres et les gens de Midkemia. Il ne laissait de côté aucun aspect de la vie du royaume et se renseignait sur tout, y compris les choses les plus communes, comme la manière de marchander et la manière de s'adresser aux gens de toutes les conditions.

Kasumi ramena le cheval dans l'enclos construit spécialement pour lui. Pug vérifia qu'il ne s'était pas abîmé les jambes. Par tâtonnements, ils lui avaient fait des fers avec du bois traité à la résine, qui semblaient tenir assez bien.

— J'ai réfléchi à une chose, reprit Kasumi en marchant. Je ne comprends pas comment règne votre roi, ni toutes ces histoires de Congrès des seigneurs. Expliquez-moi cela, s'il vous plaît.

Laurie leva les yeux vers Pug. Bien que ce dernier

ne soit pas plus au fait des subtilités de la politique du royaume que le troubadour, il semblait plus apte à expliquer ce qu'il en savait.

— Le Congrès élit le roi, expliqua Pug, mais c'est une élection pour la forme.

— Pour la forme ?

— C'est une tradition. L'héritier du trône est toujours élu, hormis quand la succession n'est pas tout à fait claire. On considère que c'est le meilleur moyen d'empêcher une guerre civile, car la décision du Congrès est sans appel. (Il expliqua comment le prince de Krondor avait laissé la place à son neveu et comment le Congrès avait accédé à ses vœux.) Comment cela fonctionne-t-il dans l'empire ?

Kasumi réfléchit avant de répondre.

— Ce n'est peut-être pas si différent. Chaque empereur est l'élu des dieux, mais vu ce que vous m'en avez dit, il n'est pas comme votre roi. Il règne dans la Cité sainte, mais son pouvoir est un pouvoir spirituel. Il nous protège de la colère des dieux.

— Alors qui dirige ? demanda Laurie.

Ils arrivèrent à l'enclos où Kasumi retira la selle et le mors et commença à étriller le cheval.

— Ici, ce n'est pas la même chose que chez vous. (Il semblait avoir des difficultés à s'exprimer dans leur langue et passa au tsurani.) Un chef de famille règne en maître sur son domaine. Chaque famille fait partie d'un clan et le seigneur le plus influent du clan est le chef de guerre. Au sein de ce clan, chaque chef de famille dispose de certains pouvoirs qui dépendent de son influence. Les Shinzawaï font partie du clan Kanazawaï. Nous sommes la seconde famille la plus importante dans ce clan après les Keda. Mon père, dans sa jeunesse, dirigeait les armées du clan, c'était un chef de guerre, ou un général dans votre langue. La position de chaque famille change de génération en génération, il est donc peu probable que j'atteigne une position aussi importante.

» Les seigneurs régnants de chaque clan siègent au Grand Conseil. Ils conseillent le seigneur de guerre. Celui-ci dirige au nom de l'empereur, quoique l'empereur puisse théoriquement annuler ses ordres.

— Est-ce qu'il arrive vraiment à l'empereur d'annuler les ordres du seigneur de guerre ? demanda Laurie.

— Jamais.

— Comment le seigneur de guerre est-il choisi ? demanda Pug.

— C'est difficile à expliquer. Quand le seigneur de guerre meurt, les clans se rassemblent. C'est une grande assemblée de seigneurs, car ce n'est pas uniquement le Conseil qui vient, mais il y a aussi les chefs de toutes les familles. Ils se retrouvent et intriguent, parfois il y a des vendettas, mais à la fin, un nouveau seigneur de guerre est élu.

Pug repoussa les cheveux qui lui tombaient devant les yeux.

— Alors qu'est-ce qui empêche le clan du seigneur de guerre d'exiger la fonction, si ce sont les plus puissants ?

Kasumi parut troublé.

— Ce n'est pas facile à expliquer. Peut-être faut-il être tsurani pour comprendre. Nous avons des lois, mais au-delà des lois, il y a la coutume. Quelle que soit la puissance d'un clan, ou celle d'une famille au sein d'un clan, le seigneur de guerre ne peut être élu qu'au sein de cinq familles : les Keda, les Tonmargu, les Minwanabi, les Oaxatucan et les Xacatecas. Donc il n'y a que cinq seigneurs que l'on puisse réellement prendre en compte. L'actuel seigneur de guerre est un Oaxatucan, ce qui fait que le clan Kanazawaï ne brille pas beaucoup. Son clan, les Omechan, se renforce pour l'instant. Il n'y a que les Minwanabi pour les égaler mais ils sont alliés dans l'effort de guerre. C'est ainsi que vont les choses.

Laurie secoua la tête.

— En regard de toutes ces histoires de familles et de clans, notre politique a l'air plutôt simple.

Kasumi rit.

— Ce n'est pas de la politique, ça. La politique, c'est l'affaire des partis.

— Des partis ? répéta Laurie, visiblement de plus en plus perdu.

— Il en existe plusieurs, comme la Roue bleue, la Fleur jaune, l'Œil-de-jade, le Parti du progrès, le Parti de la guerre et d'autres encore. Les familles peuvent se rallier à différents partis, pour faire avancer leurs propres intérêts. Parfois, des familles d'un même clan se rallient à différents partis, d'autres fois, elles changent leurs alliances en fonction des besoins du moment. Il arrive aussi qu'elles soutiennent deux partis à la fois, ou aucun.

— Cette forme de gouvernement semble très instable, fit remarquer Laurie.

Kasumi éclata de rire.

— Cela fait deux mille ans que ça dure. Nous avons

un vieux dicton : « Dans le Grand Conseil, garde-toi de ton frère. » Gardez bien cela en tête et vous comprendrez.

Pug réfléchit mûrement à sa question suivante.

— Maître, dans tout cela, vous n'avez rien dit des Très-Puissants. Pourquoi ?

Kasumi cessa d'étriller son cheval et regarda Pug un moment, puis se remit au travail.

— Ils n'ont aucun rapport avec la politique. Ils sont en dehors de la loi et ils n'ont pas de clan. (Il resta silencieux un moment.) Pourquoi me demandez-vous cela ?

— C'est juste qu'ils semblent bénéficier d'un grand respect et comme l'un d'eux est venu ici récemment, je me suis dit que vous pourriez m'expliquer.

— On les respecte car le sort de l'empire est constamment entre leurs mains. C'est une grave responsabilité. Ils renoncent à tous leurs liens et peu d'entre eux entretiennent une vie privée en dehors de leur communauté de magiciens. Ceux qui ont une famille vivent à part et leurs enfants sont envoyés dans leur ancienne famille quand ils sont assez grands. C'est une chose difficile. Ils doivent sacrifier beaucoup de choses.

Pug regarda Kasumi avec attention. Il semblait assez troublé par cette discussion.

— Le Très-Puissant qui est venu voir mon père était, quand j'étais petit, un membre de cette famille. C'était mon oncle. C'est difficile pour nous, maintenant, car il doit respecter les usages et ne peut pas dire qu'il fait partie de notre famille. Ce serait mieux s'il restait à l'écart, je pense.

Il prononça tout bas ces derniers mots.

— Pourquoi cela, maître ? demanda Laurie sur le même ton.

— Parce que c'est difficile pour Hokanu. Avant qu'il devienne mon frère, c'était le fils du Très-Puissant.

Ils en terminèrent avec les soins du cheval et quittèrent la cabane. Bethel fonça devant eux, car elle savait que l'heure du repas était proche. Quand elle passa devant le chenil, Rachmad l'appela et elle rejoignit les autres chiens.

Ils ne parlèrent plus durant tout le reste du trajet. Kasumi rentra dans sa chambre sans ajouter quoi que ce soit à l'adresse des deux Midkemians. En attendant qu'on les appelle pour le dîner, Pug s'assit sur sa paillasse et réfléchit à ce qu'il venait d'apprendre. Malgré leurs étranges manières, les Tsurani étaient des hommes comme les autres. Il trouvait cela à la fois rassurant et inquiétant.

Deux semaines plus tard, Pug se trouva confronté à un autre problème. Katala lui avait fait clairement sentir qu'elle était très loin d'apprécier le manque d'attentions qu'il lui manifestait. Par des détails d'abord, puis par des signes de plus en plus évidents, elle avait fini par éveiller son intérêt. La crise s'était déclenchée lorsque Pug avait rencontré inopinément la jeune fille derrière le bâtiment des cuisines plus tôt cet après-midi-là.

Laurie et Kasumi essayaient de confectionner un petit luth, avec l'aide d'un menuisier shinzawaï. Kasumi avait voulu s'intéresser à la musique du troubadour et il observait les préparatifs de près ces derniers jours tandis que Laurie se battait avec l'artisan sur le choix et la coupe du bois et sur la manière de façonner l'instrument. Il s'inquiétait de la qualité des cordes en boyau de needra ainsi que de milliers d'autres petits détails. Pug ne trouvait pas cela particulièrement passionnant et, au bout de quelques jours, il commença à chercher toutes les bonnes raisons de s'éloigner. L'odeur du bois traité lui rappelait trop celle des arbres qu'il coupait dans les marais pour qu'il puisse apprécier de se trouver dans l'atelier du menuisier, plein d'odeurs de résine.

Cet après-midi-là, il se reposait, allongé à l'ombre des cuisines, quand Katala était apparue. Le ventre du jeune homme s'était noué à sa vue. Il la trouvait très attirante, mais chaque fois qu'il avait essayé de lui parler, il n'avait pas su trouver les mots. Il faisait simplement quelques remarques sans intérêt, s'embrouillait, puis s'enfuyait. Ces derniers temps, il avait fini par ne plus rien dire du tout. Cette fois, il lui avait souri prudemment quand elle était passée à côté de lui. Brusquement, Katala s'était retournée, visiblement au bord des larmes.

— Qu'est-ce qui ne va pas, chez moi ? Je suis donc si laide que tu ne supportes pas de me voir ?

Pug en était resté bouche bée. La jeune fille avait attendu un moment puis lui avait donné un coup de pied dans la jambe.

— Stupide barbare, avait-elle reniflé avant de prendre la fuite.

Pug se trouvait à présent dans sa chambre, confus et mal à l'aise. Laurie taillait des chevilles pour son luth. Finalement, il reposa son couteau et son bois et demanda à son ami :

— Qu'est-ce qui ne va pas, Pug ? On dirait qu'ils t'ont promu au rang de maître esclave et qu'ils te renvoient dans les marais.

Pug s'allongea sur sa paillasse, regardant fixement le plafond.

— C'est Katala.

— Oh, fit Laurie.

— Comment ça, « Oh » ?

— Rien, sauf qu'Almorella me dit que cette fille a été impossible ces deux dernières semaines et que tu as l'air aussi en forme qu'un bœuf à qui on aurait collé un coup de merlin, ces derniers jours. Qu'est-ce qu'il y a ?

— Je ne sais pas. Elle a… Elle m'a juste… elle m'a donné un coup de pied, aujourd'hui.

Laurie éclata de rire.

— Mais pourquoi, au nom du ciel, est-ce qu'elle t'a fait cela ?

— Je ne sais pas. Elle m'a juste donné un coup de pied.

— Qu'est-ce que tu lui avais fait ?

— Rien !

— Ah ! gloussa Laurie, très amusé. C'est ça, le problème, Pug. Les femmes n'aiment pas qu'un homme qu'elles n'apprécient pas leur montre trop d'intérêt, mais il y a une chose qu'elles détestent encore plus, c'est le manque d'attention de la part d'un homme qu'elles apprécient.

Pug parut abattu.

— Je me disais bien que ça devait être quelque chose dans le genre.

Laurie sembla surpris.

— Comment ? Tu ne l'aimes pas ?

Pug se pencha en avant, les coudes sur les genoux.

— C'est pas ça. Je l'aime bien. Elle est très jolie et elle a l'air assez gentille. Mais c'est juste que…

— Quoi ?

Pug scruta son ami, pour voir s'il se moquait de lui. Laurie souriait, mais de manière amicale et rassurante.

— C'est juste… qu'il y a quelqu'un d'autre, expliqua Pug.

La mâchoire de Laurie béa, puis se referma d'un coup.

— Qui ? Hormis Almorella, Katala est la plus jolie fille que j'ai vue dans ce monde perdu. (Il soupira.) Honnêtement, elle est plus mignonne qu'Almorella, mais juste un tout petit peu. Et puis je ne t'ai vu parler à aucune autre femme et je ne t'ai vu traîner avec personne d'autre.

Pug secoua la tête et baissa les yeux.

— Non, Laurie, je parle de chez nous.

La mâchoire de Laurie béa de nouveau, puis le troubadour se renversa en arrière et gémit.

— Chez nous ! Mais qu'est-ce que je vais faire de ce gamin ? Il a perdu l'esprit ! (Il se releva sur un coude.) C'est bien Pug qui parle ? Le gamin qui me conseille d'oublier le passé ? Celui qui affirme que s'attarder sur la manière dont les choses étaient avant ne mène qu'à une mort certaine ?

Pug balaya cette série de questions.

— C'est différent.

— Comment ça, différent ? Par Ruthia – qui dans ses jours les plus tendres protège les fous, les ivrognes et les ménestrels – comment oses-tu me dire que c'est différent ? Est-ce que tu envisagerais un seul instant que tu aies une chance sur dix fois dix mille de revoir cette fille un jour, quelle qu'elle soit ?

— Je sais, mais c'est en pensant à Carline que j'ai pu éviter de perdre la tête… (Il poussa un gros soupir.) Nous avons tous besoin d'un rêve, Laurie.

Ce dernier regarda calmement son jeune ami pendant un moment.

— Oui, Pug, nous avons tous besoin d'un rêve. Malgré tout, ajouta-t-il joyeusement, un rêve est une chose. La chaleur d'une femme bien vivante en est une autre. (Comme Pug semblait gêné par ses remarques, il changea de sujet.) Qui est Carline, Pug ?

— La fille de messire Borric.

Les yeux de Laurie s'écarquillèrent.

— La princesse Carline ? (Pug opina.) La noble la plus convoitée de toutes les terres de l'Ouest après la fille du prince de Krondor ? insista Laurie d'un ton amusé. Tu as des facettes que je n'aurais jamais soupçonnées ! Parle-moi d'elle.

Pug commença à parler, lentement au début, de sa passion d'enfant, puis de la manière dont s'était développée leur relation. Laurie ne dit rien, remettant ses questions à plus tard, laissant son ami se décharger d'émotions qu'il gardait enfouies en lui depuis des années.

— C'est peut-être ce qui me gêne le plus avec Katala, conclut le jeune homme. Par certains côtés, elle ressemble à Carline. Elles ont toutes les deux de la volonté et elles savent se faire comprendre.

Laurie acquiesça, sans rien dire. Pug retomba dans le silence.

— Quand j'étais à Crydee, ajouta-t-il au bout de quelques instants, j'ai cru un moment que j'étais amoureux de Carline, mais je n'en suis plus sûr. N'est-ce pas un peu bizarre ?

Laurie secoua la tête.

— Non, Pug. Il y a bien des manières d'aimer quelqu'un. Parfois on a tellement envie d'être amoureux qu'on n'est pas trop regardant sur la personne. D'autres fois, on fait de l'amour quelque chose de si pur et de si noble que nul ne peut correspondre à la vision que l'on en a. Mais, pour la plupart, l'amour est une reconnaissance, l'opportunité de dire : « Il y a quelque chose en toi que je chéris. » Cela n'oblige pas les gens à se marier, ou même à avoir des relations physiques. On aime ses parents, on aime sa ville ou son pays, on aime la vie, on aime les gens. Tout cela a beau être différent, c'est le même terme. Mais, dis-moi, les sentiments que tu ressens pour Katala, ce sont les mêmes que ceux que tu ressens pour Carline ?

Pug haussa les épaules et sourit.

— Non, pas du tout, enfin pas tout à fait. Avec Carline, j'avais l'impression qu'il fallait que je l'empêche d'approcher, tu vois, comme si je devais la tenir éloignée de moi. Une manière de garder le contrôle de ce qui se passait, j'imagine.

— Et Katala ? creusa délicatement le troubadour.

Pug haussa les épaules encore une fois.

— Je ne sais pas. C'est différent. Ce n'est pas

comme si je devais la garder sous contrôle. C'est plus comme si j'avais des choses à lui dire, sans savoir comment les dire. Comme la manière dont j'ai été complètement chamboulé quand elle m'a souri pour la première fois. Je pouvais parler à Carline, quand elle se taisait et qu'elle acceptait de m'écouter. Katala ne parle pas, mais je ne sais pas quoi lui dire. (Il se tut un moment, puis émit une sorte de soupir à la limite du grognement.) J'ai simplement l'impression que Katala me fait mal, Laurie.

Ce dernier se renversa en arrière avec un petit ricanement amical.

— Ouais, je connais bien cette douleur. Mais je dois admettre que tu as du goût pour les femmes intéressantes. Katala a l'air d'être un sacré morceau. Quant à la princesse Carline…

— Je ne manquerai pas de te la présenter quand nous rentrerons, lança Pug un peu rudement.

Laurie ne fit pas attention au ton de sa voix.

— Je m'en souviendrai. Écoute, ce que je veux dire, c'est que tu sembles avoir développé un don pour trouver des femmes de valeur. J'aimerais bien pouvoir en dire autant, ajouta-t-il un peu tristement. Ma vie est essentiellement ponctuée de filles d'auberge, de filles de ferme et de prostituées. Je ne sais pas ce que je peux bien te dire.

— Laurie, dit Pug. (Le troubadour releva la tête et regarda son ami, qui poursuivit :) Je ne sais pas… Je ne sais pas comment faire.

Laurie regarda Pug un moment, puis il eut un éclair de compréhension et éclata de rire, en rejetant la tête en arrière. Pug commença à s'énerver et le troubadour leva les mains d'un air suppliant.

— Je suis désolé, Pug. Je ne voulais pas t'embarrasser. C'est juste que je ne m'attendais pas à ça.

Rasséréné, le jeune homme expliqua :

— J'étais jeune au moment de ma capture, j'avais moins de seize ans. Je n'ai jamais été aussi grand que les autres garçons, alors les filles ne se sont jamais beaucoup intéressées à moi, jusqu'à Carline, bien sûr et après je suis devenu châtelain et elles avaient toutes peur de me parler. Après ça… zut, Laurie. J'ai été dans les marais pendant quatre ans. Quand est-ce que j'aurais pu avoir une femme ?

Laurie resta assis un moment sans rien dire et la tension s'apaisa.

— Pug, je n'y avais jamais pensé, mais comme tu dis, quand est-ce que tu te serais trouvé une femme ?

— Laurie, qu'est-ce que je dois faire ?

— Qu'est-ce que tu voudrais faire ?

Laurie regarda Pug, l'air désolé pour lui.

— Je voudrais… aller la voir. Je crois. Je ne sais pas.

Le troubadour se frotta le menton.

— Écoute, Pug, je n'aurais jamais cru avoir une conversation comme ça avec quelqu'un, sinon un fils si jamais ça m'arrive. Je ne voulais pas me moquer de toi. Tu m'as juste pris par surprise. (Il réfléchit, les yeux dans le vague.) J'avais à peine douze ans quand mon père m'a jeté dehors. J'étais l'aîné, il avait sept autres bouches à nourrir, et je n'ai jamais été très fort pour l'agriculture. Je suis allé à pied à Tyr-Sog avec un de mes voisins et on y a passé un an, à vivre dans la rue. Il a rallié une bande de mercenaires en tant que cuistot et plus tard il est devenu soldat. Moi, je me suis trouvé une troupe de musiciens itinérants qui m'ont appris des chants, des sagas et des ballades, tout en voyageant. J'ai grandi vite, je suis devenu un homme à treize ans. Il y avait une femme dans la troupe, la veuve d'un chanteur, qui voyageait avec ses frères et ses cousins. Elle avait un peu plus de vingt ans, mais elle me paraissait très vieille, à moi. C'est elle qui m'a initié aux jeux de l'amour.

Il se tut un moment, revivant des souvenirs oubliés depuis longtemps. Puis il sourit.

— C'était il y a plus de quinze ans, Pug. Mais je revois encore son visage. Nous étions tous les deux un petit peu perdus. On n'avait rien prévu à l'avance. C'est juste arrivé un après-midi sur la route. Elle était… gentille. (Il tourna les yeux vers son ami.) Elle savait que j'avais peur, malgré mon air bravache. (Il sourit et ferma les yeux.) Je vois encore le soleil briller entre les branches derrière son visage et son odeur mêlée à celle des fleurs sauvages. (Il rouvrit les yeux.) Nous avons passé les deux années suivantes ensemble, le temps que j'apprenne à chanter. Et puis j'ai quitté la troupe.

— Qu'est-ce qui est arrivé ? demanda Pug, car c'était la première fois qu'il lui racontait cette histoire.

Laurie ne lui avait jamais parlé de sa jeunesse auparavant.

— Elle s'est remariée. C'était un homme bien, un tavernier dont l'établissement se trouvait sur la route qui va de la Croix de Malac au val Durrony. Sa femme était morte d'une fièvre l'année d'avant, le laissant seul avec deux fils en bas âge. Elle a bien tenté de m'expliquer, mais je n'ai pas voulu l'écouter. Qu'est-ce que je savais ? Je n'avais pas tout à fait seize ans et le monde était simple.

Pug opina.

— Je vois ce que tu veux dire.

— Écoute, ce que j'essaye de t'expliquer, c'est que je comprends ton problème, continua Laurie. Je peux t'expliquer comment on fait…

— Je sais tout ça, l'interrompit Pug. Je n'ai pas été élevé par des moines.

— Mais tu ne sais pas comment on fait.

Pug opina et ils éclatèrent de rire tous les deux.

— Je crois que tu devrais juste aller voir la fille et lui dire ce que tu ressens pour elle, conseilla le troubadour.

— Juste lui parler ?

— Bien entendu. En amour, c'est comme pour beaucoup de choses, il vaut mieux se servir de sa tête ! Maintenant, vas-y.

— Maintenant ?

Pug paniqua.

— Ce serait difficile de le faire plus tôt, non ?

Le jeune homme hocha la tête et sortit sans un mot. Il parcourut les couloirs sombres et silencieux extérieurs au quartier des esclaves et se glissa jusqu'à la porte de Katala. Il leva la main pour frapper contre le chambranle, puis se figea. Il resta là un moment sans rien dire en essayant de se décider, quand la porte s'ouvrit en coulissant. Almorella se tenait sur le seuil, serrant sa robe autour d'elle, les cheveux défaits.

— Oh, murmura-t-elle. Je croyais que c'était Laurie. Attends un moment.

Elle disparut dans la pièce, puis réapparut peu de temps après avec quelques affaires dans les bras. Elle tapota le bras de Pug et partit en direction de la chambre qu'il partageait avec Laurie.

Le jeune homme resta à la porte, puis entra lentement. Il voyait Katala couchée sur son lit sous une couverture. Il s'avança vers elle et s'accroupit. Il lui toucha l'épaule et l'appela doucement. Elle s'éveilla et s'assit brusquement, en se protégeant de sa couverture.

— Qu'est-ce que tu fais là ?

— Je... je voulais te parler. (Maintenant qu'il avait commencé, les mots se bousculaient pour franchir ses lèvres.) Je suis désolé si j'ai fait quoi que ce soit qui ait pu te mettre en colère contre moi. Ou si je n'ai rien fait. Je veux dire, Laurie a dit que, si on ne fait rien alors que quelqu'un s'attend à ce qu'on fasse quelque chose, c'est aussi mal que si on vous serrait de trop près. Je ne suis pas sûr, tu vois. (Katala cacha un petit gloussement en se couvrant la bouche de la main, voyant sa détresse malgré la pénombre.) Ce que je veux dire... ce que je veux dire c'est que je suis désolé. Désolé pour ce que j'ai fait. Ou pas fait...

Elle le fit taire en posant un doigt sur ses lèvres. Puis elle glissa ses bras autour du cou de Pug et l'attira contre elle.

— Idiot, dit-elle après l'avoir embrassé doucement. Ferme la porte.

Ils étaient allongés tous les deux ensemble, les bras de Katala autour de la poitrine de Pug, qui regardait le plafond. Elle semblait endormie. Il caressa son épaisse chevelure et ses douces épaules.

— Qu'y a-t-il ? demanda-t-elle tout ensommeillée.

— Je me disais juste que je n'avais jamais été aussi heureux depuis le jour où l'on m'a fait membre de la cour ducale.

— C'est bien. (Elle s'éveilla un peu.) C'est quoi, un duc ?

Pug réfléchit un moment.

— C'est comme un de vos seigneurs, mais c'est un peu différent. Mon duc était le cousin du roi, c'était le troisième homme le plus important du royaume.

Elle se glissa plus près de lui.

— Tu devais être quelqu'un d'important pour faire partie de la cour d'un tel homme.

— Pas vraiment. Je lui ai rendu un service et il m'a remercié pour ça.

Il ne voulait pas évoquer le nom de Carline ici. D'une certaine manière, ses histoires avec la princesse lui semblaient bien infantiles après cette nuit.

Katala roula sur le ventre. Elle releva la tête et la posa sur sa main, formant un triangle avec son bras.

— J'aimerais que les choses soient différentes.

— Comment ça, mon amour ?

— Mon père était un fermier de Thuril. Nous sommes l'un des derniers peuples libres de Kelewan. Si nous pouvions retourner là-bas, tu obtiendrais une bonne position dans le Coaldra, le conseil des guerriers. Ils ont toujours besoin de gens ingénieux. Alors, nous pourrions être ensemble.

— Nous sommes ensemble, ici, non ?

Katala l'embrassa doucement.

— Oui, cher Pug, nous le sommes. Mais nous savons tous les deux ce que c'est qu'être libre, n'est-ce pas ?

Le jeune homme se redressa.

— J'essaye de ne pas penser à ce genre de choses.

Elle glissa ses bras autour de lui, le tenant comme un enfant.

— Ça a dû être terrible, dans les marais. On en entend parler, mais en fait, on ne sait pas vraiment ce qui s'y passe, dit-elle tout bas.

— C'est mieux ainsi.

Katala l'embrassa. Peu de temps après ils retrouvèrent ce lieu hors du temps, où tous deux oubliaient leurs malheurs et leur nostalgie. Ils passèrent une nuit de plaisir, se découvrant tous deux des sentiments dont ils n'auraient jamais soupçonné la force. Pug n'aurait su dire si elle avait déjà connu des hommes avant lui et ne le lui demanda pas. Cela n'avait pas d'importance à ses yeux. La seule chose importante, c'était d'être là, avec elle, maintenant. Il était plongé dans un océan de plaisirs et d'émotions, et c'était nouveau pour lui. Il ne comprenait pas tout à fait ses sentiments, mais il ne doutait pas que ce qu'il ressentait pour Katala était plus réel, plus irrésistible, que la dévotion confuse qu'il avait eue pour Carline.

Les semaines passèrent et Pug vit sa vie prendre une routine rassurante. Certains soirs, il jouait aux échecs – ou au shâh, comme on l'appelait ici – avec le seigneur des Shinzawaï et leur conversation permettait à Pug de comprendre certaines choses de la vie des Tsurani. Il ne pouvait plus considérer ces gens comme de parfaits étrangers, car il les voyait dans leur vie quotidienne, tellement semblable à la vie qu'il avait connue enfant. Certaines différences le surprenaient toujours, comme le strict respect du code d'honneur, mais les similitudes avec son ancienne vie étaient bien plus nombreuses.

Katala devint le centre de son existence. Ils se retrouvaient dès qu'ils le pouvaient, partageaient leurs repas, échangeaient quelques mots et passaient ensemble toutes les nuits où l'un pouvait se glisser jusqu'à l'autre. Pug était certain que les autres esclaves de la maisonnée savaient tout de leurs déplacements nocturnes, mais la promiscuité de la vie tsurani avait développé chez les gens un aveuglement sélectif sur les habitudes personnelles des autres. Nul ne s'inquiétait vraiment des faits et gestes de deux esclaves.

Plusieurs semaines après sa première nuit avec Katala, Pug se retrouva seul avec Kasumi. Laurie se disputait de nouveau à grands cris avec le menuisier qui achevait son luth. Ce dernier considérait que le troubadour était quelque peu déraisonnable de s'opposer à ce que l'on peigne l'instrument en jaune vif strié de rouge. Il ne voyait aucun intérêt à laisser au bois sa couleur naturelle. Pug et Kasumi laissèrent Laurie expliquer au menuisier ce dont le bois avait besoin pour donner une résonance acceptable, visiblement prêt à tenter de le convaincre autant par le volume sonore que par la pure logique.

Ils se dirigèrent vers les écuries. Des agents des Shinzawaï avaient acheté à grands frais plusieurs autres chevaux pour les envoyer ici en faisant visiblement jouer leurs appuis politiques. Dès que Kasumi était seul avec les deux esclaves, il parlait la langue du royaume et insistait pour qu'ils l'appellent par son nom. Il apprenait leur langue aussi facilement qu'il apprenait à monter à cheval.

— Notre ami Laurie, dit le fils aîné de la maison, ne fera jamais un bon esclave d'un point de vue tsurani. Il n'apprécie pas notre art.

Pug écouta les bruits de la dispute qui venaient jusqu'à lui.

— Je crois que ce qu'il veut surtout, c'est que l'on reconnaisse vraiment son art.

Ils arrivèrent au corral et regardèrent un étalon gris, nerveux, hennir et ruer à leur approche. Ce cheval avait été amené une semaine auparavant, solidement attaché à un chariot par plusieurs longes et il avait systématiquement tenté d'attaquer tous ceux qui l'approchaient.

— À ton avis, pourquoi celui-ci est-il si agressif, Pug ?

L'intéressé regarda le magnifique animal faire le tour du corral, entraînant les autres chevaux avec lui loin des hommes. Quand les juments et un autre étalon moins dominant se furent suffisamment écartés, le gris se retourna et regarda les deux hommes d'un air méfiant.

— Je n'en suis pas sûr. Peut-être a-t-il simplement mauvais caractère, à moins qu'il soit mal dressé, ou peut-être a-t-il subi un entraînement spécial pour le combat. La plupart de nos montures de guerre sont entraînées à ne pas reculer au combat, à rester silencieuses quand on les tient et à répondre aux ordres de leur cavalier en cas de danger. Mais quelques animaux, la plupart du temps des chevaux de nobles, sont entraînés spécialement à n'obéir qu'à leur maître et peuvent servir d'arme autant que de monture, car ils ont appris à attaquer. C'est peut-être un de ceux-là.

Kasumi regarda l'étalon frapper le sol et incliner la tête.

— Je le monterai, un jour, promit-il. Quoi qu'il en soit, il engendrera une bonne lignée. Nous avons maintenant cinq juments et père en a obtenu cinq autres. Elles vont arriver d'ici quelques semaines et nous cherchons dans tout l'empire pour en trouver d'autres. (Le jeune homme regarda au loin d'un air pensif.) Quand je suis arrivé dans votre monde, Pug, j'ai exécré la simple vue de ces chevaux. Ils nous tombaient dessus et nos soldats mouraient. Mais ensuite je me suis rendu compte que c'étaient de magnifiques créatures. Il y avait d'autres prisonniers, à l'époque où j'étais encore là-bas, qui disaient que chez vous il existait des familles nobles connues essentiellement pour leurs élevages de chevaux. Un jour, les meilleurs chevaux de l'empire seront shinzawaï.

— Au vu de ceux-là, c'est un bon début, quoique, pour ce que j'en sais, il vous en faudrait plus pour faire un véritable élevage.

— Nous en aurons autant qu'il est nécessaire.

— Kasumi, comment vos dirigeants peuvent-ils ne pas tenir compte de l'intérêt que représentent ces bêtes que vous capturez ? Vous devez bien comprendre que des unités de cavalerie pourraient vous être particulièrement utiles pour vos conquêtes ?

Kasumi prit un air malicieux.

— Nos dirigeants ont, pour la plupart, les mains

liées par les traditions, Pug. Ils ne voient aucun intérêt à créer une cavalerie. Ce sont des imbéciles. Vos cavaliers piétinent nos guerriers, mais nos dirigeants prétendent que nous n'avons rien à apprendre et ils qualifient votre peuple de barbare. Une fois, j'ai fait le siège de l'un de vos châteaux et ceux qui l'ont défendu m'ont appris beaucoup de choses sur l'art de la guerre. On pourrait m'accuser de traîtrise pour avoir dit une telle chose, mais si nous avons tenu c'est uniquement grâce au nombre. Pour la plupart, vos généraux en savent plus que nous. Essayer de garder ses soldats en vie au lieu de les envoyer à une mort certaine, cela vous apprend à mieux vous battre. Non, en vérité, nous sommes dirigés par des hommes qui… (Il se tut, réalisant qu'il abordait un terrain dangereux.) En vérité, dit-il finalement, notre peuple est aussi têtu que le vôtre.

Il regarda Pug un moment puis sourit.

— Nous avons lancé des raids pour vous voler des chevaux, la première année, pour que les Très-Puissants du seigneur de guerre puissent les étudier. Ils voulaient savoir s'il s'agissait d'alliés intelligents, comme nos Cho-ja, ou s'ils n'étaient que de simples animaux. La scène fut plutôt comique. Le seigneur de guerre exigea d'être le premier à monter sur un cheval. J'imagine qu'il en avait choisi un dans le genre de ce gris, car dès qu'il approcha de l'animal, celui-ci l'attaqua et faillit le tuer. Son honneur ne pouvait lui permettre de laisser quelqu'un monter à cheval alors que lui avait échoué. Mais je crois qu'il avait peur d'essayer avec un autre animal. Notre seigneur de guerre, Almecho, est un homme très orgueilleux et a beaucoup de caractère, même pour un Tsurani.

— Mais alors, comment votre père peut-il acheter des chevaux capturés ? demanda Pug. Et comment pouvez-vous faire de l'équitation malgré les ordres du seigneur de guerre ?

Le sourire de Kasumi s'élargit.

— Mon père est un homme qui a une grande influence au sein du Conseil. Notre politique est tortueuse et il existe toujours un moyen de passer outre les ordres, même s'ils sont issus du seigneur de guerre ou du Grand Conseil. Il n'y a que la Lumière du Ciel dont les ordres ne puissent être discutés. Mais surtout, ces chevaux sont ici et le seigneur de guerre n'y est pas. (Il eut un autre sourire.) Le seigneur de guerre ne règne en maître absolu que sur le champ de bataille. Sur ses terres, nul ne peut discuter les ordres de mon père.

Depuis son arrivée au manoir des Shinzawaï, Pug se demandait ce que tramaient Kasumi et son père. Il n'avait aucun doute sur le fait qu'ils trempaient dans une intrigue politique tsurani, mais il n'avait aucune idée de ce que ça pouvait bien être. Un puissant seigneur comme Kamatsu ne se donnerait pas tant de mal pour satisfaire la passade d'un fils même aussi aimé que Kasumi. Pug savait toutefois qu'il valait mieux ne pas s'engager plus loin dans cette voie que ne l'exigeaient les circonstances. Il changea de sujet de conversation :

— Kasumi, je me demandais quelque chose.

— À quel sujet ?

— Quelle loi régit le mariage des esclaves ?

Le jeune Tsurani ne sembla pas surpris de la question.

— Les esclaves peuvent se marier avec la permission de leur maître. Mais on la leur accorde rarement. Une fois mariés, un homme et sa femme ne peuvent plus être séparés et leurs enfants ne peuvent pas être vendus tant que leurs parents vivent. C'est la loi. Si un couple marié vit longtemps, une terre peut s'encombrer de trois ou quatre générations d'esclaves, bien plus qu'elle ne peut se le permettre économiquement. Cependant, il arrive que la permission soit accordée. Pourquoi, tu veux épouser Katala ?

— Vous savez ? s'étonna Pug.

— Mon père est au courant de tout ce qui se passe sur ses terres et il me fait toute confiance, répondit Kasumi sans arrogance. C'est un grand honneur.

Pug acquiesça pensivement.

— Je ne sais pas encore si je veux l'épouser. J'ai beaucoup de sentiments pour elle, mais quelque chose me retient. C'est comme si…

Il haussa les épaules, incapable d'exprimer ce qu'il ressentait. Kasumi l'observa un moment, puis rappela :

— C'est par la volonté de mon père que tu vis et c'est par sa décision que tu vis cette vie.

Il se tut. Pug se rendit compte du gouffre qui les séparait, l'un étant le fils d'un puissant seigneur et l'autre au dernier rang des propriétés de son père, un esclave. À présent que le masque de l'amitié s'était déchiré, Pug retrouvait ce qu'il avait appris dans les marais : ici, la vie ne valait pas grand-chose et son existence était suspendue au bon plaisir de cet homme ou de son père.

Comme s'il lisait dans ses pensées, Kasumi ajouta :

— Souviens-toi, Pug, la loi est stricte. Un esclave ne sera jamais libre. Malgré tout, tu pourrais être encore dans les marécages. Pour nous, les Tsurani, vous les gens du royaume êtes très impatients.

Pug se rendit compte que Kasumi tentait de lui dire quelque chose, peut-être quelque chose d'important. En effet, malgré sa franchise, il en revenait facilement aux manières tsurani que Pug trouvait particulièrement énigmatiques. Il y avait une tension sous-jacente dans les mots de Kasumi, si bien que le Midkemian se dit qu'il valait mieux ne pas poursuivre plus avant et changea de nouveau de sujet de conversation :

— Comment va la guerre, Kasumi ?

— Mal des deux côtés, soupira ce dernier en regardant l'étalon gris. Les lignes de front sont stables, elles n'ont pas changé ces trois dernières années. Nos deux dernières offensives ont été bloquées, mais votre armée n'a pas pu gagner non plus. Maintenant, il se passe parfois des semaines sans aucun combat. Puis les vôtres fondent sur l'une de nos enclaves et nous leur retournons le compliment. Cela ne mène pas à grand-chose si ce n'est à un peu plus de sang versé. Ça n'a aucun sens et il n'y a pas beaucoup d'honneur à gagner là-dedans.

Pug s'étonna. Tout ce qu'il avait vu chez les Tsurani le confortait dans l'idée de ce qu'avait dit Meecham des années auparavant sur le fait qu'il s'agissait d'une race de guerriers. En arrivant ici, Pug avait vu des combattants partout. Les deux fils de la maison étaient des soldats, comme l'avait été Kamatsu dans sa jeunesse. Hokanu était le premier chef de troupe de la garnison de son père, car c'était le second fils du seigneur des Shinzawaï. Mais il avait fait preuve d'une impitoyable efficacité avec le contremaître dans le camp des marais et Pug savait que cela n'avait rien d'anormal. Chez les Tsurani, on apprenait le code dès le plus jeune âge, car il fallait le suivre à la lettre.

Kasumi sentit les yeux de l'esclave posés sur lui.

— J'ai l'impression que vos manières étranges sont en train de m'attendrir, Pug. (Il fit une pause.) Allons, dis-m'en plus sur ton peuple et ce que…

Il se tut brusquement. Serrant le bras de Pug, il pencha la tête de côté, pour écouter. Quelques instants plus tard, il s'exclama :

— Non ! Ce n'est pas possible ! (Il fit volte-face et hurla :) Un raid ! Les Thûn !

Pug tendit l'oreille et entendit au loin un faible grondement, comme si une bande de chevaux arrivait au galop dans la plaine. Il grimpa sur la barrière du corral et scruta la direction d'où venait le bruit. Une grande prairie s'étendait derrière le corral, bordée par une zone d'arbres clairsemés. Quand l'alerte sonna derrière lui, il vit des formes émerger à la lisière des arbres.

À la fois fasciné et terrifié, Pug regarda ces fameux Thûn galoper vers la propriété. Ils grandirent dans son champ de vision, galopant furieusement dans sa direction. C'étaient de grands êtres semblables à des centaures, ce qui leur donnait de loin un faux air de cavaliers montés sur des chevaux. Le bas de leur corps n'était pas tout à fait celui d'un cheval, il ressemblait plus à celui d'un grand cerf, ou d'un élan, quoique plus musclé. Le haut du corps était tout à fait humain, à l'exception de leur visage, plutôt simiesque, avec un long museau. Leur corps était entièrement recouvert d'une longue fourrure grise, tachetée de blanc. Chacune des créatures portait un bâton ou une hache, dont la lame de pierre était fixée au manche par une ficelle.

Hokanu et les gardes de la maisonnée sortirent en courant des baraquements des soldats et prirent position derrière le corral. Les archers bandèrent leurs arcs et les fantassins se mirent en position, prêts à intercepter la charge.

Laurie surgit à côté de Pug, tenant à la main son luth presque fini.

— Qu'est-ce qui se passe ?

— Un raid thûn !

Laurie resta figé, aussi fasciné que son ami. Soudain, il posa son luth sur le côté et sauta dans le corral.

— Mais qu'est-ce que tu fais, tu es fou ? hurla Pug.

Le troubadour esquiva une feinte de l'étalon gris et sauta sur le dos d'un autre cheval, la jument dominante de la petite bande.

— J'essaye d'emmener les bêtes en lieu sûr.

Pug opina et ouvrit la barrière. Laurie fit sortir la jument, mais le cheval gris empêcha les autres de la suivre, les ramenant en arrière. Pug hésita un instant, puis marmonna :

— Algon, j'espère que tu savais ce que tu disais.

Il s'avança calmement vers l'étalon, s'efforçant sans un mot de lui faire sentir son autorité.

— Calme ! dit-il quand l'étalon ramena les oreilles en arrière et renâcla.

Le cheval redressa ses oreilles et sembla réfléchir. Pug savait qu'il devait minuter son action à la perfection et continua à s'approcher, toujours sur le même rythme. L'animal le regarda venir se placer à côté de lui.

— Calme ! répéta Pug.

Puis, avant que l'étalon puisse partir au galop, il lui attrapa la crinière et se hissa sur son dos. Le cheval, entraîné au combat, décida de lui-même, par chance, que Pug était assez proche de son maître précédent pour répondre. Peut-être était-ce dû aux bruits du combat, mais en tout cas, quand Pug lui donna un coup de talon, l'animal bondit en avant et sortit du corral au galop. Pug serrait les jambes de toutes ses forces.

— Laurie, va récupérer les autres ! hurla le jeune homme lorsque l'étalon eut libéré le passage.

L'animal tourna à gauche. Pug regarda derrière lui et vit les autres chevaux suivre la jument de Laurie, qui repassait devant l'entrée du corral.

Il vit aussi Kasumi sortir en courant de la sellerie, une selle à la main.

— Ho ! s'écria le Midkemian en s'accrochant du mieux qu'il pouvait au dos du cheval qu'il montait à cru. Calme ! dit-il de nouveau lorsque sa monture s'arrêta.

L'étalon gris frappa le sol, impatient d'aller au combat.

— Empêchez les chevaux de se battre, hurla Kasumi en s'approchant. C'est un raid de tueurs et les

Thûn ne partiront pas tant que chacun d'eux n'aura pas tué au moins une fois.

Il cria à Laurie de s'arrêter. Quand la petite troupe de chevaux fut à peu près immobile, il sella rapidement l'un d'eux et l'écarta des autres.

Pug talonna sa monture et emmena les quatre autres chevaux, avec l'aide de la jument de Laurie, derrière les bâtiments. Ils regroupèrent les animaux en les empêchant de regarder l'attaque des Thûn.

Un soldat qui portait des armes arriva en courant.

— Mon maître Kasumi vous ordonne de défendre les chevaux même au prix de votre vie, cria-t-il en s'approchant des deux esclaves midkemians.

Il donna une épée et un bouclier à chacun, puis fit demi-tour et repartit au combat en courant.

Pug regarda ces armes étranges, qui pesaient moitié moins que celles avec lesquelles il s'était entraîné dans le royaume. Un cri suraigu interrompit son examen quand Kasumi, à cheval, passa le coin du bâtiment en se battant contre un guerrier thûn. L'aîné des Shinzawaï montait bien et avait l'expérience du combat, même s'il n'avait pas encore eu l'occasion de se battre à cheval. Son manque d'habitude était compensé par le fait que le Thûn ne connaissait rien aux chevaux, car bien que le combat contre un cavalier ne soit pas très différent du combat contre un Thûn, le cheval pouvait attaquer indépendamment en mordant la créature au torse et au visage.

Lorsqu'il sentit dans le vent l'odeur du Thûn, l'étalon que montait Pug rua et faillit le désarçonner. Le jeune homme s'accrocha fermement à la crinière et serra les jambes. Les autres chevaux hennirent. Pug s'efforça d'empêcher le sien de charger.

— Ils n'aiment pas l'odeur de ces bestioles, hurla Laurie. Regarde la réaction du cheval de Kasumi.

Une autre de ces créatures arriva et Laurie fonça sur elle en hurlant. Les armes se heurtèrent avec fracas et Laurie para le coup de massue du Thûn avec son bouclier. Il frappa la créature au torse, et son adversaire poussa un hurlement dans un étrange langage guttural avant de s'effondrer.

Pug entendit un cri venant de l'intérieur de la maison et vit, en se retournant, une des fines portes coulissantes exploser sous le poids d'un corps. Un esclave de la maison se releva en titubant, puis s'effondra, du sang coulant à flots d'une blessure à la tête. D'autres silhouettes se ruèrent par la porte.

Pug vit Katala et Almorella sortir en courant avec les autres, poursuivies par un guerrier thûn. La créature fonçait droit sur Katala, sa massue levée au-dessus de la tête.

Pug hurla le nom de la jeune fille et l'étalon gris sentit l'inquiétude de son cavalier. Sans ordre, l'énorme cheval de guerre bondit, interceptant le Thûn au moment où il allait s'approcher de l'esclave. L'animal était enragé par les bruits de combat ou par l'odeur des Thûn. Il percuta violemment la créature, la mordit et la frappa de ses lourds sabots. Le Thûn s'effondra sous le cheval. Pug fut désarçonné par l'impact et retomba lourdement. Il resta sonné un moment avant de se relever. Puis il se dirigea en titubant vers Katala, accroupie par terre, et l'écarta de l'étalon fou qui donnait des ruades contre le Thûn immobile, abattant rageusement ses sabots. Le cheval le frappa encore et encore, jusqu'à ce qu'il soit sûr qu'il ne restait plus un souffle de vie dans la créature abattue. Pug cria au cheval de s'arrêter et de l'attendre. L'étalon, avec un grognement méprisant, cessa son attaque, mais il avait encore les oreilles en arrière et tremblait. Pug s'approcha de lui et lui caressa l'encolure, jusqu'à ce que l'animal arrête de frissonner.

Le calme revint. Pug regarda autour de lui et vit Laurie galoper à la poursuite des chevaux dispersés. Il laissa sa propre monture et retourna vers Katala. Elle était assise dans l'herbe, tremblante, Almorella à côté d'elle.

— Ça va ? demanda Pug en s'agenouillant devant la jeune femme.

Elle prit une profonde inspiration, puis lui fit un faible sourire.

— Oui, mais j'ai vraiment cru un moment qu'il allait m'écraser.

Pug regarda la jeune esclave qui avait fini par compter tellement pour lui.

— Moi aussi, je l'ai cru. (Ils se sourirent. Almorella se releva et dit qu'elle allait s'occuper des autres.) J'ai eu si peur que tu sois blessée, ajouta le jeune homme. J'ai cru perdre la tête quand je t'ai vue fuir devant cette créature.

Katala posa sa main sur la joue de son amant, qui se rendit compte qu'il pleurait.

— J'ai eu si peur pour toi, avoua-t-il de nouveau.

— Et moi pour toi. J'ai cru que tu allais te faire tuer, en percutant ce Thûn comme ça. (Elle s'effondra en sanglots et se glissa lentement entre ses bras.) Je ne sais pas ce que je ferais si tu te faisais tuer.

Pug la serra de toutes ses forces. Ils restèrent ainsi quelques minutes, jusqu'à ce que Katala retrouve ses esprits.

— La propriété est dévastée, déclara-t-elle en s'écartant doucement de lui. Septiem va avoir des centaines de choses à nous faire faire.

Elle essaya de se relever ; Pug se remit debout face à elle et lui prit la main.

— Avant, je ne savais pas, mais maintenant j'en suis sûr. Je t'aime, Katala.

Elle lui sourit en lui caressant la joue.

— Moi aussi, Pug.

Ce moment de découverte mutuelle fut interrompu par l'arrivée du seigneur des Shinzawaï et de son fils cadet. Regardant autour de lui, il évaluait les dégâts qu'avait subis sa maison. Kasumi apparut à cheval, couvert de sang et salua son père.

— Ils se sont enfuis mais j'ai donné des ordres pour qu'on envoie des hommes aux forts qui se trouvent dans le nord. Les Thûn ont sûrement dû prendre une de ces garnisons, pour pouvoir passer.

Le seigneur des Shinzawaï acquiesça pour montrer qu'il avait compris et rentra dans sa maison, appelant son premier conseiller et les serviteurs les plus haut placés pour avoir un rapport sur les dégâts.

— Nous parlerons plus tard, souffla Katala à son amant, avant de répondre aux cris enroués du hadonra, Septiem.

Pug rejoignit Laurie, qui était venu se placer à côté

de Kasumi. Le ménestrel regardait les corps des créatures étendus par terre.

— Qu'est-ce que c'est ? demanda-t-il.

— Des Thûn, répondit Kasumi. Ce sont des nomades qui viennent des toundras du Nord. Nous possédons des forts là-bas, au pied des montagnes qui séparent notre domaine de leurs terres, devant chacune des passes. Auparavant, ils vivaient ici sur nos terres, puis nous les avons repoussés vers le nord. (Il montra un talisman noué dans la fourrure de l'une des créatures.) C'était un raid de mort. Ce sont tous de jeunes mâles qui n'ont pas encore fait leurs preuves et qui n'ont pas de femelle. Cet été, ils ont échoué aux rites de combat et ont été bannis de leur bande par les mâles plus forts. Il leur fallait aller au sud et tuer au moins un Tsurani avant de pouvoir réintégrer leur harde. Chacun d'eux devait revenir avec une tête de Tsurani, ou ne pas revenir du tout. C'est leur coutume. Nous allons poursuivre ceux qui se sont enfuis, car il est hors de question qu'ils retournent dans leurs montagnes.

Laurie secoua la tête.

— Cela arrive souvent ?

— Chaque année, répondit Hokanu avec une grimace. D'habitude, les garnisons des forts les repoussent, mais cette année, ils devaient être particulièrement nombreux. Certains d'entre eux ont déjà dû retourner au nord avec les têtes prises sur les hommes de nos forts.

— Ils ont dû tuer deux patrouilles, aussi, ajouta Kasumi en secouant la tête. Nous avons dû perdre entre soixante et cent hommes.

Hokanu semblait aussi sombre que son aîné face à une telle déconvenue.

— Je vais diriger personnellement une patrouille pour estimer les dégâts.

Il partit aussitôt, dès que son frère aîné lui en eut donné la permission. Kasumi se tourna ensuite vers Laurie.

— Les chevaux ?

Le chanteur montra l'endroit où se tenait l'étalon gris, qui veillait sur la petite troupe. Soudain, Pug prit la parole :

— Kasumi, je voudrais réellement demander à votre père la permission d'épouser Katala.

Le jeune Tsurani plissa les yeux.

— Écoute-moi bien, Pug. J'ai essayé de t'expliquer, mais tu n'as visiblement pas compris ce que j'ai voulu te dire. Ton peuple n'est pas très fin. Je vais te dire les choses simplement. Tu peux le demander, mais cela te sera refusé.

Pug commença à protester, mais Kasumi le coupa.

— J'ai dit que vous étiez un peuple impatient. Il y a de bonnes raisons. Je ne puis en dire plus, mais il y a des raisons, Pug. (La colère brilla dans les yeux de l'intéressé.) Un seul mot prononcé sous le coup de la colère à portée d'ouïe de n'importe lequel des soldats de cette maison, tout particulièrement de mon frère, et tu es un esclave mort, ajouta Kasumi dans la langue du royaume.

— Comme vous voudrez, maître, répondit Pug avec raideur.

Devant son amertume, le jeune Tsurani répéta doucement :

— Il y a de bonnes raisons, Pug.

Un instant, il essaya d'être autre chose qu'un maître tsurani, d'être un ami qui essayait de l'apaiser. Il croisa le regard de Pug et le soutint, puis un voile passa sur ses yeux et ils redevinrent maître et esclave. Le Midkemian baissa les yeux.

— Occupe-toi des chevaux, ordonna Kasumi.

Il partit, le laissant seul.

Pug ne parla jamais de sa requête à Katala. Elle sentait bien que quelque chose le troublait profondément, quelque chose qui apportait une pointe d'amertume au bonheur qu'ils tiraient de leur relation. Il découvrit la profondeur de son amour pour elle et commença à explorer sa nature complexe. Katala n'était pas seulement volontaire, elle avait aussi l'esprit vif. Il suffisait de lui expliquer les choses une fois pour qu'elle comprenne. Pug apprit à aimer son ironie, une qualité qu'elle tirait de son peuple, les Thuril, et que la captivité avait finement aiguisée. Elle était très observatrice, s'intéressait à tout ce qui se passait autour d'elle et commentait sans pitié les travers de tous les gens de la maison, pour le plus grand plaisir de Pug. Elle insista pour que ce dernier lui enseigne sa langue, ce qu'il commença à faire. Katala se révéla étonnamment douée pour ça.

Deux mois passèrent sans histoire. Puis un soir, Pug et Laurie furent appelés dans la salle à manger du maître de maison. Le chanteur avait presque terminé son luth et, bien qu'il eût des centaines de petits détails à revoir, il le jugeait assez bon pour en jouer. Ce soir-là, il devait le montrer au seigneur des Shinzawaï.

Ils entrèrent dans la pièce et virent que Kamatsu avait un invité à sa table, un homme en robe noire, le Très-Puissant qu'ils avaient entraperçu quelques mois auparavant. Pug se mit à côté de la porte et Laurie prit place au pied de la table basse où se trouvaient les plats. S'asseyant confortablement sur un coussin, il commença à jouer.

Lorsque les premières notes s'élevèrent, il entonna un chant que Pug connaissait bien. Il chantait les joies de la récolte et la richesse de la terre. C'était l'un des airs favoris des villages du royaume. Outre Pug, seul Kasumi en comprenait les paroles, même si son père en saisissait également quelques-unes, grâce aux mots appris au cours de ses parties d'échecs avec Pug.

Ce dernier n'avait jamais entendu Laurie chanter auparavant et il fut réellement impressionné. Le troubadour était peut-être un vantard, mais il n'en restait pas moins le meilleur musicien que Pug ait jamais entendu. Sa voix était un instrument parfait, qui s'exprimait à la fois par les mots et par la musique. Quand il eut fini, les convives frappèrent poliment la table avec leurs couteaux, sans doute l'équivalent des applaudissements chez les Tsurani, se dit Pug.

Laurie entonna une autre mélodie, un air joyeux que l'on jouait lors des fêtes dans tout le royaume. Pug se souvint de la dernière fois où il l'avait entendue, lors de la fête de Banapis l'année précédant son départ pour Rillanon, et il revit les paysages familiers de sa patrie. Pour la première fois depuis des années, il ressentit une profonde tristesse et l'envie de retrouver sa terre natale.

Pug, la gorge serrée, avala sa salive. Il se sentait déchiré entre la nostalgie, le désespoir et la frustration, et la maîtrise de soi qu'il avait si durement acquise commença à lui échapper. Il invoqua rapidement l'un des exercices apaisants que lui avait appris Kulgan. Un sentiment de bien-être l'envahit et lui permit de se détendre. Tout le temps que Laurie joua, Pug usa de sa concentration pour écarter les fantômes de son passé. Grâce à ses capacités, il put créer une aura de calme au sein de laquelle il pouvait se tenir, comme un refuge contre la rage inutile que provoquait en lui cette réminiscence.

Plusieurs fois lors du récital, Pug sentit le regard du Très-Puissant se poser sur lui. L'homme semblait l'observer d'un air interrogateur. Quand Laurie eut terminé, le magicien se pencha pour parler à son hôte.

Le seigneur des Shinzawaï fit signe à Pug de s'installer à table. Quand il fut assis, le Très-Puissant prit la parole :

— Je dois te demander quelque chose. (Sa voix était claire et forte et Pug retrouva un peu le ton de Kulgan quand il s'apprêtait à lui dicter une leçon.) Qui es-tu ?

La question, simple et directe, prit tous les convives par surprise. Le seigneur de la maison ne semblait pas bien saisir la question et commença à répondre :

— C'est un esclave…

Il fut interrompu par la main dressée du Très-Puissant.

— Je m'appelle Pug, maître, répondit le jeune homme.

À nouveau, les yeux noirs de l'homme le scrutèrent.

— Qui es-tu ?

Pug commençait à se sentir mal à l'aise. Il n'avait jamais aimé se trouver au centre de l'attention générale, mais jamais encore on ne l'avait dévisagé avec tant d'insistance.

— Je suis Pug et j'appartenais à la cour du duc de Crydee.

— Qui es-tu, toi qui te trouves ici, irradiant de pouvoir ?

À cela, les trois hommes de la maison Shinzawaï sursautèrent et Laurie regarda Pug, confondu.

— Je suis un esclave, maître.

— Donne-moi ta main.

Pug tendit la main et le Très-Puissant la prit. Les lèvres de l'homme se mirent à bouger et ses yeux se voilèrent. L'esclave midkemian sentit comme un flot de chaleur traverser sa main, puis le submerger tout entier. La pièce sembla s'illuminer comme au cœur d'un léger halo blanc. Bientôt Pug ne vit plus que les yeux du magicien. Son esprit s'engourdit et le temps s'arrêta, comme suspendu. Il sentit une pression dans sa tête comme si on essayait d'y pénétrer. Il lutta et la pression se retira.

Les deux yeux noirs reculèrent et la vision de Pug s'éclaircit, jusqu'à ce qu'il finisse par revoir toute la pièce. Le magicien lui lâcha la main ; une lueur d'inquiétude passa dans ses yeux.

— Qui es-tu ? demanda-t-il de nouveau.

— Je suis Pug, apprenti du magicien Kulgan.

À cela, le seigneur des Shinzawaï pâlit, visiblement confus.

— Comment…

La silhouette sombre du Très-Puissant se releva.

— Cet esclave n'est plus la propriété de cette maison, annonça-t-il. Il passe désormais sous la juridiction de l'Assemblée.

Le silence se fit dans la pièce. Pug, complètement terrifié, ne comprenait rien à ce qui se passait.

Le Très-Puissant tira un objet de sa robe. Pug se souvint d'en avoir déjà vu un, lors du raid sur le camp tsurani, et sa terreur augmenta d'un cran. Le magicien activa l'objet, qui bourdonna comme l'avait fait l'autre. Puis il mit la main sur l'épaule de Pug et la pièce disparut dans la grisaille.

3

Métamorphose

Le prince elfe patientait en silence.

Calin attendait sa mère. Il avait le cœur lourd et ressentait le besoin de lui parler cette nuit même. Ils n'en avaient pas eu beaucoup l'occasion ces derniers temps, car la guerre s'était étendue et il pouvait de moins en moins rester dans les bois enchantés d'Elvandar. En sa qualité de chef de guerre des elfes, il avait été au front presque tous les jours depuis la dernière fois que les étrangers avaient tenté de traverser le fleuve.

Depuis le siège du château de Crydee trois ans auparavant, les étrangers étaient revenus à chaque printemps, grouillant comme des fourmis à l'assaut des gués, à douze contre un. Chaque année, la magie elfe avait fini par les vaincre. Ils pénétraient par centaines dans les bois de songe et tombaient dans un sommeil éternel, leur corps nourrissant le sol et les arbres enchantés. D'autres répondaient à l'appel des dryades et suivaient les chants des esprits des bois jusqu'à ce qu'ils meurent de soif et de passion dans l'étreinte de leur inhumaine amante, leur sacrifiant leur vie. D'autres encore tombaient sous les griffes des créatures des forêts, les loups géants, les ours et les lions qui répondaient à l'appel des cors de guerre elfes. Même les branches et les racines des arbres elfiques résistaient aux envahisseurs qui finissaient toujours par s'enfuir.

Mais cette année, pour la première fois, les Robes Noires étaient venues, et une grande partie de la magie elfique avait perdu de son pouvoir. Les elfes avaient gagné, mais Calin se demandait ce qu'ils feraient quand les étrangers reviendraient.

Cette année, les nains des Tours Grises étaient de nouveau venus à l'aide des elfes. Les Moredhels ayant quitté le Vercors, les nains avaient pu rapidement quitter leur hivernage dans les montagnes, ajoutant leurs forces à la défense d'Elvandar. Pour la troisième année consécutive depuis le siège de Crydee, ils avaient aidé les elfes à maintenir les étrangers de l'autre côté du fleuve, amenant avec eux l'homme qui se nommait Tomas.

Calin se leva à l'approche de sa mère, la reine Aglaranna, qui s'assit sur son trône.

— Mon fils, comme je suis heureuse de te revoir.

— Mère, je suis très heureux de te voir moi aussi.

Il s'assit à ses pieds et attendit que les mots lui viennent. Sa mère patienta, sentant qu'il avait le cœur sombre. Finalement, il prit la parole :

— Je suis troublé par Tomas.

— Tout comme moi, avoua la reine, grave et pensive.

— Est-ce pour cela que tu t'absentes quand il vient à la cour ?

— Pour cela… et pour d'autres raisons.

— Comment se peut-il que l'emprise de la magie des Anciens soit toujours aussi forte au bout de tant de siècles ?

Une voix s'éleva derrière le trône.

— C'est donc cela, alors ?

Mère et fils se retournèrent, surpris. Dolgan sortit de l'ombre, allumant sa pipe.

— Les nains des Tours Grises nous espionnent-ils donc, Dolgan ? s'emporta Aglaranna.

Le chef nain ignora le ton mordant de la question.

— Normalement non, madame, mais j'étais sorti faire une promenade – ces petites pièces se remplissent si vite de fumée – et je vous ai entendus par hasard. Je ne voulais pas vous interrompre.

— Quand vous le voulez, vous savez vous déplacer avec une discrétion surprenante, Dolgan, fit remarquer Calin.

Le nain haussa les épaules et souffla un nuage de fumée.

— Les elfes ne sont pas les seuls à avoir le pied léger. Mais nous parlions du gamin. Si ce que vous dites est vrai, c'est effectivement une affaire sérieuse. Si j'avais su, je ne lui aurais jamais laissé prendre ce cadeau.

La reine lui fit un sourire.

— Ce n'est pas votre faute, Dolgan. Vous ne pouviez pas savoir. Je craignais ce qui arrive depuis que

Tomas est venu parmi nous en portant l'habit des Anciens. Au début, j'ai cru que la magie des Valherus ne fonctionnerait pas sur lui, car c'était un mortel, mais je me rends compte maintenant qu'il est de moins en moins mortel au fil des ans.

» C'est un malheureux concours de circonstances qui est la cause de tout cela. Sans la magie du dragon, nos tisseurs de sort auraient découvert ce trésor il y a bien longtemps. Nous avons passé des siècles à rechercher et à détruire ces reliques, afin que les Moredhels ne puissent pas les utiliser. Maintenant il est trop tard, car Tomas ne nous laisserait jamais détruire l'armure de son plein gré.

Dolgan tira sur sa pipe.

— Chaque hiver, il ronge son frein dans nos grandes salles et attend le printemps, le temps des combats. Il ne s'intéresse qu'à ça et il reste là, à boire et à regarder la neige sur le pas de la porte, ou à observer des choses que lui seul peut voir. Pendant ce temps, il garde l'armure soigneusement enfermée dans sa chambre et, quand il est en campagne, il ne la retire jamais, même pour dormir. Il a changé, mais ce n'est pas normal. Non, il est certain qu'il ne se passerait pas de cette armure de bon cœur.

— Nous pourrions essayer de l'y forcer, convint la reine, mais ce pourrait être mal venu. Quelque chose est en train de naître en lui, qui pourrait sauver mon peuple, et je suis prête à prendre beaucoup de risques pour un tel enjeu.

— Je ne comprends pas, madame, avoua le chef nain.

— Je ne suis pas sûre de bien comprendre moi-même, Dolgan, mais je suis la reine d'un peuple en guerre. Un ennemi terrible ravage nos terres et, chaque année, il s'enhardit. La magie des étrangers est puissante, peut-être plus que toutes les autres depuis que celle des Anciens a disparu. Peut-être la magie qui demeure dans le cadeau du dragon sauvera-t-elle mon peuple.

Dolgan secoua la tête.

— Il me paraît étrange qu'un tel pouvoir réside dans une armure de métal.

Aglaranna lui sourit.

— Vraiment ? Et que faites-vous du marteau de Tholin que vous portez ? N'est-il pas investi de pouvoirs datant de plusieurs siècles ? Des pouvoirs qui font de vous le nouvel héritier du trône des nains de l'Ouest ?

Dolgan dévisagea la reine.

— Vous connaissez bien nos coutumes, madame. Il ne faut pas que j'oublie que votre apparence de jeune fille masque une sagesse séculaire. (Il balaya sa remarque.) Cela fait bien longtemps que nous n'avons plus de rois à l'Ouest, depuis que Tholin a disparu dans le Mac Mordain Cadal. Nous nous débrouillons aussi bien que ceux de Dorgin, qui obéissent au roi Halfdan. Si jamais mon peuple voulait restaurer le trône, nous nous réunirions pour en discuter après la fin de cette guerre. Mais revenons-en plutôt au gamin.

Aglaranna semblait troublée.

— Peu importe ce qu'il deviendra, car nous pouvons l'aider dans sa transformation. Nos tisseurs de sort y travaillent déjà. Si jamais toute la puissance des Valherus s'éveillait en Tomas sans quelque chose pour la maîtriser, il serait capable de balayer notre magie protectrice comme vous écarteriez une brindille gênante sur votre route. Mais il n'est pas né Ancien. Sa nature est aussi étrangère aux Valherus que leur nature l'était à quiconque. Aidé par nos tisseurs, et grâce à la faculté d'aimer, la pitié, et la compassion qu'il a héritées des hommes, il pourrait résister au pouvoir valheru. S'il y arrive, il pourrait... il pourrait nous rendre de grands services. (Dolgan eut brusquement la certitude que la reine s'apprêtait à dire quelque chose d'autre, mais il se tut et la laissa continuer.) Si jamais le pouvoir de ce Valheru se nourrissait des facultés de haine, de sauvagerie et de cruauté des humains, il deviendrait un être terrifiant. Seul le temps nous dira ce qu'il adviendra d'une telle alliance.

— Les Seigneurs Dragons..., murmura le chef nain. Nos légendes parlent quelquefois de ces Valherus, mais seulement par bribes. J'aimerais en savoir plus, si vous le voulez bien.

La reine regarda au loin.

— Notre savoir, le plus ancien qui soit au monde, parle des Valherus, Dolgan. Il est de nombreuses choses que je dois garder sous silence, des noms de pouvoir, affreux à invoquer, des faits terribles à se rappeler, mais voici ce que je peux en dire : bien avant que les hommes et les nains n'arrivent dans ce monde, les Valherus régnaient. Ils faisaient partie de ce monde ; issus de sa création, ils disposaient de pouvoirs quasi divins et leurs desseins étaient insondables. Leur nature était chaotique et imprévisible et ils étaient plus puissants que tout. Ils chevauchaient de grands dragons et nul lieu ne leur était inaccessible dans tout l'univers. Ils partaient vers d'autres mondes, pour en ramener ce qui leur plaisait, trésors et connaissances arrachés à d'autres êtres. Ils n'étaient assujettis à nulle autre loi que leur propre volonté et leurs propres désirs. Ils se battaient souvent entre eux, avec la mort pour seule issue. Ils régnaient sur ce monde et nous étions leurs créatures.

» Les Moredhels et nous ne formions qu'une seule race alors et les Valherus nous élevaient comme du bétail. Certains membres des deux races étaient choisis comme… animaux familiers, pour leur beauté… et d'autres qualités. D'autres étaient élevés pour s'occuper des forêts et des champs. Ceux qui vivaient dans les bois devinrent les ancêtres des elfes, tandis que ceux qui restèrent avec les Valherus devinrent les ancêtres des Moredhels.

» Puis vint le temps du changement. Nos maîtres cessèrent leurs guerres intestines pour former une alliance. Pourquoi ? La raison s'est perdue, quoiqu'il soit possible que certains des Moredhels s'en souviennent encore, car ils étaient plus proches de nos maîtres que ne l'étaient les elfes. Nous étions peut-être au courant de leurs desseins alors, mais c'était l'âge des guerres du Chaos et bien des connaissances furent perdues. Cependant, il est une chose que nous savons : tous les serviteurs des Valherus furent libérés et l'on ne revit jamais les Anciens, pas plus les elfes que les Moredhels. Lors des terribles guerres du Chaos, de grandes failles s'ouvrirent dans l'espace et le temps et par ces failles vinrent les gobelins, les hommes et les nains. Seuls quelques-uns des elfes et des Moredhels survécurent ; ceux qui le purent rebâtirent leurs demeures. Les elfes partirent alors en quête de leur propre destinée, tandis que les Moredhels, qui voulaient hériter de la puissance de nos maîtres disparus, retrouvèrent par ruse les vestiges des Valherus, s'engageant ainsi sur la Voie des Ténèbres. C'est la raison pour laquelle nous sommes si différents, alors que nous étions frères.

» L'ancienne magie a gardé sa puissance. En force et en bravoure, Tomas saurait vaincre les plus grands héros. Il a pris cette magie sans le savoir et peut-être cela permettra-t-il de changer les choses. L'ancienne magie a transformé les Moredhels pour en faire les créatures de la confrérie de la Voie des Ténèbres, parce que ce pouvoir, ils le désiraient de toute la noirceur de leur âme. Tomas était un enfant au cœur bon et noble, l'âme innocente de tout mal. Avec de la chance, il finira par maîtriser le côté noir de la magie.

Dolgan se gratta le crâne.

— C'est sacrément risqué, d'après ce que vous dites. C'est vrai, il m'inquiétait, ce gamin, mais je n'avais jamais vraiment pensé à ce que ça finirait par donner. Vous le savez mieux que moi, mais j'espère qu'on ne va pas finir par regretter de l'avoir laissé garder cette armure.

La reine descendit de son trône.

— J'espère aussi que nous n'aurons pas à le regretter, Dolgan. Ici, en Elvandar, l'ancienne magie est moins forte et Tomas a le cœur plus léger. Peut-être est-ce un signe que nous sommes dans le vrai en accompagnant les changements plutôt qu'en nous y opposant.

Dolgan s'inclina courtoisement.

— Je m'en remets à votre sagesse, madame. Et je prie pour que vous ayez raison.

La reine leur souhaita une bonne nuit et partit. Restés seuls, Calin s'adressa au nain :

— Je prie aussi pour que la reine ma mère parle avec sagesse, sans que d'autres sentiments brouillent son jugement.

— Je saisis mal le sens de vos paroles, prince elfe.

Calin baissa les yeux sur le personnage courtaud.

— Ne vous faites pas passer pour plus bête que vous l'êtes avec moi, Dolgan. Votre sagesse est connue de tous et tenue en haute estime. Vous le voyez aussi bien que moi. Entre ma mère et Tomas, quelque chose est en train de se passer.

Dolgan soupira, la brise fraîche souffla la fumée de sa pipe.

— Oui, Calin, je l'ai vu moi aussi. Un regard, pas plus, mais c'est suffisant.

— Elle regarde Tomas comme elle regardait autrefois le roi mon père, bien qu'elle refuse de se l'avouer à elle-même.

— Et il y a également quelque chose en Tomas, ajouta le nain en observant les réactions du prince, bien que ce soit moins tendre que ce que ressent votre dame. Malgré tout, il maîtrise bien ce sentiment.

— Faites attention à votre ami, Dolgan. S'il se déclare à la reine, il risque de s'attirer des ennuis.

— Vous l'aimez donc si peu, Calin ?

Le prince regarda le nain d'un air pensif.

— Non, Dolgan. Ce n'est pas que je ne l'aime pas. Je le crains et c'est bien suffisant. (Calin se tut un moment.) Nous ne plierons jamais plus le genou devant un autre maître, nous qui vivons en Elvandar. Si jamais les espoirs de ma mère pour Tomas se révélaient erronés, il nous faudrait en passer par un jugement.

Dolgan secoua lentement la tête.

— Ce jour serait bien triste, Calin.

— C'est sûr, Dolgan.

Calin sortit du cercle du conseil, passa à côté du trône de sa mère et laissa le nain seul. Dolgan regarda au-dehors les lumières féeriques d'Elvandar, priant pour que les espoirs de la reine ne soient pas sans fondement.

Les vents hurlaient dans la plaine. Ashen-Shugar était solidement assis sur les larges épaules de Shuruga. Les pensées du grand dragon d'or parvinrent à son maître.

— *Nous partons à la chasse ?*

On sentait la faim dans l'esprit du dragon.

— Non, nous attendons.

Le seigneur du Nid d'Aigle attendait en regardant le flot de Moredhels se diriger vers la cité en construction. Ils étaient des centaines à pousser d'énormes blocs de pierre tirés de carrières à l'autre bout du monde, pour les amener vers la Cité des plaines. Nombre d'entre eux étaient morts et bien d'autres mourraient encore, mais cela n'avait aucune importance. *Ou est-ce que cela en a ?* Ashen-Shugar se sentit troublé par cette pensée nouvelle et étrange.

Un rugissement retentit dans le ciel. Un autre grand dragon descendait en spirale, un noir magnifique qui appelait au combat. Shuruga leva la tête et barrit en réponse.

— *Nous allons nous battre ?* demanda-t-il à son maître.

— Non.

Ashen-Shugar sentit du désappointement chez sa monture, mais décida d'en faire abstraction. Il regarda l'autre dragon se poser gracieusement sur le sol à courte distance et replier ses ailes puissantes dans son dos. Ses écailles noires réfléchissaient la lumière scintillante comme de l'ébène polie. Le cavalier du dragon leva la main et le salua.

Ashen-Shugar lui rendit son salut et l'autre dragon s'approcha prudemment. Shuruga siffla et Ashen-Shugar donna un coup de poing à sa bête d'un air absent. Shuruga retomba dans le silence.

— Le seigneur du Nid d'Aigle nous rejoindrait-il enfin ? demanda le nouvel arrivant, Draken-Korin, le seigneur des Tigres. Son armure noire rayée d'orange étincela quand il descendit de son dragon.

Par courtoisie, Ashen-Shugar descendit aussi, sans que sa main s'écartât beaucoup de la poignée blanche de son épée d'or. Bien que les temps fussent en train de changer, les Valherus ne connaissaient pas la confiance. Naguère, ils se seraient simplement battus, mais pour l'instant, le besoin d'informations était plus pressant.

— Non, je ne fais qu'observer, répondit Ashen-Shugar.

Draken-Korin observa le seigneur du Nid d'Aigle, ses yeux bleu pâle ne révélant aucune émotion.

— Tu es le seul à ne pas avoir accepté, Ashen-Shugar.

— Me joindre à vous pour piller le cosmos est une chose, Draken-Korin. Ce… ce plan que tu as est une folie.

— Quelle folie ? J'ignore de quoi tu parles. Nous sommes. Nous faisons. Que te faut-il de plus ?

— Ce n'est pas dans nos manières.

— Ce n'est pas non plus dans nos manières d'en laisser d'autres nous tenir tête. Ces nouveaux êtres, ils s'opposent à nous.

Ashen-Shugar leva les yeux au ciel.

— Oui, en effet. Mais ils ne sont pas comme les autres. Eux aussi sont issus du monde primordial, tout comme nous.

— Quelle importance ? Combien d'entre nous as-tu tués ? Le sang de combien des nôtres a-t-il passé tes lèvres ? Quiconque s'oppose à toi doit mourir, ou te tuer. C'est tout.

— Et ceux que nous laissons derrière, les Moredhels et les elfes ?

— Quoi ? Ils ne sont rien.

— Ils sont à nous.

— Tu es devenu bizarre, à force de vivre sous tes montagnes, Ashen-Shugar. Ce sont nos serviteurs. Ce n'est pas comme s'ils avaient un vrai pouvoir. Ils existent pour notre plaisir, rien de plus. Qu'est-ce qui t'ennuie ?

— Je ne sais pas. Il y a quelque chose…

— Tomas.

Pendant un instant, le jeune homme exista en deux

endroits. Il se secoua et ses visions se dissipèrent. Tournant la tête, il vit Galain tapi dans les buissons à côté de lui. Une troupe d'elfes et de nains attendait à quelque distance de là. Le jeune cousin du prince Calin montra le campement tsurani de l'autre côté du fleuve. Tomas suivit le geste de son compagnon, aperçut les soldats étrangers près de leurs feux de camp et sourit.

— Ils restent bien sagement chez eux, murmura-t-il.

Galain acquiesça.

— Nous leur avons fait assez de mal pour qu'ils sentent le besoin de se réchauffer.

Le printemps avait fait monter une brume vespérale sur la forêt, recouvrant d'un linceul le camp des Tsurani. Même les feux de camp semblaient briller moins fort. Tomas observa de nouveau le camp.

— J'en vois trente, et je sais qu'il y en a trente de plus dans chaque camp à l'est et à l'ouest.

Galain ne dit rien, attendant les ordres de son compagnon. Bien que Calin fût chef de guerre d'Elvandar, Tomas avait pris le commandement de l'armée coalisée des elfes et des nains. Il n'y avait pas eu clairement de passation de pouvoir, mais lentement, alors même qu'il mûrissait, ses qualités de chef s'étaient affirmées. Au combat, il lui suffisait de crier que l'on fasse quelque chose pour que les elfes et les nains s'empressent d'obéir. Au début, c'était parce que ses ordres semblaient logiques et évidents, mais la situation avait fini par être acceptée et maintenant ils obéissaient parce que c'était Tomas qui commandait.

Ce dernier fit signe à Galain de le suivre et s'écarta

de la rive, jusqu'à ce qu'ils soient hors de vue du camp tsurani, rejoignant ceux qui attendaient plus loin, dissimulés parmi les arbres. Dolgan regarda le jeune homme qu'était devenu le garçon qu'il avait sauvé des mines du Mac Mordain Cadal.

Tomas mesurait plus d'un mètre quatre-vingt-quinze, ce qui lui donnait la même taille qu'un elfe. Il se déplaçait avec une parfaite assurance, comme un puissant guerrier. En six ans de vie avec les nains, il était devenu un homme… et plus encore. Dolgan regarda Tomas inspecter les hommes rassemblés devant lui et se dit qu'à présent, l'humain aurait été capable de parcourir les mines des Tours Grises sans aucune crainte.

— Les autres éclaireurs sont-ils revenus ?

Dolgan opina, montrant des silhouettes qui approchaient. Trois elfes et trois nains arrivèrent.

— Vous avez vu des Robes Noires ?

Quand les éclaireurs firent signe que non, l'homme vêtu de blanc et d'or fronça les sourcils.

— Il serait bon que nous en capturions un pour le ramener en Elvandar. Leur dernière attaque a été plus poussée que les autres. Je donnerais cher pour savoir quelles sont les limites de leurs pouvoirs.

Dolgan sortit sa pipe, estimant qu'ils étaient assez loin du fleuve pour qu'on ne la voie pas.

— Les Tsurani veillent sur les Robes Noires comme un dragon sur son trésor, commenta-t-il en l'allumant.

Tomas éclata de rire et le chef nain retrouva un instant le garçon qu'il avait connu.

— Ouais, et il faut un nain plein de courage pour piller la caverne d'un dragon.

— S'ils suivent la même stratégie que ces trois dernières années, ils en ont probablement fini avec nous pour la saison, intervint Galain. Il est bien possible que nous ne voyions pas d'autres Robes Noires avant le printemps prochain.

Tomas devint pensif, ses yeux pâles semblant brûler d'un feu intérieur.

— Leur stratégie… leur stratégie, c'est prendre, tenir, puis prendre encore. Nous les avons sciemment laissés faire comme ils voulaient, tant qu'ils ne traversaient pas le fleuve. Il est temps de changer cela. Si nous les dérangeons suffisamment, nous pourrions même avoir l'opportunité de capturer l'une de ces Robes Noires.

Dolgan secoua la tête devant le risque implicite que comportait la suggestion de Tomas. Avec un sourire, ce dernier ajouta :

— De plus, si nous ne pouvons relâcher leur emprise sur le fleuve un certain temps, les nains et moi serons forcés de passer l'hiver ici, car maintenant les étrangers tiennent une bonne partie du Vercors.

Galain regarda son ami. Tomas devenait de plus en plus elfique d'année en année et Galain était sensible à l'humour sombre qui transparaissait souvent dans ses paroles. Il savait que Tomas apprécierait de rester auprès de la reine. Et malgré ses inquiétudes à l'égard de la magie de son ami, il avait fini par apprécier l'homme qu'il était devenu.

— Comment doit-on s'y prendre ?

— Envoyez des archers de l'autre côté des camps qui se trouvent à l'est et à l'ouest. Lorsque j'imiterai le cri d'une oie cendrée, qu'ils tirent, mais à l'opposé de notre position par rapport à eux, comme si l'attaque arrivait de leur gauche et de leur droite. (Il eut un sourire froid.) Cela devrait isoler ce campement assez longtemps pour que nous fassions couler beaucoup de sang.

Galain acquiesça et envoya dix archers en direction de chaque camp. Les autres se préparèrent à attaquer. Après avoir laissé passer un peu de temps, Tomas mit les mains en coupe autour de ses lèvres et imita le cri d'une oie sauvage. Quelques instants plus tard, il entendit des cris sur l'autre rive, à l'est et à l'ouest de leur position. Les soldats du camp tsurani se levèrent et regardèrent des deux côtés, plusieurs d'entre eux s'approchant au bord de l'eau pour scruter les ténèbres de la forêt. Tomas leva la main puis l'abattit comme une faux.

Alors une pluie de flèches elfes traversa la rivière et les soldats tsurani plongèrent derrière leurs boucliers. Avant qu'ils ne puissent se remettre du premier choc, Tomas se lança à l'assaut avec les nains en traversant le banc de sable qui servait de gué. Une autre volée de flèches leur passa au-dessus de la tête, puis les elfes remirent leurs arcs à l'épaule, tirèrent l'épée et suivirent les nains, à l'exception d'une douzaine d'entre eux qui restèrent pour les couvrir en cas de retraite.

Tomas fut le premier à prendre pied sur l'autre rive et abattit un Tsurani qui l'attendait là. Puis il s'enfonça immédiatement dans les rangs ennemis pour y semer la mort, son épée d'or éclaboussée de sang tsurani. Les cris des blessés et des mourants s'élevaient dans la fraîcheur de la nuit.

Dolgan tua un garde et n'en trouva pas d'autres

face à lui. Il se retourna et aperçut Galain à côté du corps d'un Tsurani. Le nain suivit le regard de l'elfe et vit Tomas penché sur un soldat ennemi blessé au crâne, dégoulinant de sang, un bras levé pour demander grâce. Un masque de rage inhumaine était comme plaqué sur le visage de Tomas. Avec un cri terrible, d'une voix dure et cruelle, il abattit son épée d'or et prit la vie du Tsurani. Puis il se retourna brusquement, cherchant de nouveaux adversaires. Comme il n'en trouvait pas d'autres, il sembla perdre conscience un instant, puis ses yeux s'éclaircirent.

Galain entendit un nain crier :

— Ils arrivent !

Des cris fusèrent des autres camps tsurani qui, ayant découvert la ruse, s'approchaient rapidement du véritable lieu des combats.

Sans un mot, le groupe de Tomas retraversa le fleuve. Ils atteignirent l'autre rive au moment où les archers tsurani commençaient à leur tirer dessus, immédiatement contrés par les elfes de l'autre côté. Le groupe d'attaque se replia prestement sous le couvert des arbres, jusqu'à ce qu'il se trouve à bonne distance, en sécurité.

Quand ils s'arrêtèrent, les elfes et les nains s'assirent pour reprendre leur souffle et dissiper l'excitation du combat qui courait encore dans leurs veines.

— Nous nous sommes bien débrouillés, déclara Galain en regardant Tomas. Pas un mort, quelques blessés seulement et trente morts chez les étrangers.

L'humain ne sourit pas, mais sembla pensif un moment, comme à l'écoute d'un autre son. Puis il se tourna vers Galain, comme s'il saisissait enfin les mots de l'elfe.

— Oui, nous nous sommes bien débrouillés, mais il va falloir frapper encore, demain et après-demain et encore le jour suivant, jusqu'à ce qu'ils réagissent.

Chaque nuit, ils retraversèrent le fleuve. Ils attaquaient un camp puis, la nuit suivante, frappaient à des kilomètres de là. Ils laissaient passer une nuit sans attaquer, avant de lancer un raid sur le même camp trois nuits de suite. Parfois, une unique flèche frappait un garde depuis l'autre rive, puis rien, tandis que ses compagnons attendaient une attaque qui ne venait jamais. Une fois, les elfes et les nains attaquèrent les lignes tsurani à l'aube, alors que les défenseurs pensaient qu'il n'y aurait pas d'attaque. Ils passèrent un campement, s'enfoncèrent sur des kilomètres dans la forêt, prirent un convoi de ravitaillement, massacrant même les étranges bêtes à six pattes qui tiraient les chariots. Ils menèrent cinq combats différents lors de ce raid et perdirent deux nains et trois elfes.

À présent, Tomas et sa bande – plus de trois cents elfes et nains – attendaient des nouvelles des autres camps. Ils mangeaient un ragoût de gibier, accompagné de mousses, de racines et de tubercules.

Un messager rejoignit Tomas et Galain.

— Un message de l'armée royale.

Derrière lui, une silhouette grise s'approchait du feu de camp. Tomas et Galain se levèrent.

— Salut à toi, Léon le Long du Natal, déclara l'elfe.

— Salut à toi, Galain, répondit le ranger à la peau noire.

Un elfe apporta du pain et un bol de ragoût fumant aux deux arrivants.

— Quelles nouvelles du duc ? demanda Tomas quand ils se furent assis.

— Messire Borric vous envoie ses salutations, répondit le ranger entre deux bouchées. Les choses vont mal. Comme de la mousse sur un arbre, les Tsurani avancent lentement vers l'est. Ils gagnent quelques mètres, puis ils s'installent, sans se presser. Le duc pense qu'ils cherchent à atteindre la côte pour l'année prochaine, afin d'isoler les Cités libres du Nord. Puis ils tenteront peut-être une attaque sur Zûn ou LaMut. Qui pourrait le dire ?

— Des nouvelles de Crydee ? s'enquit Tomas.

— Des pigeons sont arrivés juste avant mon départ. Le prince Arutha tient bon contre les Tsurani, qui sont aussi mal lotis qu'ici. Mais ils s'enfoncent vers le sud par le Vercors. (Il regarda les nains et Tomas.) C'est étonnant que vous ayez réussi à arriver en Elvandar.

Dolgan tira sur sa pipe.

— Le voyage a été long. Nous avons dû faire vite et discrètement. Il est peu probable que nous puissions rentrer dans nos montagnes maintenant que les envahisseurs sont sur le pied de guerre. Une fois en place, ils détestent céder du terrain.

Tomas faisait les cent pas devant le feu.

— Comment avez-vous évité leurs sentinelles ?

— Vos raids ont créé beaucoup de confusion dans leurs rangs. Des hommes qui se battaient contre les armées de l'Ouest ont été déplacés pour aller vers le fleuve. J'ai tout simplement suivi l'un de ces groupes.

Il m'a suffi de me glisser entre leurs lignes quand ils se sont repliés, puis j'ai traversé le fleuve.

— Les renforts sont-ils nombreux ? demanda Calin.

Léon haussa les épaules.

— J'ai vu six compagnies mais il doit y en avoir d'autres.

Ils avaient estimé la taille d'une compagnie tsurani à vingt escouades de trente hommes. Tomas applaudit de ses mains gantées.

— S'ils ramènent trois mille hommes, c'est qu'ils ont l'intention de lancer un nouvel assaut de notre côté du fleuve. Ils doivent vouloir nous renvoyer dans la forêt pour nous empêcher de harceler leurs positions. (Il vint se placer juste en face du ranger.) Est-ce qu'il y a des Robes Noires avec eux ?

— De temps en temps, j'en ai aperçu une avec la compagnie que je suivais.

Tomas applaudit de nouveau.

— Cette fois, ils viennent en force. Prévenez les autres camps. Dans deux jours, l'armée d'Elvandar devra être rassemblée à la cour royale, à l'exception des éclaireurs et des messagers qui surveilleront les étrangers.

Sans bruit, des messagers s'écartèrent du feu et coururent prévenir les autres bandes d'elfes disséminées le long du fleuve Crydee.

Ashen-Shugar était assis sur son trône, oublieux des danseurs. Les femelles moredhels avaient été choisies pour leur grâce et leur beauté, mais leur sensualité le laissait indifférent. Son esprit cherchait au loin les signes de la bataille à venir. En lui se passait quelque chose d'étrange ; une sensation inconnue de vide le rongeait.

— *Cela s'appelle la tristesse*, dit la voix dans son esprit.

Qui es-tu, toi qui viens me voir dans ma solitude ? pensa Ashen-Shugar.

— *Je suis ce que tu deviens. Tout ceci n'est qu'un rêve, un souvenir.*

Ashen-Shugar tira son épée et se leva de son trône, hurlant de rage. Instantanément, les musiciens cessèrent de jouer. Les danseurs, les serviteurs et les musiciens se jetèrent au sol, se prosternant devant leur maître.

— J'existe ! Ceci n'est pas un rêve !

— *Tu n'es qu'un souvenir du passé*, rétorqua la voix. *Nous sommes en train de devenir une seule et même personne.*

Ashen-Shugar leva son épée, puis l'abattit. La tête d'un serviteur tremblant roula sur le sol. Son maître s'agenouilla et mit ses mains sous la fontaine de sang. Portant ses doigts à ses lèvres, il goûta la saveur salée et cria :

— N'est-ce donc pas le goût de la vie !

— *C'est une illusion. Tout est fini.*

— Je ressens des choses étranges, un malaise qui me fait… qui me fait… il n'y a pas de mot pour cela.

— *C'est la peur.*

Ashen-Shugar abattit de nouveau son épée et une jeune danseuse mourut.

— Ces choses savent ce que c'est que la peur. Quel rapport la peur peut-elle avoir avec moi ?

— *Tu as peur. Toutes les créatures craignent les changements, même les dieux.*

— Qui es-tu ? demanda le Valheru dans le silence de son esprit.

— *Je suis toi. Je suis ce que tu vas devenir, mais aussi ce que tu étais. Je suis Tomas.*

Un cri monta, sortant Tomas de sa rêverie. Il se leva et quitta sa petite chambre, puis il emprunta un pont de branchages pour se rendre à la cour royale. Depuis une rambarde, il distingua les silhouettes indistinctes des centaines de nains qui campaient au pied d'Elvandar. Il resta un long moment à regarder les feux de camp en contrebas. Toutes les heures, des centaines d'elfes et de guerriers nains venaient rejoindre l'armée qu'il commandait. Demain, il tiendrait conseil avec Calin, Tathar, Dolgan et d'autres encore, et il leur dévoilerait ses plans pour faire face à l'assaut à venir.

Six années de guerre avaient fourni à Tomas un étrange contrepoint aux rêves qui troublaient encore son sommeil. Quand il était pris par la rage du combat, il entrait dans les songes d'un autre. Loin de la forêt des elfes, il lui était beaucoup plus difficile de résister à l'appel de ces rêves. Il n'avait plus peur de ces visions comme avant mais il était plus qu'humain à cause des songes d'un être mort depuis longtemps. Des pouvoirs sommeillaient en lui, des pouvoirs dont il savait user et qui faisaient désormais partie de lui, comme ils avaient fait partie de celui qui avait porté le blanc et l'or. Il savait qu'il ne redeviendrait jamais Tomas de Crydee, mais que devenait-il ?

Un bruit de pas étouffé se fit entendre derrière lui.

— Bonsoir, madame, déclara-t-il sans se retourner.

La reine des elfes vint se placer à côté de lui, l'expression de son visage soigneusement neutre.

— Voilà maintenant que vous possédez les sens des elfes, lui dit-elle dans sa propre langue.

— Il semblerait, Lune-Qui-Brille, répondit-il dans la même langue, en utilisant l'ancienne traduction de son nom.

Il se retourna pour lui faire face et vit de l'étonnement dans ses yeux. Elle toucha doucement son visage.

— Est-ce bien le garçon qui était si embarrassé dans la chambre du conseil ducal à l'idée de parler devant la reine des elfes, est-ce bien lui qui parle maintenant la vraie langue comme si c'était sa langue maternelle ?

Il écarta sa main avec douceur.

— Je suis ce que je suis, ce que vous voyez.

Sa voix était ferme, autoritaire. Aglaranna scruta son visage et retint un frisson en y découvrant quelque chose d'effrayant.

— Mais que vois-je, Tomas ?

— Pourquoi m'évitez-vous, madame ? demanda-t-il en ignorant sa question.

— Ce qui se passe entre nous ne devrait pas être, répondit-elle délicatement. Cela a commencé dès l'instant où vous êtes arrivé chez nous, Tomas.

Non sans une pointe d'amusement, il rétorqua :

— Avant cela, madame, dès le moment où j'ai posé les yeux sur vous. (Il se pencha vers elle.) Et pourquoi cela ne devrait-il pas arriver ? Qui pourrait mieux se tenir à vos côtés ?

Elle s'écarta de lui, perdant contrôle un bref instant. Il vit alors une chose que bien peu avaient vue : la reine des elfes confuse et incertaine, doutant de sa propre sagesse.

— Vous êtes un homme avant tout. Malgré les pouvoirs qui vous ont été octroyés, vous vivrez une vie d'homme. Je régnerai jusqu'à ce que mon esprit fasse le voyage jusqu'aux îles Bénies et retrouve mon seigneur, qui l'a déjà accompli. Puis Calin régnera, car il est fils de roi. Il en est ainsi dans mon peuple.

Tomas l'attrapa et l'obligea à lui faire face.

— Il n'en a pas toujours été ainsi.

Les yeux d'Aglaranna étincelèrent de peur.

— Non, nous n'avons pas toujours été un peuple libre.

Elle sentait son impatience, mais elle le vit aussi lutter contre. Il força sa voix à rester calme :

— Ainsi vous ne ressentez rien ?

Elle recula d'un pas.

— Je mentirais si je disais cela. Mais c'est une étrange attirance, quelque chose qui m'emplit d'incertitude et d'une certaine crainte. Si vous devenez Valheru plus encore, plus que l'homme ne saurait le maîtriser, vous ne serez plus le bienvenu ici. Nous ne permettrons pas que reviennent les Anciens.

Tomas éclata de rire, amusé et amer à la fois.

— Quand je vous ai vue, lorsque j'étais adolescent, je vous ai désirée comme un adolescent. Maintenant je suis un homme et je vous désire comme le ferait un homme. Est-ce ce pouvoir qui me donne l'audace d'aller vous chercher, qui me donne les moyens de le faire, est-ce ce pouvoir qui va aussi nous séparer ?

Aglaranna porta la main à ses joues.

— Je ne sais. La famille royale n'a jamais changé même si d'autres se sont liés à des humains. Je ne veux pas connaître la tristesse de vous voir vieux et grisonnant en restant moi-même telle que je suis.

Les yeux de Tomas étincelèrent et sa voix se fit plus dure.

— Cela n'arrivera jamais, dame. Je vivrai mille ans dans ces forêts. Je n'en doute pas un seul instant. Mais je ne vous dérangerai plus… tant que nous n'aurons pas réglé d'autres affaires. C'est le destin qui veut que cela arrive, Aglaranna. Vous finirez par le comprendre.

Elle resta là, la main sur la bouche, les yeux humides. Il s'éloigna, la laissant seule dans sa cour pour réfléchir à ses paroles. Pour la première fois depuis la mort de son seigneur et roi, Aglaranna était déchirée entre la peur et le désir.

Tomas se retourna à un cri venant de la lisière des arbres. Un elfe sortait des bois, suivi par un homme vêtu d'une robe simple. Tomas coupa court à sa conversation avec Calin et Dolgan ; ensemble, ils coururent tous les trois à la suite de l'homme que l'on guidait vers la cour de la reine. Celle-ci était assise sur son trône, les sages installés sur des bancs de chaque côté. Tathar se tenait à côté d'Aglaranna.

L'étranger s'approcha du trône et s'inclina légèrement. Tathar jeta un regard à la sentinelle qui l'avait escorté et qui semblait perplexe.

— Mes hommages, madame, dit l'homme vêtu de brun, dans un elfe impeccable.

— Vous avez de l'audace, pour venir ainsi chez nous, étranger, répondit la reine dans la langue du royaume.

L'homme sourit, appuyé sur son bâton.

— Malgré tout, j'ai pris le temps de chercher un guide car je n'aurais pas voulu entrer en Elvandar sans y avoir été invité.

— J'ai l'impression que votre guide n'a pas eu trop le choix, répliqua Tathar.

— Il y a toujours un choix, même si on ne le voit pas nécessairement.

Tomas s'avança.

— Que venez-vous faire ici ?

Se tournant au son de la voix, l'étranger sourit.

— Ah ! Celui-Qui-Porte-Le-Cadeau-Du-Dragon. Heureux de vous rencontrer, Tomas de Crydee.

L'intéressé recula d'un pas. Les yeux de l'homme irradiaient de pouvoir et ses manières tranquilles cachaient une force presque palpable pour Tomas.

— Qui êtes-vous ?

— J'ai de nombreux noms, mais ici on m'appelle Macros le Noir. (À l'aide de son bâton, il traça un arc de cercle en désignant l'assistance.) Je suis venu, car vous vous êtes lancés dans un plan courageux. (Finalement, il pointa son bâton sur Tomas, puis le reposa et s'appuya de nouveau dessus.) Mais ce plan pour capturer une Robe Noire n'amènera rien d'autre que la destruction d'Elvandar si je ne vous aide pas. Un jour, ajouta-t-il avec un petit sourire, vous aurez une Robe Noire à vos côtés, mais pas maintenant.

Il y avait comme de l'ironie dans sa voix. Aglaranna

se leva, les épaules en arrière, et regarda l'étranger droit dans les yeux.

— Vous savez beaucoup de choses.

Macros inclina légèrement la tête.

— Oui, je sais beaucoup de choses, bien plus qu'il le faudrait pour que je me sente à l'aise, parfois.

Il passa à côté d'elle et mit une main sur l'épaule de Tomas. Il le guida vers un siège près de l'endroit où se tenait la reine et le força à s'asseoir d'une légère pression sur son épaule. Puis il prit un siège à côté de lui et laissa reposer son bâton dans le creux de son cou.

— Les Tsurani viendront aux premières lueurs de l'aube et fondront droit sur Elvandar, annonça-t-il en regardant la reine.

— Comment le savez-vous ? demanda Tathar en venant se placer devant lui.

Macros sourit de nouveau.

— Vous ne vous souvenez pas de la fois où j'ai tenu conseil avec votre père ?

Le conseiller recula, les yeux écarquillés.

— Vous…

— Oui, c'est bien moi, même si je ne porte plus le même nom qu'à l'époque.

Tathar semblait troublé.

— Cela fait si longtemps. Je ne l'aurais jamais cru possible.

— Bien des choses sont possibles, répliqua Macros en regardant la reine et Tomas avec insistance.

Aglaranna s'assit lentement, pour cacher sa gêne.

— Vous êtes le Sorcier ?

Macros acquiesça.

— C'est ainsi que l'on m'appelle, quoique cette histoire soit trop longue pour l'évoquer ici. M'écouterez-vous ?

Tathar fit un signe de tête à la reine.

— Il y a bien longtemps, il est venu à notre aide. Je ne comprends pas comment il peut être le même homme, mais à l'époque, ce fut un bon ami de votre père et du mien. Nous pouvons lui faire confiance.

— Que nous conseillez-vous, alors ? demanda Aglaranna.

— Les mages tsurani ont repéré vos sentinelles et savent où elles se cachent. Ils viendront aux premières lueurs et passeront le fleuve en deux vagues, comme les cornes d'un taureau. Quand vous les affronterez, une vague de créatures appelées Cho-ja passera au centre, là où vous serez les plus faibles. Ils ne les ont pas encore utilisées contre vous, mais les nains pourront vous dire comme elles se battent bien.

Dolgan s'avança.

— En effet, madame. Ce sont des créatures terribles, qui se battent dans le noir aussi bien que mon propre peuple. Je les croyais confinées aux mines.

— C'était le cas, jusqu'aux raids, lui apprit Macros. Ils en ont amené toute une armée, qui s'apprête à traverser le fleuve, hors de vue de vos éclaireurs. Ils vont venir en nombre. Les Tsurani se fatiguent de vos attaques et veulent mettre fin aux combats le long du fleuve. Leurs mages ont fait tout ce qui était en leur pouvoir pour découvrir les secrets d'Elvandar ; maintenant ils savent que si le cœur sacré des forêts elfiques tombait, les elfes ne seraient plus de grands adversaires.

— Alors nous allons les retenir et nous défendre au centre, déclara Tomas.

Macros ne dit rien pendant un moment, comme s'il se remémorait quelque chose.

— C'est un début, mais leurs mages viendront avec eux, car ils désirent vraiment en finir. Leur magie permettra à leurs guerriers de passer dans les forêts sans crainte des pouvoirs de vos tisseurs de sort. Ils vont venir ici.

— Nous les combattrons donc ici et tiendrons jusqu'à la fin, conclut Aglaranna.

Macros acquiesça.

— Bien dit, madame, mais vous allez avoir besoin de mon aide.

Dolgan regarda le sorcier.

— Qu'est-ce qu'un homme seul peut faire ?

Macros se leva.

— Beaucoup. Au matin, vous verrez. N'ayez crainte, Dolgan, la bataille sera rude et beaucoup d'entre vous rejoindront les îles Bénies, mais si vous tenez bon, nous vaincrons.

— Vous parlez comme quelqu'un qui aurait déjà vu tout ce qui va arriver, lui fit remarquer Tomas.

Macros sourit et ses yeux parurent exprimer cent choses et rien à la fois.

— En effet, Tomas, je parle ainsi. (Il se tourna vers les autres et leur dit, en décrivant un grand mouvement avec son bâton :) Préparez-vous. Je serai avec vous. (Il s'adressa à la reine :) J'aimerais me reposer. Puis-je disposer d'une pièce ?

La reine se tourna vers l'elfe qui avait amené Macros au conseil.

— Emmenez-le dans une chambre et donnez-lui tout ce qu'il voudra.

Le sorcier s'inclina et suivit son guide. Les autres restèrent là en silence, jusqu'à ce que Tomas intervienne.

— Préparons-nous.

La nuit fit place à l'aube et la reine restait seule sur son trône. Durant toutes ses années de règne, elle n'avait jamais dû faire face à de tels événements. Des centaines d'images passaient devant ses yeux, venant d'aussi loin que sa jeunesse et d'aussi près que les dernières nuits.

— Vous recherchez des réponses dans le passé, dame ?

Aglaranna se retourna et vit le sorcier derrière elle, appuyé sur son bâton. Il s'approcha pour se placer à côté d'elle.

— Vous lisez donc dans mon esprit, Sorcier ?

— Non, madame, répondit Macros avec un sourire et un geste de la main. Mais je sais et je vois bien des choses. Votre cœur est lourd et vous ruminez de sombres pensées.

— Savez-vous pourquoi ?

Macros rit tout bas.

— Indubitablement. Mais j'aimerais vous entretenir de ces choses.

— Pourquoi, Sorcier ? Quel rôle jouez-vous dans tout cela ?

Macros tourna les yeux vers les lumières d'Elvandar.

— Juste un rôle, comme tant d'autres le font.

— Mais vous connaissez le vôtre à la perfection.

— C'est vrai. Certains peuvent voir ce qui pour les autres est invisible. Tel est mon destin.

— Pourquoi êtes-vous là ?

— Parce que c'est nécessaire. Sans moi, Elvandar risquerait de tomber et il ne le faut pas. C'est ainsi que sont les choses, et je dois y jouer mon rôle.

— Resterez-vous si nous gagnons ?

— Non, j'ai d'autres tâches. Mais je reviendrai, quand vous serez menacés à nouveau.

— Quand ?

— Cela, je ne peux vous le dire.

— Bientôt ?

— Ce sera bien assez tôt, et pourtant trop tôt encore.

— Vous parlez par énigmes.

Macros eut un sourire triste et amer.

— La vie est une énigme, qui repose entre les mains des dieux. Leur volonté doit être faite et de nombreux mortels verront leur vie changée.

— Tomas ?

Aglaranna plongea son regard dans les yeux noirs du sorcier.

— Lui, cela se voit, mais l'existence de tous ceux qui vivent ces événements va changer.

— Qu'est-ce qu'il est ?

— Que voudriez-vous qu'il soit ?

La reine des elfes se trouva incapable de répondre. Macros posa doucement une main sur son épaule. Elle sentit le calme l'envahir et s'entendit dire :

— Je voudrais que cela ne gêne pas mon peuple, mais sa simple vue m'emplit de désir. J'ai envie d'un homme… un homme qui ait sa… puissance. Tomas ressemble plus à mon seigneur perdu qu'il ne l'imaginera jamais. Mais je le crains, car quand j'aurai prononcé les vœux, quand je l'aurai placé au-dessus de moi, je perdrai le droit de régner. Croyez-vous que les Anciens accepteraient cela ? Mon peuple n'acceptera jamais de subir à nouveau le joug des Valherus.

Le sorcier resta silencieux un moment avant de répondre :

— Malgré toute ma puissance, il est des choses qui me restent inconnues. Mais sachez ceci : cette histoire est empreinte d'une magie bien au-delà de toute imagination. Je ne saurais l'expliquer, mais elle nous parvient par-delà le temps, plus forte encore que nous le soupçonnons. Car si le Valheru possède en partie Tomas à notre époque, Tomas possède le Valheru à des millénaires de notre temps. Ce jeune homme porte les armes d'Ashen-Shugar, le dernier des Seigneurs Dragons. À l'époque où les guerres du Chaos faisaient rage, lui seul resta en ce monde, car il nourrissait des sentiments totalement étrangers à son espèce.

— Tomas ?

Macros sourit.

— N'y réfléchissez pas trop longtemps, madame. Ce genre de paradoxe a tendance à faire tourner la tête. Ashen-Shugar se sentait comme obligé de protéger ce monde.

Aglaranna scruta le visage de Macros sous les lumières scintillantes d'Elvandar.

— Vous en savez plus sur les temps anciens que n'importe qui, Sorcier.

— On m'a… donné beaucoup, madame. (Il

regarda par-dessus les cimes des forêts elfiques et énonça, plus pour lui-même que pour la reine :) Les épreuves vont bientôt commencer pour Tomas. Je ne sais pas exactement ce qui va se passer, mais je puis vous en dire un peu. D'une manière ou d'une autre, ce garçon de Crydee, par sa simple humanité et grâce à son amour pour vous et les vôtres, a jusque-là réussi à résister au membre le plus puissant de la race mortelle la plus puissante qui ait vécu sur ce monde. Les arts subtils de vos tisseurs de sort l'aident beaucoup à supporter la douleur terrible que lui occasionne ce conflit entre ses deux natures.

Aglaranna jeta un regard dur à Macros.

— Vous savez cela ?

Il éclata d'un rire franc.

— Madame, je ne suis pas dénué de vanité. Je suis déçu que vous puissiez croire que de si beaux sortilèges puissent échapper à mon attention. Ce que vous avez fait est sage et pourra faire pencher la balance du côté de Tomas.

— C'est ce que je m'efforce de croire, avoua tranquillement la reine, lorsque je vois en Tomas un seigneur qui vaut le roi de ma jeunesse, l'époux qui me fut arraché bien trop tôt. Se pourrait-il que cela soit vrai ?

— S'il survit à l'épreuve. Il se pourrait que le conflit entraîne à la fois la mort de Tomas et celle d'Ashen-Shugar. Mais si Tomas survit, il pourrait devenir ce que vous espérez secrètement. Maintenant, je vais vous dire une chose que seuls les dieux et moi savons. Je connais bien des choses qui restent à venir, même si beaucoup me restent encore obscures. Mais voici ce que je sais : à vos côtés, Tomas pourrait apprendre à régner avec sagesse et, quand la sagesse aura remplacé sa jeunesse, il pourrait devenir le seigneur que vous souhaitez, si son cœur humain est capable de tempérer son pouvoir. Par contre, s'il était rejeté, il se pourrait qu'un tragique destin frappe le royaume et les peuples libres de l'Ouest.

» Je ne peux voir ce sombre avenir, madame, poursuivit-il comme Aglaranna semblait le supplier du regard. Je ne peux que supposer. Si jamais ses pouvoirs surgissaient dans toute leur noirceur, il deviendrait une puissance terrible qu'il vous faudrait détruire. Ceux qui le voient lorsqu'il est pris par la folie du combat ne voient que l'ombre des ténèbres qui s'agitent en lui. Même si la balance penche en sa faveur et que Tomas garde son humanité, si jamais vous l'écartez d'ici, la colère, la douleur et la haine que peuvent ressentir les humains resurgiront en lui. Je vous le demande : si Tomas était chassé et qu'un jour il dresse au nord la bannière du dragon, qu'arriverait-il ?

La reine était visiblement effrayée, perdant son masque d'impassibilité.

— Les Moredhels se rassembleraient.

— En effet, madame. Non pas en simples bandits, mais en armée. Vingt mille frères de la Voie des Ténèbres et avec eux cent mille gobelins et des compagnies d'hommes à l'âme sombre qui voudraient tirer profit des destructions et de la sauvagerie à venir. Une puissante armée menée par la main d'acier d'un guerrier-né, un général que même votre propre peuple suit sans poser de questions.

— Vous me conseillez de le garder ici ?

— Je ne puis que vous montrer les alternatives. C'est à vous de décider.

La reine de elfes rejeta la tête en arrière, ses cheveux roux ébouriffés, les yeux humides, et contempla Elvandar. Les premières lueurs de l'aube pointaient. Une lumière rosée perçait à travers les arbres, projetant des ombres bleutées. Les oiseaux pépiaient dans les clairières. Aglaranna se retourna vers Macros, pour le remercier de ses conseils, mais il était parti.

Les Tsurani s'avancèrent comme l'avait prédit Macros. Les Cho-ja attaquèrent par le fleuve, après que les deux vagues d'hommes se furent portées sur les flancs. Tomas avait placé des combattants légers, des lignes d'archers avec quelques porteurs de boucliers en protection, qui reculaient en tirant sur l'armée, pour lui donner une impression de résistance.

Il se tenait quant à lui devant l'armée alliée d'Elvandar et des nains des Tours Grises, mille cinq cents hommes contre les six mille envahisseurs et leurs magiciens. Ils attendaient en silence tandis que l'ennemi approchait et ils entendirent à travers les arbres les cris des soldats tsurani et les hurlements de ceux qui tombaient sous les flèches des elfes. Tomas leva les yeux vers la reine, qui se tenait sur une terrasse au-dessus du champ de bataille à venir, à côté du sorcier.

Soudain, des elfes arrivèrent en courant et l'on put voir les premiers éclats de couleur des armures tsurani entre les arbres. Quand les tireurs eurent rejoint le corps d'armée principale, Tomas leva son épée.

— Attendez, cria une voix au-dessus de leurs têtes.

Le sorcier fit un signe vers la clairière dégagée où accouraient les premiers éléments des forces tsurani. Confrontée à l'armée elfe tout entière, l'avant-garde s'arrêta pour attendre leurs camarades. Les officiers donnèrent l'ordre de reformer les rangs car ils retrouvaient enfin un type de combat qu'ils connaissaient, avec deux armées en terrain dégagé. L'avantage était nettement en leur faveur.

Les Cho-ja attendaient aussi en rangs serrés, attentifs aux ordres de leurs officiers. Tomas était fasciné, car il ne connaissait toujours pas grand-chose de ces créatures et les considérait autant comme des animaux que comme des alliés intelligents des Tsurani.

— Attendez ! cria de nouveau Macros.

Il fit tournoyer son bâton au-dessus de sa tête, décrivant de grands cercles dans les airs. Le calme s'appesantit sur la clairière.

Soudain, un hibou survola la tête de Tomas, filant droit sur les lignes tsurani. Il décrivit plusieurs cercles au-dessus des étrangers, puis il piqua et frappa un soldat au visage. L'homme poussa un hurlement de douleur lorsque les serres se plantèrent dans ses yeux.

Un faucon passa et renouvela l'attaque. Puis un grand freux noir descendit du ciel. Un vol de fauvettes jaillit des arbres derrière les Tsurani et les frappèrent au visage et aux bras, tout ce qui n'était pas protégé par leur armure. Presque d'un seul coup, l'air s'emplit de bruits d'ailes tandis que toutes sortes d'oiseaux de la forêt s'abattaient sur les Tsurani. Des milliers de volatiles, du plus petit colibri à l'aigle le plus puissant, se jetèrent sur l'armée de l'autre monde. Les hommes hurlaient. Certains brisèrent les rangs et s'enfuirent, en essayant d'éviter les becs vicieux et les griffes qui leur frappaient les yeux, tiraient sur les capes et déchiraient les chairs. Les Cho-ja reculèrent, car bien que leur épaisse peau fût insensible aux coups de bec et de serres, leurs grands yeux à facettes semblables à des pierres précieuses faisaient des cibles faciles pour leurs assaillants emplumés.

Un cri s'éleva de chez les elfes quand les lignes tsurani se dispersèrent en désordre. Tomas lança un ordre et les archers elfes ajoutèrent leurs flèches empennées à la mêlée. Les soldats tsurani tombaient, frappés avant d'avoir pu en découdre avec l'ennemi. Leurs propres archers étaient incapables de répondre, constamment harcelés par des centaines de minuscules adversaires.

Les elfes regardèrent leurs ennemis essayer de garder leur position, malgré les oiseaux qui continuaient à ensanglanter leurs rangs. Les Tsurani reculèrent du mieux qu'ils purent, en abattant autant d'oiseaux que possible, mais pour chaque oiseau mort, il en surgissait trois nouveaux.

Soudain, un bruit entre sifflement et déchirement couvrit ce fracas d'ailes et d'armes. Il y eut un instant de silence et tout ce qui bougeait du côté de la clairière où se trouvaient les Tsurani sembla s'arrêter. Puis les oiseaux furent projetés vers le haut, dans un grésillement d'énergie, comme s'ils avaient été repoussés par une force invisible. Les oiseaux ayant disparu, Tomas vit les robes noires des mages tsurani passer dans l'armée pour y remettre de l'ordre. Des centaines de guerriers gisaient à terre, mais les étrangers, aguerris, reformèrent rapidement leurs lignes, ignorant les blessés.

L'énorme nuage d'oiseaux se rassembla de nouveau au-dessus des envahisseurs et piqua. Immédiatement, un bouclier d'énergie rougeoyant se forma autour des Tsurani. Quand les oiseaux le frappaient, ils se raidissaient et tombaient, leurs plumes fumantes emplissant l'air d'une forte odeur de brûlé. Les flèches elfes qui frappaient la barrière étaient stoppées en plein vol, s'enflammaient et tombaient à terre sans faire le moindre mal.

Tomas donna l'ordre d'arrêter de tirer et se tourna vers Macros.

— Attendez ! cria de nouveau le sorcier.

Il agita son bâton et à son ordre muet les oiseaux se dispersèrent. Puis il le dirigea vers la barrière rougeoyante, droit sur les Tsurani. Un éclair d'énergie dorée jaillit, traversa la clairière comme la foudre et transperça la barrière rouge, pour frapper en pleine poitrine un magicien en robe noire. Le magicien s'effondra au sol et un cri d'horreur et de fureur monta de l'armée tsurani. Les autres magiciens tournèrent leur attention vers la plate-forme au-dessus de l'armée elfe et des globes de feu bleu jaillirent en direction de Macros. Tomas hurla : « Aglaranna ! » d'un ton rageur en voyant les petites étoiles bleues frapper la plate-forme, la faisant disparaître dans une explosion de lumière aveuglante. Puis il recouvra la vue.

Le sorcier était debout sur la plate-forme, indemne, en compagnie de la reine. Tathar écarta Aglaranna tandis que Macros pointait de nouveau son bâton. Un autre mage en robe noire tomba. Les quatre restants constatèrent que le sorcier était encore en vie et contre-attaquèrent, leur expression à la fois furieuse et terrifiée visible même à l'autre bout de la clairière. Ils redoublèrent de sortilèges contre leur adversaire et des vagues de feu et de lumière bleue frappèrent la barrière protectrice de Macros. Les hommes au sol durent détourner les yeux, pour éviter d'être aveuglés par ce monstrueux déchaînement d'énergie. À la fin de cet assaut de magie, Tomas leva les yeux et constata de nouveau que le sorcier restait indemne.

Un magicien lança un cri de terreur absolue et sortit un appareil de sous sa robe. Il l'activa et disparut de la clairière, suivi quelques instants plus tard par ses compagnons. Macros baissa les yeux vers Tomas, montra l'armée tsurani du bout de son bâton et cria :

— Maintenant !

Tomas leva son épée et donna le signal de l'attaque. Une pluie de flèches passa au-dessus de leurs têtes tandis que les guerriers elfes et nains chargeaient dans la clairière. Les Tsurani étaient démoralisés, leur élan brisé par les oiseaux et par la vue de leurs mages tués ou mis en fuite. Mais ils tinrent le choc. Des centaines d'entre eux étaient morts sous les coups de bec et de griffes des oiseaux et plus encore sous les flèches, mais ils étaient toujours trois fois plus nombreux que les elfes et leurs alliés.

Le combat s'engagea et Tomas fut envahi par la brume rouge qui le poussait à tuer encore et encore. Frappant de droite et de gauche, il se tailla un chemin à travers les Tsurani, parant chacun des coups qu'on lui portait. Les humains comme les Cho-ja tombaient sous sa lame et il donnait la mort à tous ceux qui se dressaient devant lui, d'une main toujours égale.

La bataille se déplaça dans la clairière. Les hommes, les Cho-ja, les elfes et les nains tombaient de partout. Le soleil monta dans le ciel et le combat continua sans répit, tandis que les cris des mourants emplissaient l'air. Haut dans le ciel, des vautours et des milans commençaient à se rassembler.

Lentement, les forces tsurani commencèrent à repousser les elfes et les nains et à avancer vers le cœur d'Elvandar. Il y eut une courte pause, comme si les deux parties en présence finissaient par s'équilibrer. Les adversaires s'écartèrent les uns des autres, laissant un espace entre eux. Tomas entendit la voix du sorcier qui couvrait les bruits de la bataille.

— Reculez ! cria-t-il.

Comme un seul homme, les forces d'Elvandar battirent en retraite.

Les Tsurani s'arrêtèrent un moment, puis, sentant que les elfes et les nains hésitaient encore, ils commencèrent à avancer. Brusquement, il y eut un grondement et la terre trembla. Tous se figèrent, les Tsurani semblant terrifiés.

Tomas vit les arbres vibrer de plus en plus violemment, comme le tremblement augmentait. Soudain, il y eut un terrible claquement de tonnerre et un énorme morceau de terre jaillit dans les airs, comme soulevé par la main d'un géant invisible. Les Tsurani qui se tenaient là furent projetés en l'air et retombèrent violemment sur le sol. Tous ceux qui se trouvaient à côté furent renversés.

Une autre partie du terrain se souleva, puis une troisième. Soudain l'air s'emplit d'énormes morceaux de terre qui jaillissaient puis retombaient sur les Tsurani. Ces derniers firent volte-face en hurlant de terreur et s'enfuirent dans le plus grand désordre, quittant des lieux où la terre elle-même les rejetait. Tomas regarda la clairière se vider de tous les assaillants à l'exception des morts et des mourants.

En quelques minutes, le calme revint, la terre s'apaisa et les spectateurs bouleversés restèrent là sans rien dire. On entendait l'armée tsurani faire retraite dans les bois et les cris des soldats laissaient imaginer toutes les horreurs qu'ils rencontraient en chemin.

Tomas se sentit faible et épuisé et baissa les yeux sur ses bras couverts de sang. Son tabard, son bouclier et son épée d'or étaient toujours aussi propres, mais pour la première fois, il sentait les vies humaines qui avaient coulé sur lui. En Elvandar, la folie de la bataille le déserta après le combat et il se sentit écœuré jusqu'au plus profond de lui-même.

Il se tourna et déclara doucement :

— C'est fini.

Les elfes et les nains poussèrent un faible « hourra », sans joie, car ils n'avaient pas vraiment l'impression d'avoir gagné. Ils avaient vu une puissante armée battue par des forces primitives, des pouvoirs élémentaires qui défiaient toute description. Tomas passa lentement entre Calin et Dolgan et monta l'escalier. Le prince elfe envoya des soldats à la suite des envahisseurs en fuite, afin de soigner leurs compagnons blessés et d'achever les Tsurani mourants.

Tomas alla jusqu'à sa petite chambre et tira son rideau. Il s'assit lourdement sur son lit, jeta son épée et son bouclier. Une sourde douleur au crâne lui fit fermer les yeux. Des souvenirs l'assaillirent.

Les cieux étaient déchirés par des vortex d'énergie délirante de part et d'autre de l'horizon. Ashen-Shugar chevauchait le puissant Shuruga, contemplant la trame même de l'espace-temps, déchirée.

Par sa magie, il entendit un clairon sonner. L'instant tant attendu arrivait. Lançant Shuruga dans les airs, Ashen-Shugar scruta le ciel, cherchant celui qui devait se découper sur ce spectacle de folie. Le dragon se raidit au moment même où Ashen-Shugar aperçut sa proie. La silhouette de Draken-Korin se fit plus reconnaissable, sur son dragon noir. Une flamme étrange brûlait dans ses yeux et, pour la première fois de sa longue vie, Ashen-Shugar commença à comprendre le sens du mot horreur. Il ne pouvait lui donner de nom, il ne pouvait la décrire, mais il la voyait dans les yeux torturés de Draken-Korin.

Ashen-Shugar poussa Shuruga en avant. Le puissant dragon d'or rugit un défi, auquel répondit le dragon noir de Draken-Korin. Les deux s'affrontèrent dans le ciel tandis que leurs cavaliers usaient de leurs arts.

La lame d'or d'Ashen-Shugar décrivit un moulinet et frappa, fendant en deux le bouclier noir à la tête de tigre souriant. C'était presque trop simple, comme Ashen-Shugar l'avait prévu. Draken-Korin avait donné trop de lui-même à cette création. Face à la puissance du dernier des Valherus, il ne valait pas beaucoup mieux qu'un mortel. Une fois, deux fois, trois fois encore, Ashen-Shugar frappa et le dernier de ses frères tomba du dos de son dragon noir pour aller s'écraser sur le sol. Par la puissance de sa pensée, Ashen-Shugar descendit du dos de Shuruga et s'approcha en flottant du corps désarticulé de Draken-Korin, laissant Shuruga achever son combat contre le dragon noir déjà presque mort.

Il restait une étincelle de vie dans cette forme brisée, une vie infiniment ancienne. Draken-Korin jeta un regard suppliant à Ashen-Shugar qui s'approchait.

— Pourquoi ? murmura-t-il.

— Cette obscénité n'aurait jamais dû être, répondit Ashen-Shugar en montrant les cieux de sa lame d'or. Tu mets fin à tout ce que nous connaissions.

Draken-Korin leva les yeux vers ce que montrait Ashen-Shugar. Il regarda les vortex d'énergies furieuses et déchaînées qui lançaient des arcs de lumière crépitant à travers la voûte céleste. Il contempla l'horreur qui venait de naître, composée des forces vitales de ses frères et de ses sœurs, cette chose sans âme pleine de haine et de rage.

— Ils étaient si forts, gargouilla Draken-Korin. Nous ne pouvions pas savoir. (Son visage se tordit de terreur et de haine comme Ashen-Shugar levait son épée d'or.) Mais j'avais le droit ! hurla-t-il.

Ashen-Shugar abattit son épée, décapitant Draken-Korin d'un coup sec et précis. Immédiatement, la tête et le corps se couvrirent d'une lumière scintillante et l'air siffla autour d'Ashen-Shugar. Puis le Valheru abattu disparut sans laisser de traces, son essence retournant à ce monstre sans conscience qui se déchaînait contre les nouveaux dieux.

— Le droit n'existe pas, rétorqua Ashen-Shugar d'un ton amer. Il n'y a que le pouvoir.

— *C'est donc ainsi que les choses se sont passées ?*

— Oui, voici comment j'ai tué le dernier de mes frères.

— *Les autres ?*

— Ils font maintenant partie de cela.

Il montra les cieux terribles. Ensemble, pour toujours, l'humain et le Valheru observèrent le monde en folie des guerres du Chaos.

— Viens, dit Ashen-Shugar au bout d'un moment. C'est la fin. Partons.

Ils commencèrent à s'avancer vers Shuruga qui les attendait. Puis une voix leur parvint.

— Vous êtes plus calme.

Tomas ouvrit les yeux. Devant lui se trouvait Aglaranna, un bol d'infusion d'herbes et un linge à la main. Elle lui retira son tabard et l'aida à se dégager de sa cotte de mailles en or. Il s'assit, épuisé, et elle commença à laver le sang qui lui couvrait le visage et les bras. Il la regarda sans rien dire.

Quand il fut propre, elle appliqua une serviette sèche sur son visage.

— Vous semblez fatigué, mon seigneur, lui dit-elle.

— Je vois bien des choses, Aglaranna, des choses qu'un homme n'aurait jamais dû voir. Je porte en mon âme le poids des siècles et je suis fatigué.

— N'y a-t-il rien qui puisse vous réconforter ?

Il la regarda, droit dans les yeux. Son regard autoritaire s'était adouci, mais malgré tout elle dut baisser les yeux.

— Madame, vous vous moquez ?

Elle secoua la tête.

— Non, Tomas. Je… je suis venue vous réconforter, si vous en avez besoin.

Il se pencha, lui prit la main et l'attira à lui, plein de désir. Quand elle se retrouva prisonnière de ses bras, sentant la passion monter dans son corps, elle l'entendit avouer :

— J'en ai terriblement besoin, madame.

Plongeant son regard au fond de ses yeux pâles, elle fit tomber l'ultime barrière qui subsistait entre eux.

— Tout comme moi, mon seigneur.

4

Initiation

Il se réveilla dans le noir et enfila une robe blanche toute simple, la marque de son statut, puis sortit de sa cellule. Il attendit à l'extérieur de la petite chambre, laquelle ne contenait qu'une natte pour dormir, une seule chandelle et une étagère à parchemins : tout ce que l'on jugeait nécessaire et suffisant à son éducation. Le long du couloir il y avait d'autres personnes, toutes bien plus jeunes que lui, qui attendaient tranquillement devant la porte de leur cellule. Le premier maître vêtu de noir passa dans le couloir et s'arrêta devant l'un des autres. Sans un mot l'homme fit un signe de tête, le garçon lui emboîta le pas et ils s'enfoncèrent dans la pénombre. Les hautes fenêtres étroites du couloir laissaient filtrer la lumière grisâtre de l'aube. Comme les autres, à la première lueur du jour, il éteignit la torche qui se trouvait sur le mur opposé à sa porte. Un deuxième homme en noir descendit le couloir et un autre enfant qui attendait le suivit à son tour. Puis un troisième s'en alla également, et un quatrième. Au bout d'un moment, il se retrouva seul. Le silence régnait dans le couloir.

Une silhouette émergea des ombres, sa robe le dissimulant à la vue presque jusqu'au dernier instant. Il se plaça devant le jeune homme en blanc et fit un signe de tête, montrant le couloir. Le jeune homme emboîta le pas à son guide en robe noire. Ils parcoururent une série de corridors éclairés par des torches, sans quitter ce grand bâtiment qui, d'aussi loin qu'il se souvienne, avait été le seul foyer du jeune homme. Ils débouchèrent finalement dans une série de tunnels bas de plafond, qui sentaient le vieux et le moisi, humides comme si tout au fond, autour du bâtiment, se trouvait un lac.

L'homme en noir s'arrêta devant une porte de bois, fit coulisser un verrou et ouvrit. Le jeune homme entra à la suite de son aîné et se trouva devant une série de bassins de bois. Chacun d'eux faisait la moitié de la taille d'un homme en longueur et le quart en largeur. L'un des bassins reposait sur le sol et les autres étaient disposés au-dessus, en marches successives, soutenus par des piliers de bois, montant approximativement à hauteur d'homme. Tous les bassins supérieurs étaient percés d'un trou donnant sur le bassin inférieur. Dans le bassin le plus bas, de l'eau clapotait à chacun de leurs pas sur le sol de pierre.

L'homme en noir désigna un seau, puis se tourna et laissa seul le jeune homme en blanc. Ce dernier se saisit du seau et se mit au travail. Tous les ordres donnés à ceux vêtus de blanc l'étaient sans un mot et, comme il l'avait compris dès la première fois, ceux-là n'avaient pas le droit de parler. Il savait qu'il devait pourtant en être capable, car il en comprenait le concept et avait tenté d'articuler silencieusement quelques mots dans le noir sur sa natte. Mais comme pour tant d'autres choses, il comprenait les faits sans savoir pourquoi il les comprenait. Il savait qu'il avait existé avant de se réveiller dans cette cellule, mais il ne s'inquiétait absolument pas de son manque de souvenirs. Cela lui semblait normal, sans qu'il soit capable de l'expliquer.

Il se mit à la tâche. Comme pour nombre d'autres ordres, cela lui semblait impossible. Il prit le seau et remplit le bassin supérieur avec l'eau d'un bassin inférieur. Comme les fois précédentes, l'eau coula d'un bassin à l'autre, jusqu'à ce que le contenu du seau se retrouve de nouveau tout en bas. Il poursuivit obstinément son travail, laissant son esprit vagabonder hors de son corps occupé à remplir cette tâche répétitive.

Comme souvent lorsqu'il était laissé à lui-même, son esprit passa d'image en image et des formes et des couleurs défilèrent devant ses yeux sans qu'il arrive jamais à les saisir. Il y eut tout d'abord une plage, des vagues qui s'écrasaient sur des rochers noirs et érodés. Un combat. Une étrange substance blanche et froide sur le sol – un mot, « neige », qui lui échappa aussi vite qu'il était venu. Un campement boueux. Une grande cuisine avec des garçons qui travaillaient frénétiquement. Une chambre dans une haute tour. Tout cela passa à une vitesse aveuglante, ne laissant qu'une image rémanente.

Chaque jour, une voix résonnait dans sa tête et la

voix de son esprit répondait, tout en travaillant à cette tâche sans fin. La voix posait une question simple et la voix de son esprit répondait. Si la réponse était incorrecte, la question était répétée. Si la réponse était fausse à plusieurs reprises, la voix cessait de poser des questions et revenait parfois un peu plus tard dans la journée. Parfois elle ne revenait pas.

Le travailleur en blanc sentit la pression familière s'imprimer sur la trame de ses pensées.

— *Qu'est-ce que la loi ?* demanda la voix.

— *La loi est la structure qui entoure nos vies et qui lui donne un sens,* répondit-il.

— *Quelle est l'incarnation suprême de la loi ?*

— *L'empire est l'incarnation suprême de la loi.*

— *Qui es-tu ?* fut la question suivante.

— *Je suis un serviteur de l'empire.*

Le contact mental se troubla un moment, puis revint, comme si l'autre réfléchissait longuement à la question suivante :

— *De quelle manière es-tu autorisé à servir ?*

Cette question lui avait été posée plusieurs fois auparavant et chaque fois, sa réponse avait déclenché ce silence intérieur lui indiquant qu'il avait échoué. Cette fois il pesa soigneusement sa réponse, éliminant toutes ses réponses précédentes, ainsi que celles qui n'étaient que des combinaisons ou des extrapolations des réponses incorrectes.

Finalement, il répondit :

— *Comme je le juge bon.*

Un sentiment venu de l'extérieur l'envahit, un sentiment d'approbation. Une autre question suivit rapidement :

— *Quelle est la place qui t'est assignée ?*

Il réfléchit à cette question et se dit que la réponse la plus évidente devait être fausse, mais il devait malgré tout l'essayer :

— *Ma place est ici.*

Le contact mental fut brisé, comme il s'y attendait. Il savait qu'il subissait une initiation, bien que le but de cette initiation lui fût caché. Il pouvait maintenant réfléchir à cette question à la lumière de ses précédentes réponses, ce qui lui permettrait peut-être de trouver la bonne.

Cette nuit-là, il fit un rêve.

Un homme étrange, en robe brune, une simple corde nouée à la taille, avançait le long de la route. L'homme se retourna et dit :

— Presse-toi, nous n'avons pas beaucoup de temps et il ne faut pas que tu restes en arrière.

Il s'efforça d'aller plus vite, mais découvrit que ses pieds étaient de plomb et qu'il avait les bras liés au corps. L'homme en brun cessa d'avancer de son pas alerte.

— Très bien, d'accord. Une seule chose à la fois.

Il essaya de parler et découvrit que sa bouche était paralysée. L'homme en brun se gratta pensivement la barbe

— Réfléchis bien, lui conseilla-t-il. Tu es l'architecte de ta propre prison.

Il baissa les yeux et vit ses pieds nus sur une route poussiéreuse. Il leva les yeux mais l'homme en brun était reparti de son pas vif. Il tenta de le suivre et de nouveau il se trouva incapable de bouger.

Il s'éveilla, couvert de sueur froide.

On venait à nouveau de lui demander où se trouvait sa place et à nouveau sa réponse – *là où l'on a besoin de moi* – n'avait pas été satisfaisante. Il était occupé à une autre tâche inutile. Dans une épaisse couverture de laine, il plantait des clous, qui tombaient systématiquement par terre. Il les ramassait et les faisait traverser encore et encore.

Il réfléchissait à la question qu'on lui avait posée et fut interrompu par le bruit de la porte. Son guide venait d'ouvrir et lui faisait signe de le suivre. Ils empruntèrent de longs couloirs qui serpentaient jusqu'à l'étage où ils devaient prendre leur maigre repas du matin.

Quand ils entrèrent dans la salle, le guide prit place à côté de la porte. D'autres Robes Noires escortaient elles aussi des robes blanches dans la salle. Ce jour-là, c'était au tour du guide du jeune homme de s'assurer que les garçons en blanc mangeaient bien en silence. Les Robes Noires se relayaient tous les jours pour remplir cet office.

Le jeune homme mangea en réfléchissant à la question du matin. Il pesa chaque réponse possible, cherchant l'erreur, et les écarta dès qu'il en découvrait une. Brusquement, une réponse jaillit d'elle-même, une intuition fournie par son subconscient. *Je suis l'architecte de ma propre prison*. Plusieurs fois par le passé, quand sa progression s'était vue bloquée par des problèmes particulièrement épineux, il avait bénéficié de ce phénomène, qui expliquait son avancement rapide dans ses études. Il chercha si cette réponse contenait des erreurs et quand il fut certain qu'elle était correcte, il se leva. Des yeux le regardèrent furtivement, car il violait les règles.

Il traversa la salle et se campa devant son guide au visage impassible, qui ne dévoila sa curiosité que d'un léger haussement de sourcils.

Sans préambule, le jeune homme en blanc déclara :

— Je n'ai plus rien à faire ici.

L'homme en noir ne montra aucune émotion, mais il mit la main sur l'épaule du jeune homme et esquissa un léger hochement de tête. Il fouilla dans sa robe et en sortit une petite cloche, qu'il fit sonner une fois. Un autre homme en robe noire apparut quelques instants plus tard. Sans un mot, le nouvel arrivant prit place à la porte, tandis que le guide faisait signe au jeune homme de le suivre.

Ils avancèrent en silence comme ils l'avaient fait de nombreuses fois auparavant, jusqu'à ce qu'ils arrivent dans une pièce. L'homme en noir se tourna vers son jeune compagnon.

— Ouvre la porte.

Le jeune homme s'apprêta à pousser la porte, mais il eut un pressentiment et retira la main. Il fronça les sourcils en se concentrant et ouvrit la porte par le pouvoir de sa pensée. La porte s'ouvrit lentement vers l'intérieur. L'homme en noir se tourna et sourit.

— Bien, commenta-t-il d'une voix douce et plaisante.

Ils entrèrent dans une pièce où de nombreuses robes blanches, grises et noires pendaient à des patères.

— Prends une robe grise, ordonna l'homme en noir.

Le jeune homme s'exécuta rapidement puis se tourna vers son guide. Ce dernier regarda le nouveau porteur de robe grise.

— Tu n'es plus astreint au silence. On répondra à toutes tes questions, dans la mesure du possible, mais tu devras encore attendre d'avoir mis le noir pour obtenir certaines réponses. Alors tu comprendras tout. Viens.

Le jeune homme en gris suivit son guide dans une autre pièce meublée de coussins disposés autour d'une table basse, sur laquelle se trouvait un pot de chocha chaud, une boisson âcre et aigre-douce. L'homme en noir en versa deux coupes. Il en tendit une au jeune homme, en lui faisant signe de s'asseoir, ce qu'ils firent tous les deux.

— Qui suis-je ? demanda le jeune homme.

L'homme en noir haussa les épaules.

— Cela, ce sera à toi d'en décider, car toi seul peux découvrir ton vrai nom, que tu ne devras révéler à personne si tu ne veux pas que les autres aient une emprise sur toi. À partir de maintenant, tu t'appelleras Milamber.

Le nouvellement nommé Milamber réfléchit un moment.

— Ça ira, finit-il par décider. Comment vous appelez-vous ?

— On m'appelle Shimone.

— Qui êtes-vous ?

— Ton guide, ton professeur. Tu en auras d'autres maintenant, mais c'est à moi que l'on a confié la responsabilité de la première partie de ton apprentissage, la plus longue.

— Depuis combien de temps suis-je ici ?

— Presque quatre ans.

Milamber s'étonna de cette réponse, car ses souvenirs ne remontaient au mieux qu'à quelques mois.

— Quand est-ce que mes souvenirs me reviendront ?

Shimone sourit car il était content que Milamber ne lui ait pas demandé si on les lui rendrait.

— Ton esprit te rendra ton passé à mesure que tu progresseras dans l'équilibre de ton initiation, lentement au début, puis plus rapidement. Il y a une bonne raison à cela. Tu dois réussir à ne pas succomber aux attraits de tout ce qui faisait ton ancienne vie : ta famille, ton pays, tes amis et ta maison. Dans ton cas, c'est particulièrement vital.

— Pourquoi cela ?

— Quand ton passé te reviendra, tu comprendras, répondit Shimone, le visage souriant.

Ses traits de rapace et ses yeux noirs firent comprendre à son interlocuteur qu'il n'en dirait pas davantage à ce sujet.

Plusieurs questions vinrent à l'esprit de Milamber, des questions qu'il écarta rapidement car elles n'avaient que peu d'importance.

— Que serait-il arrivé si j'avais ouvert la porte avec ma main ? demanda-t-il finalement.

— Tu serais mort, énonça Shimone sans émotion.

Cela ne surprit pas Milamber, qui l'accepta, tout simplement.

— Pour quelle raison ?

Shimone fut pris au dépourvu par la question et le montra.

— Nous ne pouvons pas nous surveiller les uns les autres, tout ce que nous pouvons faire, c'est nous assurer du fait que chaque nouveau mage est capable d'assumer les responsabilités de ses actes. Tu as estimé que ta place n'était plus avec les novices, ceux qui portent le blanc. Si là n'était pas ta place, tu devais effectivement faire la preuve de ta capacité à gérer les responsabilités correspondant à ce changement. Les élèves brillants mais irresponsables meurent souvent à ce stade-là.

Milamber réfléchit à cela et reconnut le bien-fondé d'une telle épreuve.

— Combien de temps va encore durer mon initiation ?

Shimone fit un geste de prudence.

— Aussi longtemps qu'il le faudra. Cependant, tu t'élèves rapidement, je pense donc que pour toi, cela ne devrait pas être trop long. Tu as certains dons naturels – tu le comprendras quand tes souvenirs reviendront – ainsi qu'un certain avantage sur les autres élèves, plus jeunes, qui ont commencé en même temps que toi.

Milamber scruta le contenu de sa tasse. Dans le liquide noir, il crut apercevoir un simple mot, comme du coin de l'œil, qui disparut dès qu'il tenta de le fixer. Il ne pouvait s'y accrocher, mais il avait vu un nom, court et simple.

Cette nuit-là il fit un nouveau rêve. L'homme en

brun avançait sur la route et cette fois Milamber parvint à le suivre.

— Tu vois, il y a peu de limites objectives. Ce qu'ils t'enseignent est utile, mais ne crois pas que parce qu'une solution te permet de résoudre un problème, ce doit être la seule. (L'homme en brun s'arrêta.) Regarde ça, ajouta-t-il en montrant une fleur sur la route.

Milamber se pencha pour regarder ce que lui montrait l'homme. Une petite araignée tissait une toile entre deux feuilles.

— Cette créature, reprit l'homme en brun, travaille sans faire attention à nous. Toi ou moi, nous pourrions l'annihiler sur un simple coup de tête. Réfléchis bien : si cette créature était capable d'appréhender notre existence et le danger que nous représentons pour sa vie, nous vénérerait-elle ?

— Je ne sais pas, répondit Milamber. Je ne sais pas comment pense une araignée.

L'homme en brun s'appuya sur son bâton.

— Tous les humains pensent différemment les uns des autres, il se pourrait donc que cette araignée ait une réaction de peur ou de défiance, d'indifférence ou de fatalisme, voire d'incrédulité. Tout est possible. (Il tendit son bâton et toucha doucement de la pointe un bout de la toile. Soulevant le minuscule arachnide, il le déposa de l'autre côté de la route.) À ton avis, est-ce que cette créature sait que cette fleur n'est pas la même ?

— Je l'ignore.

L'homme en brun sourit.

— C'est peut-être la plus sage des réponses. (Il

reprit sa marche.) Bientôt, on te fera voir quantité d'images et certaines d'entre elles ne signifieront pas grand-chose pour toi. Quand cela t'arrivera, souviens-toi d'une chose.

— Laquelle ? demanda Milamber.

— Les apparences sont parfois trompeuses. Souviens-toi de l'araignée, qui en ce moment même me prie peut-être pour me remercier de lui avoir donné une proie inespérée. (Montrant de nouveau la plante de la pointe de son bâton, il expliqua :) Il y a bien plus d'insectes sur celle-là que sur l'autre. Je me demande si la plante aussi me prie pour me remercier, ajouta-t-il en se grattant la barbe.

Milamber passa plusieurs semaines en compagnie de Shimone et de quelques autres. Il apprit de nouvelles choses sur sa vie, mais quelques fragments seulement. Il avait été esclave et on avait découvert qu'il avait le pouvoir. Il se souvenait d'une femme et ressentait un vague tiraillement en se remémorant l'image un peu floue qu'il en avait.

Il apprenait vite. Chaque leçon, il l'accomplissait en un seul jour, deux tout au plus. Il disséquait rapidement chaque problème qu'on lui soumettait et, quand il en arrivait au moment où il devait en discuter avec ses professeurs, ses questions allaient droit au but, elles étaient toujours justes et bien pensées.

Un jour, il s'éveilla dans une nouvelle cellule, toujours aussi simple que les précédentes. Quand il en sortit, Shimone l'attendait.

— À partir de maintenant, tu n'as plus le droit de

parler jusqu'à ce que tu aies accompli la tâche qui t'a été assignée, déclara le magicien en robe noire.

Milamber fit signe qu'il avait compris et suivit son guide dans le couloir. Le magicien lui fit traverser une série de longs passages jusqu'à ce qu'ils débouchent finalement dans une partie du bâtiment qu'il n'avait encore jamais visitée. Ils s'engagèrent dans un escalier interminable, qui s'élevait sur plusieurs étages au-dessus de leur palier de départ. Enfin, Shimone lui ouvrit une porte. Milamber passa devant et se retrouva sur une terrasse à ciel ouvert, au sommet d'une haute tour. Au centre du toit se dressait une aiguille de pierre. Elle jaillissait vers le ciel, faite en apparence d'un seul tenant. Un étroit escalier s'enroulait tout autour, creusé à même le flanc de l'aiguille. Milamber la suivit des yeux, mais elle se perdait dans les nuages. Il trouva la chose fascinante, car elle semblait violer toutes les lois physiques qu'il avait étudiées. Mais elle était bien là devant lui et son guide lui faisait signe de monter les marches.

Il commença l'ascension. Après avoir fini son premier tour, il remarqua que Shimone avait disparu par la porte en bois. Libéré de sa présence, Milamber détacha les yeux du toit et s'extasia sur le panorama qui s'étendait tout autour à perte de vue.

Il se trouvait au sommet de la plus haute tour d'une immense cité de tours. Où que porte son regard, des centaines de doigts de pierre s'élevaient, de solides structures dont les fenêtres jetaient un regard vide sur le monde. Certaines s'ouvraient sur le ciel, comme la tour où il se trouvait, et d'autres étaient couvertes de toits de pierre ou de dômes de lumière scintillante.

Mais seule celle-ci disposait de cette fine flèche. Au dessous de ces centaines de tours, des ponts s'élançaient dans le vide, les reliant entre elles, enjambant la masse gigantesque de l'unique bâtiment qui portait toutes ces constructions offertes à sa vue. C'était un édifice monstrueux, qui s'étendait sur des kilomètres dans toutes les directions. Milamber avait toujours su que le bâtiment devait être immense, car il avait parcouru ses couloirs de long en large, mais le fait de l'avoir imaginé ne changeait en rien la crainte révérencieuse qu'il ressentait à sa vue.

Toujours plus bas, à l'extrême limite de son champ de vision, il apercevait le vert tendre de l'herbe, une fine bordure qui encerclait la masse noire du bâtiment. Tout autour il y avait de l'eau, ce lac qu'il avait entraperçu une fois. Au loin il devinait l'esquisse d'une chaîne de montagnes, mais à moins de se concentrer très fort, c'était comme si le monde entier s'étalait sous lui.

Il monta en tournant autour de l'aiguille. Chaque tour lui permettait de distinguer de nouveaux détails. Un oiseau solitaire le survola, oublieux des affaires des hommes, ses ailes écarlates largement étendues dans les airs et ses yeux perçants scrutant les profondeurs du lac. Saisissant du coin de l'œil un éclair révélateur à la surface de l'eau, il replia ses ailes et piqua, crevant la surface un bref instant avant de remonter, une proie animée de sursauts serrée entre ses serres. L'oiseau poussa un cri de victoire, décrivit un cercle dans le ciel, puis partit vers l'ouest.

Un tour supplémentaire. Le ballet des vents. Chacun portait le souvenir de terres lointaines et étrangères. Du sud souffla l'odeur des jungles étouffantes où les esclaves s'acharnaient à arracher des terres arables aux marais mortels. De l'est, une brise apporta jusqu'à Milamber le chant de victoire d'une douzaine de guerriers thuril qui venaient de vaincre une troupe de soldats de l'empire lors d'un incident frontalier. En contrepoint, il entendit le faible écho d'un soldat tsurani à l'agonie, qui pleurait pour sa famille. Du nord lui vinrent des odeurs de glace et le son des sabots de milliers de Thûn qui martelaient la toundra gelée, galopant vers le sud pour conquérir des terres plus clémentes. De l'ouest, il entendit le rire de la jeune épouse d'un noble puissant qui tentait de séduire un garde de sa maison en l'absence de son mari parti faire affaire avec un marchand de Tusan. De l'est arrivait l'odeur des fameuses épices que l'on trouvait sur les marchés de Yankora. Encore le sud et l'odeur salée de la mer de Sang. Puis à nouveau le nord et le vent de plaines glacées que l'homme n'avait jamais foulées, où marchait une race ancienne dont la sagesse était inconnue de lui, une race qui attendait un signe venant des cieux – un signe qui n'était jamais venu. Chaque vent lui portait une note et un ton, une couleur et une teinte, un goût et une odeur. La texture du monde soufflait autour de Milamber qui inspira profondément, pour mieux la savourer.

Encore un tour. Une pulsation s'éleva des marches qu'il grimpait, comme si le monde lui-même était vivant. Au travers de l'île, du bâtiment, de la tour, de l'aiguille et de son corps même lui parvenait le pouls rapide et éternel du cœur de la planète. Il baissa les yeux et vit de profondes cavernes, dont les plus proches de la surface étaient exploitées par des esclaves qui en extrayaient les rares métaux précieux qui s'y trouvaient, ainsi que du charbon pour le chauffage et de la pierre de taille. Il existait encore d'autres cavernes en dessous, certaines naturelles et d'autres, vestiges d'une cité perdue, couvertes d'une poussière qui avait fini par se changer en terre au fil des ans. Ici vivaient auparavant des créatures qu'il ne pourrait jamais imaginer. Sa vision plongea plus loin encore, jusqu'à un royaume de chaleur et de lumière où luttaient des forces primitives. Du roc liquide, étincelant, couvert de flammes, se hissait sur son socle solide et se frayait un passage vers le haut, poussé par la nature inconsciente. Puis son regard s'enfonça toujours plus, jusqu'à un monde de forces pures, où des lignes d'énergie parcouraient le cœur du monde.

Un nouveau tour et il arriva à une petite plate-forme tout en haut de l'aiguille. Il s'agissait d'un perchoir incroyablement précaire et extrêmement étroit. Il se plaça au centre, surmontant un vertige qui risquait de le jeter en hurlant par-dessus bord. Il fit appel à toutes ses capacités et à tout son entraînement pour rester là, car il savait – sans qu'on ait eu besoin de le lui dire – que s'il échouait à cette épreuve, la mort serait sa seule sanction.

Il apaisa son esprit terrifié et regarda tout autour de lui. Tout ce vide lui donnait l'impression d'être minuscule. Jamais il ne s'était senti aussi isolé, aussi totalement seul. Il n'y avait rien ici qui puisse s'interposer entre lui et son destin.

En dessous s'étendait le monde ; au-dessus il n'y avait que le ciel vide. Le vent était légèrement humide et le jeune homme vit des nuages noirs remonter très vite du sud. La tour, ou l'aiguille où il se trouvait, se balançait doucement et il compensa inconsciemment les oscillations en portant son poids d'un côté ou de l'autre.

Les nuages lourds qui s'élançaient vers lui s'illuminèrent d'éclairs et le tonnerre retentit tout autour de lui. Ce simple bruit aurait suffi à le faire tomber de la petite plate-forme et il dut puiser plus loin encore dans ses ressources de puissance, dans ce lieu silencieux nommé wal. Là, il trouva la force de résister aux assauts de la tempête.

Les vents le frappaient sans cesse, le poussant vers les bords de la plate-forme. Il tituba puis retrouva l'équilibre, malgré l'abysse ténébreux qui l'appelait, qui l'invitait à basculer. Il fit un effort de volonté pour s'arracher encore au vertige et prépara son esprit à la tâche qui l'attendait.

Dans sa tête, une voix hurla :

— *Voici venu le temps de l'épreuve. Sur cette tour tu devras te tenir et si ta volonté n'est pas assez forte, de cette tour tu tomberas.*

Il y eut une brève pause, puis la voix reprit en hurlant :

— *Prends garde ! Observe et apprends ce qui fut.*

Les ténèbres s'élevèrent et l'engloutirent.

Il flotte un certain temps, perdu, sans nom. Une étincelle de conscience vacillante, un nageur inconnu dans une mer noire et vide. Puis une note unique envahit le vide. Elle résonne, un faible son, qui s'impose à ses sens inexistants.

— *Sans les sens, comment percevoir ?* lui demande son esprit – son esprit !

— *Je suis !* hurle-t-il, si bien qu'un million de philosophies poussent un cri d'émerveillement. *Si je suis, alors qu'est-ce qui n'est pas moi ?* se demande-t-il.

Un écho lui répond :

— *Tu es ce que tu es et tu n'es pas ce que tu n'es pas.*

— *Réponse bien peu satisfaisante,* se dit-il.

— *Bien,* répond l'écho.

— *Quel est ce son ?* demande-t-il.

— *C'est la caresse du sommeil d'un vieillard juste avant la mort.*

— *Quel est ce son ?*

— *C'est la couleur de l'hiver.*

— *Quel est ce son ?*

— *C'est le son de l'espoir.*

— *Quel est ce son ?*

— *C'est le goût de l'amour.*

— *Quel est ce son ?*

— *C'est une sonnerie pour que tu t'éveilles.*

Il flotte. Autour de lui nagent un milliard de milliards d'étoiles. De grands amas dérivent non loin, embrasés de déchaînements d'énergie. Ils tournoient en projetant de multiples couleurs, rouges et bleues, énormes, orange et jaunes, plus petites, et rouges et blanches, minuscules. Les couleurs noires, furieuses, s'abreuvent à la tempête de lumière qui les entoure, tandis que d'autres projettent des énergies dans des spectres inconnus et que d'autres encore distordent la trame de l'espace-temps, troublant sa vision quand il cherche à déceler leur passage. Des lignes de force tendues entre ces astres les relient tous en formant un puissant filet. L'énergie coule le long de ces lignes, allant et venant, pulsant d'une vie qui n'en est pas vraiment une. Les étoiles le savent, quand elles s'approchent. Elles prennent conscience de sa présence, mais elles ne s'y intéressent pas. Il est trop petit pour elles. Tout autour de lui s'étend l'univers.

En certains points de cette toile d'araignée, de puissantes créatures se reposent ou sont à l'œuvre, toutes différentes, mais d'une certaine manière toutes semblables. Certaines sont des dieux, car elles lui sont familières, mais il y en a d'autres qu'il ne connaît pas. Chacune joue un rôle. Certaines le regardent, car son passage ne va pas sans être remarqué. D'autres sont au-delà de lui, trop grandes pour qu'elles puissent le comprendre et de ce fait, sont moins que lui. D'autres encore l'étudient de près, évaluant ses pouvoirs et ses capacités et les comparant aux leurs. Il les examine de son côté. Toutes sont silencieuses.

Il file entre ces étoiles et ces puissances, jusqu'à ce qu'il atteigne une étoile, une parmi tant d'autres, mais une qui l'appelle. De cette étoile, vingt lignes d'énergie repartent et près de chacune d'elles se trouve une puissance. Sans le savoir, il sait que ce sont les anciens dieux de Kelewan. Chacun d'eux agit sur la ligne la plus proche qui influence la structure de l'espace-temps autour d'elle. Certains luttent entre eux, d'autres alimentent visiblement la dispute et d'autres encore ne font rien de remarquable.

Il s'approche encore. Une unique planète tourne autour de l'étoile, une sphère d'un vert bleuté voilée de nuages blancs. Kelewan.

Il plonge le long des lignes de force, jusqu'à ce qu'il se retrouve à la surface. Là, il découvre un monde que l'homme n'a pas encore touché. De grandes bêtes à six pattes parcourent le monde et une jeune race d'êtres à l'esprit vif se cache à leur approche.

Les Cho-ja, quelques bandes isolées de créatures toujours pressées, à peine plus développées que les grands insectes qui les ont fait naître, filent entre les arbres des grandes forêts, dans la crainte des prédateurs qui les chassent. Ils poursuivent à leur tour des gibiers plus petits. Ils ont commencé à raisonner et maintenant leurs reines les modèlent dans des buts précis, afin que des soldats forts et bien armés protègent les cueilleurs. Il y a davantage de nourriture dans la fourmilière et la race commence à prospérer.

Dans les plaines, les jeunes mâles Thûn font la course, se battent entre eux à coups de cailloux et de bâtons, de poings et de dents. Ils s'affrontent, uniquement poussés par un instinct dont ils ne savent rien, qui veut qu'un seul d'entre eux chasse tous les autres et soit le père de la génération suivante. Il leur faudra des siècles pour devenir des êtres raisonnables, capables de mettre leurs forces en commun contre des créatures à deux pattes qui ne sont pas encore apparues dans ce monde.

Près de la mer, qui ne porte pas encore le nom qu'on lui donnera à cause du sang des milliers de personnes qui y mourront, les Sunn paressent sur le rivage, à peine sortis de l'eau, gênés par l'environnement terrestre, mais déjà incapables de vivre dans les profondeurs. Craignant toutes choses, ils complotent dans leurs cavernes marines pour assurer leur sécurité et développent des réflexes contre les étrangers qui seront la cause de leur génocide, des générations plus tard.

Au-dessus des montagnes, les Thrillillil fendent les airs. Leur culture est encore simpliste et en formation, à peine plus développée qu'une vague association entre un couple reproducteur et ses rejetons. Leurs grandes ailes délicates projettent des ombres sur les Nummongnum, qui rampent le long des rochers, dissimulés sous leur fourrure mouchetée pareille aux pierres derrière lesquelles ils grouillent, à la recherche des œufs de Thrillillil, entamant une guerre qui durera un millier d'années et débouchera sur l'annihilation des deux races.

C'est un monde dur, plein de vie, mais d'une vie sauvage, sans merci pour les faibles. De ces races qu'il voit, seules deux resteront, les Thûn et les Cho-ja. Il voit les ténèbres s'approcher comme une subite tempête, qui l'engloutit.

Comme le calme après la tempête, la lumière revient.

Il se tient en haut d'une falaise qui surplombe une grande plaine herbeuse séparée de la mer par une petite plage de sable. L'air commence à s'iriser et la mer au loin se fait plus houleuse. Comme si la chaleur troublait l'air ambiant, la scène subit une brusque distorsion. Un scintillement de couleurs apparaît. Puis, comme si deux mains gigantesques la déchiraient, la trame de l'espace-temps s'ouvre sur une faille au travers de laquelle il peut voir et qui s'élargit de plus en plus. De l'autre côté de cette faille, le chaos se révèle à ses yeux, un déchaînement d'énergie délirant, comme si toutes les lignes de force de l'univers venaient de se briser. Des éclairs assez puissants pour détruire des soleils éclatent en milliers de couleurs que l'œil des mortels ne saurait percevoir, laissant en rémanence leur image ternie. Des profondeurs de cette faille géante, un large pont de lumière dorée s'élance vers le bas et se pose sur la plaine herbeuse. Sur le pont, des milliers de silhouettes s'avancent, échappant à la folie de la faille pour se réfugier dans le calme de la plaine.

Elles se pressent de descendre, certaines portant sur elles tout ce qu'elles possèdent, d'autres avec des chariots et des traîneaux débordant de richesses et tirés par des animaux. Elles courent, fuyant une horreur innommable.

Il scrute les visages et, bien que ceux-ci lui soient étrangers, il voit bien des traits familiers en eux aussi. Nombre d'entre eux portent des robes courtes très simples et il sait que ce sont ceux-là qui finiront par donner la race des Tsurani. Leur visage est plus primitif, il est moins marqué par le métissage qui viendra au fil des ans. La plupart sont clairs de peau, avec des cheveux bruns ou blonds. Des chiens jappent et leur courent entre les jambes, des lévriers et des whippets fins et rapides.

À côté d'eux s'avancent de fiers guerriers, les yeux en amande et la peau couleur bronze. Ce sont des combattants, mais pas des soldats organisés, car chaque individu porte des vêtements de coupe et de couleur très diverses. Ils s'écartent tous du pont, et si certains sont blessés, tous cachent leur peur sous un masque impassible. Ils portent dans le dos de longues épées de bon acier, fabriquées avec soin. Ils ont le sommet du crâne rasé et le reste des cheveux ramenés en arrière en un catogan. Ils ont le port fier des hommes qui ne savent pas s'il est bon pour eux d'avoir survécu à la bataille. Au milieu d'eux se trouvent encore d'autres gens, tous étrangers les uns aux autres.

Une race de gens de petite taille porte des filets. Ce sont des pêcheurs, bien qu'ils soient les seuls à savoir dans quelle mer ils pêchent. Ils ont les cheveux noirs, le teint olivâtre et les yeux gris-vert. Les hommes, les femmes et les enfants portent de simples pantalons de fourrure, laissant le torse nu.

Derrière encore arrive une nation d'hommes grands et nobles, à la peau noire. Leurs vêtements sont richement ornés de subtiles couleurs pastel. Nombreux sont ceux qui portent des gemmes au front et des bracelets d'or aux bras. Ils pleurent tous le pays qu'ils ne reverront jamais.

Puis viennent des cavaliers montés sur des bêtes impossibles qui ressemblent à des serpents volants avec des têtes d'oiseau couvertes de plumes. Les cavaliers ont des masques d'animaux ou d'oiseaux sur le visage, peints de couleurs vives et ornés de plumes. Ils n'ont que des peintures pour seul vêtement, car leur monde natal était chaud. Ils sont drapés dans leur nudité, car leurs corps sont beaux, comme si un sculpteur de génie les avait taillés dans la pierre, et ils portent des armes de verre noir. Les femmes et les enfants, sans masque, montent derrière les hommes, le visage durci par le monde cruel qu'ils abandonnent. Les cavaliers-serpents tournent leurs créatures vers l'est et s'enfuient. Les grands serpents volants mourront dans les hauteurs glacées de l'est, mais ils resteront à jamais dans les légendes de la fière Thuril.

Ils viennent par milliers, descendant tous le pont d'or pour mettre pied sur Kelewan. Quand ils arrivent dans la plaine, certains partent vers d'autres parties de la planète, mais nombreux sont ceux qui restent et regardent des milliers d'autres passer le pont. Le temps passe, le jour succède à la nuit, qui succède à nouveau au jour, et une foule toujours plus nombreuse sort de cette tempête de chaos en folie.

Vingt puissances les accompagnent, qui fuient elles aussi la destruction totale d'un univers. Les foules dans la plaine ne peuvent pas les voir passer, mais lui les voit. Il sait que ces êtres deviendront les vingt dieux de Kelewan, les Dix Supérieurs et les Dix Inférieurs. Ils s'envolent, pour arracher les lignes de pouvoir des mains des anciens êtres trop faibles qui veillaient sur ce monde. Les nouveaux dieux, en prenant leur place respective, n'ont pas à se battre car les anciens savent qu'un nouvel ordre va régner sur le monde.

Après plusieurs jours d'observation, il remarque que le flot d'humanité se tarit peu à peu. Des centaines d'hommes et de femmes tirent de gros navires construits en une sorte de métal qui brille au soleil, montés sur des roues faites dans une étrange substance noire. Ils arrivent dans la plaine et voient l'océan au bout de l'étroite bande de plage. Ils crient et poussent leurs navires vers l'eau pour les mettre à flot. Cinquante navires hissent les voiles et partent sur l'océan, en direction du sud, vers la terre qui deviendra Tsubar, la terre oubliée.

Le dernier groupe est composé de milliers d'hommes en robes de multiples coupes et couleurs. Il sait que ce sont les prêtres et les mages de multiples nations. Ensemble, ils se tiennent là, repoussant le déchaînement de folie qui fait rage de l'autre côté. Il les voit tomber comme des mouches, leur vie soufflée comme une simple chandelle. À un signal convenu à l'avance, plusieurs d'entre eux, quoique moins d'un pour cent de ceux qui se tiennent sur le pont d'or, tournent les talons et s'enfuient vers le sol. Ils portent tous des livres, des parchemins, des ouvrages d'érudition. Quand ils arrivent en bas du pont, ils se retournent et regardent le drame qui se déroule plus haut.

Ceux qui se trouvent au-dessus ne regardent pas ceux qui se sont échappés mais ce qu'ils retiennent. Dans un cri, ils lancent une incantation, un puissant sortilège au pouvoir magique monstrueux. Ceux qui se trouvent en dessous répondent à leur cri et l'on entend leurs voix trembler. Le pont commence à se dissoudre, à partir du sol. Un flot de terreur et de haine se déverse de la faille et ceux qui se tiennent sur le pont commencent à plier devant l'assaut. Le pont et la faille disparaissent, accompagnés d'une explosion de rage qui balaie et assomme la plupart des gens restés en bas dans la plaine.

Pendant quelque temps, ceux qui ont réussi à échapper à la terreur sans nom qui se trouvait derrière la faille ne prononcent plus un mot. Puis ils commencent à se disperser lentement. Des groupes se forment puis s'en vont. Le spectateur sait que, dans les années à venir, ces réfugiés en haillons vont conquérir ce monde, car ils sont les graines des nations qui peupleront Kelewan.

Il sait qu'il vient de voir le commencement des nations et leur fuite face à l'Ennemi, la terreur sans nom qui a détruit les foyers des races humaines et a dispersé celles-ci dans d'autres univers.

À nouveau le voile du temps se tire sur lui, le renvoyant aux ténèbres.

Puis à la lumière.

Sur la plaine qui auparavant était vide se dresse une grande cité. Ses tours blanches s'élèvent haut vers le ciel. Sa population est industrieuse et la cité prospère. Des caravanes de marchandises viennent de partout et de grands navires arrivent par la mer. Les années filent, apportant guerre et famine, paix et abondance.

Un jour un vaisseau entre dans le port, aussi malade et blessé que son équipage. Ce vaisseau est l'un des rares survivants d'une grande bataille. Le peuple de l'autre côté de l'eau va bientôt venir et la Cité des plaines va tomber si elle ne reçoit pas d'aide. On envoie des messagers au nord pour prévenir les villes sur le grand fleuve, car si jamais la cité blanche tombait, rien n'empêcherait les envahisseurs de continuer vers le nord. Les messagers reviennent avec de bonnes nouvelles. Les armées des autres cités viendront. Il les regarde se rassembler et affronter les envahisseurs près de la mer. Les envahisseurs sont repoussés, mais le prix est grand, car la bataille a duré douze jours. Cent mille hommes sont morts et le sable restera rouge pendant des mois. Mille vaisseaux brûlent et le ciel s'emplit d'une fumée noire qui mettra des jours et des jours à retomber sur des kilomètres, recouvrant la région d'une fine couche de cendre. La cité blanche devient la cité grise. La mer est nommée mer de Sang depuis ce jour et la grande baie, baie de la Bataille. Mais, grâce à cette bataille, une alliance s'est créée et les graines de l'empire sont plantées, l'empire de Tsuranuanni qui régnera sur le monde.

Comme le silence qui s'appesantit, les ténèbres reviennent.

Comme le son du clairon, la lumière réapparaît.

Il se retrouve en haut d'un temple, au cœur de la cité centrale de l'empire. En dessous, se trouvent des milliers de gens. Ils emplissent les rues, pressés les uns contre les autres, et chantent tandis que des milliers de mains levées font passer de grandes plates-formes de bois au-dessus de leurs têtes. Sur les plates-formes se tiennent les nobles de l'empire, les seigneurs des Cinq Grandes Familles. Sur la dernière plate-forme, la plus grande, se trouve un trône d'or, fait des métaux les plus rares de ce monde pauvre en minerais. Sur le trône est assis un jeune garçon. Quand la plate-forme atteint la grande place des Vingt Dieux Supérieurs et Inférieurs, on la dépose sur le sol et le trône est porté sur le dos des citoyens jusqu'au sommet du temple le plus élevé.

Le trône est déposé, faisant face au sud-est, là d'où sont venues les nations au début. Des profondeurs du temple surgissent une douzaine de prêtresses vêtues de noir, accompagnées de prêtres vêtus de rouge. Les prêtresses de Sibi, la déesse de la Mort, désignent au hasard plusieurs citoyens dans la foule et les prêtres en rouge de Celui-Qui-Donne-La-Mort les attrapent. Ils prennent des hommes, des femmes et parfois des enfants. Tous sont traînés au sommet du temple, où des prêtres du dieu Rouge leur arrachent le cœur de la poitrine, tandis que les prêtres et prêtresses des dix-huit autres ordres observent la scène en silence. Après des centaines de sacrifices, lorsque les marches du temple sont couvertes de sang, la grande prêtresse de la déesse de la Mort juge que les dieux sont satisfaits. Ils mettent un anneau d'argent à la main du garçon et un cercle d'or sur son front et le proclament Lumière du Ciel, Minjochka, onze fois empereur. Le garçon s'amuse avec un jouet de bois qu'on lui a donné au début de la journée car il s'ennuie vite, tandis que la foule se presse pour plonger ses mains dans le sang de ses compatriotes, rituel qui porte chance.

À l'est, le ciel s'assombrit car la nuit approche.

Au lever du soleil, il se trouve devant un magicien qui vient de travailler toute la nuit. L'homme s'inquiète de ce que lui montrent ses calculs et invoque un sortilège qui l'amène en un autre lieu. L'observateur le suit. Dans une petite pièce, plusieurs autres magiciens semblent apeurés par les nouvelles que leur apporte le premier magicien. Un messager est envoyé au seigneur de guerre, qui dirige l'empire au nom de l'empereur. Le seigneur de guerre convoque les magiciens. L'observateur suit. Les magiciens expliquent ce qu'ils ont découvert. Les signes dans les étoiles, interprétés selon d'anciens écrits, annoncent l'arrivée d'un grand désastre. Une étoile – un vagabond dans les cieux là où personne ne l'avait encore vu – reste immobile mais devient de plus en plus brillante. Elle va apporter la destruction des nations. Le seigneur de guerre est sceptique, mais ces derniers temps de plus en plus de nobles en viennent à écouter les magiciens. Il y a toujours eu des légendes parlant de magiciens qui auraient sauvé les nations de l'Ennemi, mais rares sont ceux qui y croient vraiment. Malgré tout, actuellement, il y a cette nouvelle assemblée de magiciens, qui ont formé ce qu'ils appellent l'Assemblée, dans quel but, eux seuls le savent. Donc, comme les temps changent, le seigneur de guerre accepte de rapporter ces explications à l'empereur. Au bout d'un moment, l'empereur envoie un ordre à l'Assemblée. Sa demande : apporter des preuves. Les magiciens secouent la tête et retournent à leurs modestes salles.

Des dizaines d'années passent et les magiciens font une campagne de propagande, cherchant à influencer tous les nobles de l'empire qui veulent bien les entendre. Un jour arrive où l'on proclame la mort de l'empereur et l'accession au trône de son fils. Les magiciens rassemblent tous ceux d'entre eux qui peuvent aller à la Cité sainte pour le couronnement du nouvel empereur.

Des milliers de gens sont sortis dans les rues, tandis que des esclaves portent les nobles du pays en palanquin jusqu'aux grands temples. Le nouvel empereur s'avance sur l'antique trône d'or, porté par une centaine d'esclaves athlétiques. Il se fait couronner et l'on sacrifie un esclave, loin dans les salles du temple du dieu de la Mort, Turakamu, pour demander aux dieux de laisser l'âme du précédent empereur reposer au ciel.

La foule applaudit, car Sudkahanchoza, trente-quatre fois empereur, est très aimé et c'est la dernière fois qu'on le voit. Il va maintenant se retirer dans le palais sacré, où son âme veillera à jamais sur ses sujets, tandis que le seigneur de guerre et le Grand Conseil s'occuperont de diriger les affaires de l'empire. Le nouvel empereur aura une vie consacrée à la contemplation, la lecture, la peinture, l'étude des grands livres des temples et la purification de son âme pour cette vie difficile.

Cet empereur n'est pas comme son père. Après avoir entendu les graves nouvelles que lui apporte l'Assemblée, il donne l'ordre de construire un grand château sur une île au centre du lac géant qui se trouve au centre des montagnes d'Ambolina.

Le temps…

… passe.

Des centaines de magiciens vêtus de noir se tiennent en haut de tours qui s'élèvent au-dessus de la cité sur l'île. Ce n'est pas encore la magnifique entité à venir. Deux cents ans ont passé ; désormais deux soleils brûlent dans le ciel, l'un jaune et vert, qui produit de la chaleur, et l'autre petit, blanc et furieux. L'observateur voit ces hommes œuvrer à leur magie pour lancer le plus grand sortilège de toute l'histoire des nations. Même le pont légendaire qu'ils avaient créé au début des temps n'était pas si grand, car alors ils n'avaient fait que se déplacer entre les mondes. Cette fois, c'est une étoile qu'ils vont déplacer. En dessous, il sent la présence de centaines d'autres magiciens, qui ajoutent leurs pouvoirs à ceux qui sont en haut. Cela fait des années qu'ils tissent ce sortilège, accomplissant chaque étape avec le plus grand soin, tandis qu'approche l'Étranger. Bien qu'il soit d'une puissance au-delà de tout, cet enchantement est aussi extrêmement délicat. Toute erreur réduirait à néant le travail accompli. Il lève les yeux et voit l'Étranger, qui file clairement vers ce monde. Il ne va pas frapper Kelewan, mais on ne peut douter que sa chaleur, ajoutée à celle de l'étoile déjà très chaude de Kelewan, détruira toute vie sur la planète. Celle-ci sera prise plus d'un an entre son étoile et l'Étranger, la nuit n'existera plus, et tous les magiciens s'accordent pour dire que très peu pourront survivre, et seulement s'ils se réfugient dans de profondes cavernes. Lorsqu'ils remonteront, ils trouveront une planète complètement brûlée. Ils doivent agir maintenant, avant qu'il ne soit trop tard, afin de pouvoir tenter un nouvel essai si leur enchantement ne marche pas.

Maintenant ils agissent de concert, prononçant la dernière incantation de leur grand œuvre. Le monde semble s'arrêter un moment, vibrant du dernier mot du sortilège. Lentement cette résonance se fait plus forte, monte, développe de nouvelles harmoniques, de nouveaux tons, comme si elle devenait indépendante. Bientôt elle devient assez forte pour assourdir ceux qui sont dans les tours et qui se couvrent les oreilles. En dessous, les gens au sol restent muets, fascinés par les couleurs éclatantes qui commencent à se former dans le ciel. Des éclairs fendent l'air, faisant pâlir la lumière des deux astres par à-coups aveuglants ; ils frapperont certains de cécité pour le reste de leur vie. Milamber n'est affecté ni par le bruit ni par la lumière, comme si quelque chose prenait soin de le protéger de leurs effets. Une grande faille apparaît dans le ciel, très semblable à celle par laquelle était arrivé le Pont d'or des milliers d'années auparavant. Il regarde tout cela avec une sorte de fascination détachée. La faille grandit dans le ciel, entre l'Étranger et Kelewan, et commence à s'écarter de la planète, se dirigeant vers l'étoile en approche.

Mais quelque chose d'autre se passe. Une éruption d'énergie sans précédent jaillit du cœur de la faille, plus forte encore qu'au temps du Pont d'or. Le déferlement de haine irrésistible rivalise avec cette scène chaotique. L'Ennemi, le pouvoir maléfique qui a fait fuir les peuples vers Kelewan se trouve toujours dans l'autre univers et il n'a pas oublié ceux qui lui ont échappé il y a si longtemps. Il ne peut percer la barrière de la faille, car il a besoin de plus de temps pour passer d'un univers à l'autre, mais il s'en empare et la distord, la renvoyant loin de l'Étranger. La faille grandit et les gens à terre la voient prête à engloutir Kelewan, ramenant la planète sous la domination de l'Ennemi.

L'observateur regarde impassible, contrairement à ceux qui se trouvent autour de lui, car il sait que ce qu'il voit n'est pas la fin du monde. La faille se rue sur la planète et un magicien s'avance.

Il est vaguement familier à l'observateur. L'homme porte une robe marron, serrée à la taille par une ceinture de corde, et tient un bâton de bois. Il lève son bâton au-dessus de sa tête et lance une incantation.

La faille change. De couleurs indescriptibles, elle passe au noir d'encre et frappe la planète.

Les cieux explosent un moment, puis tout devient noir. Quand les ténèbres se lèvent, le soleil, celui de Kelewan, tombe à l'horizon.

Les magiciens qui ne sont pas morts ou devenus fous regardent vers le haut avec horreur. Au-dessus d'eux, le ciel est un vide sans étoiles.

Et l'homme en brun se retourne vers l'observateur et dit :

— Souviens-toi, les choses ne sont pas toujours comme elles semblent être.

Les ténèbres…

… annoncent à nouveau le passage du temps. Il se trouve dans les salles de l'Assemblée. Des magiciens apparaissent régulièrement, utilisant le motif géométrique sur le sol comme point focal pour leurs déplacements. Ils se souviennent tous du motif comme d'une adresse et il leur suffit d'y penser pour se retrouver téléporté à l'intérieur de l'Assemblée. Un message arrive de l'empereur. Il demande à l'Assemblée de résoudre le problème, leur promettant toute l'aide dont ils pourraient avoir besoin.

L'observateur passe plusieurs générations et retrouve les magiciens de nouveau rassemblés en haut des tours. Cette fois, au lieu de l'Étranger, c'est un ciel sans étoiles qu'ils observent. Ils s'apprêtent à lancer un autre sortilège, qui leur a encore pris des années de travail. Lorsqu'il est terminé, la terre vibre de puissantes énergies. Soudain, le ciel s'illumine d'étoiles et Kelewan retrouve sa place normale.

— Les choses ne sont pas toujours comme elles semblent être, déclare une voix.

L'empereur ordonne à l'Assemblée tout entière de gagner immédiatement la Cité sainte. Individuellement ou par deux, les mages utilisent les motifs pour se rendre jusqu'à Kentosani. L'observateur les suit. Ils sont conduits jusqu'aux appartements de l'empereur, chose dont on n'avait jamais entendu parler de toute l'histoire de l'empire.

Des sept mille magiciens qui s'étaient rassemblés un siècle auparavant pour écarter l'Étranger, seuls deux cents ont survécu. Même maintenant, leur nombre n'a que très peu augmenté et pas même un magicien sur vingt de ceux qui se sont opposés à l'Étranger depuis leurs tours répond à l'appel de l'empereur. Ils s'avancent devant Tukamaco, quarante fois empereur, descendant de Sudkahanchoza et Lumière du Ciel. L'empereur demande à l'Assemblée si elle accepterait de veiller à jamais sur l'empire, de le protéger jusqu'à la fin des temps. Les magiciens se consultent et acceptent. L'empereur descend alors de son trône et se prosterne devant les magiciens réunis, chose qui n'avait jamais été faite auparavant. Il s'assied sur ses talons et, restant à genoux devant eux, écarte les bras et proclame qu'à partir de ce jour les magiciens se nommeront les Très-Puissants, qu'ils seront libres de toute obligation, à l'exception de la charge qu'ils viennent d'accepter. Ils sont au-dessus des lois et nul ne peut leur donner d'ordre, y compris le seigneur de guerre, qui se trouve à ses côtés et fronce les sourcils. Quoi qu'ils désirent, il leur suffira de le demander, car leurs paroles auront force de loi.

Deux des magiciens échangent un sourire entendu. Les ténèbres…

… et le temps passe.

L'observateur se trouve devant le trône du seigneur de guerre. Une délégation de magiciens se tient devant lui. Ils lui présentent la preuve de ce qu'ils viennent de déclarer. Une faille contrôlable, libre de toute influence de l'Ennemi, a été ouverte et l'on a trouvé un autre monde. Celui-ci n'est pas propice à la vie, mais on en a découvert un autre, un monde riche d'où l'on pourrait tirer beaucoup. Ils lui montrent une quantité de métal telle qu'une vie entière de travail n'aurait pas suffi à l'extraire ; ils n'ont eu qu'à se baisser pour le ramasser. L'observateur sourit intérieurement en voyant s'éveiller l'intérêt du seigneur de guerre devant un plastron d'armure brisé, une épée rouillée et une poignée de clous tordus. Pour mieux prouver que ce monde est réellement étranger, les magiciens montrent une belle fleur étrange. Le seigneur de guerre la renifle et son parfum entêtant lui plaît. L'observateur acquiesce, car lui aussi connaît le parfum d'une rose de Midkemia.

L'aile noire du temps qui passe le recouvre de nouveau.

Il se retrouva sur la plate-forme. Il regarda autour de lui et vit que la tempête se déchaînait encore. Ce n'était que par sa volonté inconsciente qu'il avait pu rester là, tandis que son esprit conscient était occupé à observer l'histoire de Kelewan. Il comprenait maintenant la nature de l'épreuve, car il était épuisé par la dépense d'énergie qu'avait occasionnée cette ordalie. Tout en lui apprenant quelle était sa place dans la société, on lui avait fait subir l'épreuve de la nature enragée.

Il regarda une dernière fois autour de lui, trouvant plutôt agréable la vue de ce lac sombre agité par la tempête et des fenêtres des tours fermées par des volets. Il s'efforça d'en graver l'image dans son esprit, comme pour s'assurer qu'il se souviendrait à jamais de ce moment où ses pouvoirs de Très-Puissant s'étaient éveillés, car désormais sa mémoire et ses émotions étaient libres de tout blocage. Il exultait de disposer d'un tel pouvoir. Il n'était plus Pug le garçon de château, mais un mage disposant de pouvoirs au-delà des rêves de son premier maître, Kulgan. Jamais plus Midkemia ou Kelewan ne lui sembleraient les mêmes.

Par la force de sa pensée, il descendit sur le toit, flottant doucement malgré le vent furieux. La porte s'ouvrit comme si elle l'avait attendu. Il entra et elle se referma derrière lui. Shimone était là, un sourire aux lèvres. Alors qu'ils parcouraient les longs couloirs de la ville-bâtiment de l'Assemblée, les cieux éclatèrent à l'extérieur dans un roulement de tonnerre, comme pour annoncer son arrivée.

Hochopepa était assis sur sa natte, attendant l'arrivée de son invité. Le gros magicien chauve voulait jauger le tempérament du dernier membre de l'Assemblée, qui avait revêtu la robe noire le jour précédent.

Un gong résonna, annonçant l'arrivée de son invité.

Hochopepa se leva et traversa ses appartements richement meublés. Il fit coulisser la porte.

— Bienvenue, Milamber. J'apprécie que vous ayez jugé bon d'accepter mon invitation.

— Je suis honoré, répondit simplement Milamber en entrant et en observant la pièce.

De tous les quartiers qu'il avait vus dans les bâtiments de l'Assemblée, celui-ci était de loin le plus opulent. Les murs étaient tendus de riches tapisseries, rehaussées de fines broderies ; sur diverses étagères se trouvaient de nombreux objets de métal précieux.

Milamber se tourna vers son hôte. Le magicien corpulent lui montra un coussin face à une table basse puis servit deux coupes de chocha. Ses mains replètes se déplaçaient avec aisance et assurance, précision et efficacité. Ses yeux sombres, presque noirs, brillaient sous des sourcils épais qui accentuaient son air faussement débonnaire. C'était le magicien le plus gros que Milamber ait rencontré jusque-là, car la plupart de ceux qui portaient la robe noire tendaient à être maigres et ascétiques. Il se dit que ce devait être volontaire, pour jouer sur le fait qu'un homme qui s'intéressait aux plaisirs de la chair ne pouvait s'embarrasser d'affaires trop compliquées.

— Vous représentez pour moi un certain problème, Milamber, avoua Hochopepa après la première gorgée de chocha. Vous ne faites aucune remarque, ajouta-t-il comme son invité ne posait pas de question. (Milamber acquiesça.) Peut-être votre origine explique-t-elle votre extrême prudence.

— Un esclave qui devient magicien, ça peut donner matière à réfléchir, répondit le jeune homme.

Hochopepa secoua la main.

— Il est rare qu'un esclave mette la robe noire, mais ça a déjà été vu. Il arrive que le pouvoir ne se dévoile qu'à l'âge adulte. Mais la loi est explicite : quel que soit l'âge auquel le pouvoir se révèle ou la position sociale de la personne chez qui il se révèle, cet homme passe immédiatement sous la responsabilité de l'Assemblée. Une fois, un soldat a été condamné à la pendaison par son seigneur. Il a flotté, suspendu dans les airs, à un cheveu de l'étouffement, par le simple pouvoir de sa volonté. Son pouvoir s'était finalement manifesté au moment où il en avait besoin. Il a été donné à l'Assemblée, où il a survécu à l'entraînement, mais ses pouvoirs n'ont jamais été très remarquables et il ne s'est pas beaucoup fait remarquer. Mais là n'est pas le sujet de notre discussion. La particularité de votre situation, celle qui fait de vous un problème à mes yeux, c'est que vous êtes un barbare – excusez-moi, étiez un barbare.

Milamber eut un nouveau sourire. À l'issue de l'épreuve, il avait quitté la tour en se rappelant tout de son ancienne vie, bien qu'il n'ait que des souvenirs très parcellaires de son apprentissage. Il comprenait le processus qui lui avait permis de contrôler sa magie. Ils l'avaient sélectionné parmi cent mille personnes et avaient fait de lui un Très-Puissant. Des deux cents millions d'habitants de l'empire, il faisait partie des deux mille magiciens portant la robe noire. Sa méfiance d'esclave, qu'avait remarquée Hochopepa, et son intelligence lui conseillaient de ne rien dire. Hochopepa tentait de lui expliquer quelque chose et

Milamber attendrait de savoir ce que c'était, quels que soient les détours qu'emprunterait le magicien.

— Votre position est étrange pour de multiples raisons, continua Hochopepa en voyant que Milamber ne disait rien. La plus évidente, c'est que vous êtes le premier homme qui ne soit pas issu de ce monde à porter la robe noire. La seconde est que vous étiez l'apprenti d'un magicien mineur.

Milamber leva un sourcil :

— Kulgan ? Vous savez pour mon apprentissage ?

Hochopepa éclata d'un rire franc et sincère. Milamber se détendit un peu et considéra l'autre magicien avec un peu moins de méfiance.

— Bien entendu. Il n'est pas un seul aspect de votre vie que nous n'ayons pas soigneusement examiné car vous pouviez nous fournir de nombreuses informations sur votre monde. (Hochopepa regarda son invité.) Le seigneur de guerre peut décider d'envahir un monde dont il ne connaît pratiquement rien – malgré les objections de certains de ses conseillers magiciens, si je puis me permettre – mais nous, l'Assemblée, préférons étudier nos adversaires. Nous avons été fort soulagés d'apprendre que la magie chez vous était limitée aux prêtres et aux adeptes de la magie mineure.

— Vous parlez à nouveau de magie mineure. Qu'entendez-vous par là ?

Ce fut à Hochopepa, cette fois, de paraître un peu surpris.

— Je croyais que vous saviez. (Milamber secoua la tête.) La voie de la magie mineure est empruntée par ceux qui peuvent manier certaines forces grâce à leur volonté, mais c'est très différent de ce que nous, Robes Noires, faisons.

— Alors vous savez que j'avais échoué.

Hochopepa rit à nouveau.

— Oui. Si vous aviez été moins lié à la magie supérieure, vous auriez pu apprendre. En fait, vous aviez trop de capacités pour apprendre à devenir un magicien mineur. La magie mineure est un talent et non un art. La magie supérieure, elle, est faite pour les savants.

Milamber acquiesça. Chaque fois que Hochopepa lui expliquait un concept, c'était comme s'il l'avait toujours connu. Il le fit remarquer.

— C'est assez facile à comprendre. Durant votre entraînement, on vous a inculqué de nombreux faits et de nombreux concepts. Les concepts de base de la magie vous ont été enseignés dès le début et vos responsabilités envers l'empire vous ont été enseignées plus tard. Une part du processus qui vous permet de développer pleinement vos pouvoirs nécessite que vous puissiez disposer de ces informations au moment où vous en avez besoin. Pendant un moment encore, vous allez avoir des pensées qui vous viendront spontanément de temps en temps. Au moment même où vous vous poserez une question, la réponse apparaîtra dans votre esprit. Parfois une réponse vous viendra à l'esprit alors même que vous l'entendrez ou que vous la lirez. Cela vous permet d'éviter d'avoir une somme de connaissances équivalant à plusieurs années d'apprentissage en tête d'un seul coup.

» Ce n'est pas si différent des sortilèges qui vous donnent ces visions dans la tour de l'épreuve. Évidemment, nous n'avons aucun moyen de « voir » ce qu'il y avait avant le Pont, ni même en n'importe quel instant de l'histoire, mais nous pouvons implanter des suggestions, créer l'illusion…

Les choses ne sont pas toujours comme elles semblent être. Milamber cacha difficilement sa surprise d'entendre cette voix inattendue dans sa tête.

— … et fournir une structure qui vous permet d'avoir ces visions dans la tour de l'épreuve. Personnellement, je trouve que cette représentation sur la tour a des relents d'opéra dô. Si on veut un cours d'histoire, on va dans une bibliothèque, pas dans un théâtre. (Voyant que tout cela lassait Milamber, Hochopepa ajouta :) Mais de toute manière, nous parlions d'autre chose.

— J'aimerais en savoir plus sur votre problème, répondit le jeune homme.

Hochopepa ajusta sa robe et en lissa les plis.

— Permettez-moi de faire une petite digression supplémentaire. Tout cela a un rapport avec la raison pour laquelle je vous ai demandé de venir.

Milamber fit signe à Hochopepa de poursuivre.

— On ne sait pas grand-chose de nos peuples avant la Fuite. Nous savons que les nations sont arrivées de nombreux mondes différents. On pense aussi que d'autres ont fui l'Ennemi en partant vers d'autres mondes, entre autres votre monde natal, peut-être. Nous avons quelques bribes de preuves qui nous permettent de soutenir cette hypothèse, mais ce ne sont que des conjectures pour l'instant.

Milamber se rappela les parties de shâh qu'il avait

jouées avec le seigneur des Shinzawaï et considéra cette possibilité.

— Nous sommes arrivés ici en tant que réfugiés. Nous étions des millions, mais seuls quelques milliers ont survécu et prospéré ici. Le monde que nous avons trouvé était vieux et usé. De grandes civilisations s'y étaient développées mais il ne reste d'elles que quelques pierres lisses et érodées aux endroits où leurs villes étaient construites. Qui étaient ces créatures, nous l'ignorons. Ce monde n'a que peu de métaux et ce que nous avons apporté avec nous lors de la Fuite a fini par s'amenuiser avec le temps. Nos animaux, comme vos chevaux et vos autres bestiaux, sont morts, tous sauf les chiens. Il nous a fallu nous adapter à notre nouveau monde et aussi nous adapter les uns aux autres.

» Il y a eu beaucoup de guerres entre la Fuite et l'arrivée de l'Étranger. Il n'y avait pas grand-chose de plus que des cités-États jusqu'à la bataille des Mille Vaisseaux. Puis la plus humble des races, les Tsurani, s'est élevée pour conquérir toutes les autres, unissant la majeure partie de ce monde sous un seul empire.

» L'Assemblée soutient l'empire car c'est la force de cohésion la plus puissante – ce n'est pas parce qu'il est noble, ou équitable, ou beau, ou juste. Mais grâce à lui, la majeure partie de l'humanité peut vivre et travailler sans que la terre soit ravagée par la guerre. Les hommes peuvent se passer des famines, des épidémies et des désastres des anciens temps. De plus, cet ordre permet à l'Assemblée de travailler sans que rien la dérange.

» C'est notre tentative pour écarter l'Étranger qui

nous a fait clairement comprendre pour la première fois que nous devions pouvoir travailler sans l'intervention de qui que ce soit, y compris de l'empereur, en disposant de toutes les ressources dont nous avions besoin. Nous avons perdu beaucoup de temps au début à cause du manque de coopération de l'empereur, quand nous avons remarqué l'Étranger. Si on nous avait aidés dès le début, nous aurions pu nous opposer à l'Ennemi quand il s'est emparé de la faille. C'est pour cela que nous avons accepté la charge de défendre et de servir l'empire, en échange d'une liberté absolue.

— Cela devient clair pour moi maintenant que vous m'en parlez, reconnut Milamber. Mais j'attends toujours que vous m'expliquiez le problème que je vous pose.

— Chaque chose en son temps, mon ami, soupira Hochopepa. Je dois en finir avec une dernière réflexion. Il vous faut comprendre la raison pour laquelle l'Assemblée fonctionne comme elle le fait, si vous voulez pouvoir survivre plus de quelques semaines.

Milamber s'étonna ouvertement de cette remarque :

— Survivre ?

— Oui, Milamber, survivre, car nombreux sont ceux ici qui vous auraient bien noyé dans le lac lors de votre initiation.

— Pourquoi ?

— Nous travaillons à restaurer la magie supérieure. Quand nous avons fui l'Ennemi, à l'aube de notre histoire, seul un magicien sur mille parmi ceux qui avaient combattu l'Ennemi a survécu. Pour la plupart, c'étaient les mages mineurs ou des apprentis. Ils se sont rassemblés en petits groupes pour protéger les connaissances qu'ils avaient emportées de leur monde d'origine. Au début, ils s'efforcèrent de retrouver leurs compatriotes, puis ensuite il y eut des associations de plus en plus grandes, car nous avions besoin de restaurer les arts perdus. Des siècles plus tard, on fonda l'Assemblée et des mages vinrent du monde entier, jusqu'à aujourd'hui, où tous ceux qui sont sur la voie de la magie supérieure font partie de l'Assemblée. La plupart de ceux qui pratiquent la magie mineure viennent ici aussi, bien qu'ils ne soient pas aussi respectés et qu'ils ne disposent pas de la même liberté. Ils ont tendance à être meilleurs que nous, Robes Noires, pour construire des machines et comprendre les forces de la nature – ce sont eux qui construisent les orbes qui nous servent à nous déplacer d'un endroit à un autre, par exemple. Bien qu'ils ne soient pas au-dessus des lois, les mages mineurs sont protégés de l'extérieur par l'Assemblée. Tous les magiciens sont sous la responsabilité de l'Assemblée.

— Donc, nous sommes libres d'agir comme bon nous semble, tant que nous agissons dans l'intérêt de l'empire, résuma Milamber.

Hochopepa acquiesça.

— Peu importe ce que nous faisons, il est même possible que deux magiciens fassent des actions contradictoires, tant qu'ils travaillent à ce qu'ils pensent être les intérêts de l'empire.

— De mon point de vue quelque peu « barbare », cette loi est plutôt étrange.

— Ce n'est pas une loi, c'est une tradition. Dans ce monde, mon cher barbare, la tradition et la coutume peuvent être aussi contraignantes que la loi. Les lois peuvent être changées, mais les traditions perdurent.

— Je pense que je saisis l'essence de votre problème, mon cher civilisé. Vous n'êtes pas certain que je puisse agir réellement au mieux des intérêts de l'empire, car je viens d'ailleurs.

Hochopepa opina de nouveau.

— Si nous avions pu nous assurer que vous êtes capable de vous retourner contre l'empire, nous vous aurions tué. Pour l'instant, nous ne sommes sûrs de rien, bien que nous tendions à croire qu'il est peu probable que vous arriviez à faire une telle chose.

Pour la première fois, Milamber ne comprenait pas tout à fait ce qu'il entendait.

— Je croyais que vous aviez les moyens de vous assurer que tous ceux que vous entraînez restent loyaux à l'empire avant tout.

— Normalement, oui. Dans votre cas, nous avons été confrontés à des problèmes tout nouveaux. Autant que nous le sachions, vous êtes parfaitement dévoué à la cause sous-jacente des magiciens, l'ordre de l'empire. Habituellement, nous en avons la certitude. Nous lisons simplement dans l'esprit de l'apprenti. Nous n'avons pas pu le faire pour vous. Il nous a fallu utiliser des sérums de vérité, de longs interrogatoires et des exercices destinés à détecter toute duplicité possible.

— Pourquoi ?

— Nous l'ignorons. Nous connaissons les sortilèges qui permettent de masquer les pensées. Ce n'était rien de tout ça. C'est comme si votre esprit disposait d'une capacité que nous n'avions encore jamais rencontrée. Peut-être un talent naturel que nous ne connaîtrions pas, mais qui serait commun dans votre monde, ou encore l'effet d'un des entraînements de votre maître en magie mineure qui vous protégerait contre nos pouvoirs de lecture d'esprit.

» Quoi qu'il en soit, je peux vous garantir que vous avez défrayé la chronique par ici. Plusieurs fois, lors de votre initiation, nous avons abordé la question de la poursuite de votre apprentissage et à chaque fois, notre incapacité à lire votre esprit nous donnait de bonnes raisons de vous éliminer définitivement. Mais ceux qui voulaient vous voir poursuivre votre apprentissage étaient toujours les plus nombreux. Somme toute, vous êtes une source potentielle de connaissances considérables, ce qui vous accordait le bénéfice du doute – car nous n'aurions pas voulu perdre de nouveaux talents si intéressants, bien entendu.

— Bien entendu, répéta sèchement Milamber.

— Hier, la question est devenue critique. Quand est venu le temps de vous accepter ou non dans l'Assemblée, le vote s'est soldé par une égalité. Il y avait une abstention, la mienne. Tant que je ne me prononce ni d'un côté ni de l'autre, la question de votre survie est en suspens. Vous êtes libre d'agir en tant que membre de l'Assemblée à part entière tant que je n'use pas de mon vote pour ratifier ou non votre entrée dans l'Assemblée. Nos traditions ne permettent pas que l'on change son vote, une fois qu'il a été décidé, sauf les abstentions. Comme nul absent ne peut voter après coup, je suis seul à pouvoir décider.

Donc, c'est à moi de décider du résultat du vote, quel que soit le temps que je prendrai pour cela.

Milamber regarda longuement son aîné.

— Je vois.

Hochopepa secoua lentement la tête.

— Je me demande si c'est vraiment le cas. Plus simplement, la question que je me pose en ce moment, c'est : que dois-je faire de vous ? Sans que je l'aie voulu, votre vie est maintenant entre mes mains. Ce que je dois décider, c'est si oui ou non vous devez être mis à mort. C'est pour cela que je voulais vous voir, pour savoir si je m'étais trompé dans mon jugement.

Soudain, Milamber rejeta la tête en arrière et fut pris d'un rire tonitruant. Des larmes lui coulèrent sur les joues.

— Je ne saisis pas le comique de la situation, avoua Hochopepa quand le jeune homme se fut calmé.

Milamber leva la main dans un geste d'excuses.

— Je ne voulais vous offenser d'aucune manière, mon cher civilisé. Mais vous devez bien voir l'ironie de ma situation. J'étais esclave et ma vie était sujette au bon vouloir d'autres que moi-même. Malgré mon initiation et ma nouvelle situation, je me trouve confronté au même problème. (Il se tut un moment, un sourire amical aux lèvres.) Malgré tout, je préfère voir ma vie entre vos mains plutôt qu'entre celles de mon ancien contremaître. C'est cela que je trouve si drôle.

Hochopepa fut étonné de cette réponse, puis lui aussi éclata de rire.

— Nombre de nos frères ne s'intéressent pas tellement aux anciens écrits, mais si vous avez entendu parler de nos vieux philosophes, vous comprendrez ce que je veux dire. Visiblement, vous avez trouvé votre wal. Je pense que nous pourrions nous entendre, mon cher barbare. Je crois que nous sommes bien partis pour.

Milamber observa Hochopepa. Sans savoir par quel processus inconscient, il en conclut qu'il venait de se trouver un allié et peut-être même un ami.

— Je le crois aussi. Et je pense que vous aussi, vous avez trouvé votre wal.

Feignant la modestie, Hochopepa répliqua :

— Je ne suis qu'un homme, trop esclave des plaisirs de la chair pour avoir atteint une telle perfection. (Avec un soupir, il se pencha en avant et ajouta avec passion :) Écoutez-moi bien, Milamber. Pour toutes les raisons que je viens de citer, vous êtes une arme terrifiante autant qu'une source de savoir potentielle.

» Les Tsurani sont esclaves de la politique, comme le sait toute personne qui s'intéresse un tant soit peu au jeu du Conseil. Même nous, de l'Assemblée, qui avons la réputation d'être au-delà de ces choses, nous avons nos propres factions et nos propres divisions internes et nous ne réglons pas toujours nos différends de manière pacifique.

» Nombre de nos frères ne sont guère plus que de simples paysans superstitieux, qui se méfient de tout ce qui leur est étranger. À partir d'aujourd'hui, il va falloir vous atteler à une tâche. Restez bien sagement dans votre wal et devenez un bon Tsurani. Pour l'extérieur, il faut que vous soyez plus tsurani que tous les membres de l'Assemblée. Vous avez compris ?

— J'ai compris, dit simplement Milamber.

Hochopepa leur versa une autre coupe de chocha fumant.

— Faites particulièrement attention aux toutous du seigneur de guerre, Elgahar et Ergoran, ainsi qu'à un jeune fou nommé Tapek. Leur maître est furieux de la manière dont la guerre évolue dans votre ancien monde et se méfie de l'Assemblée. Maintenant que deux de nos frères sont morts dans la dernière grande campagne, peu d'entre nous sont prêts à fournir de l'aide dans cette affaire. Les quelques magiciens qui lui restent dans sa faction sont trop occupés et l'on dit qu'à moins d'un miracle, il n'arrivera pas à conquérir davantage de terres dans votre monde. Il faudrait un Grand Conseil réellement uni – ce qui arrivera peut-être quand les Thûn seront devenus des agriculteurs et des poètes, mais pas avant – ou un grand nombre de Robes Noires dans son camp – ce qui devrait arriver environ un an après la première hypothèse. Vous voyez donc que la situation politique ne l'arrange pas vraiment. Les seigneurs de guerre qui n'arrivent pas à mener à bien une guerre ont tendance à tomber en disgrâce assez vite. (Il eut un sourire.) Bien entendu, nous autres à l'Assemblée sommes très au-dessus de ces considérations bassement politiques. (Il reprit son sérieux.) Vous devez garder une chose en tête : il va vous considérer comme une menace potentielle, soit parce que vous risquez d'influencer des gens et de les pousser à ne pas l'aider, soit que vous vous opposiez directement à lui par sympathie pour votre ancien pays. Vous êtes protégé de ses actions directes, mais vous pourriez toujours vous retrouver confronté à ses toutous. Certains d'entre eux le suivent encore aveuglément.

— « Le chemin qui mène au pouvoir est ponctué de tours et de détours », cita Milamber.

Hochopepa acquiesça, l'air satisfait. Ses yeux semblèrent briller.

— Ça, c'est tsurani. Vous apprenez vite.

Pendant les semaines qui suivirent, Milamber prit toute la mesure de sa nouvelle position et apprit les responsabilités qui lui incombaient. On fit remarquer plus d'une fois, et parfois avec défiance, que rares étaient ceux qui avaient montré tant de capacités si peu de temps après avoir revêtu la robe noire.

Malgré tous les changements qu'avait subis son existence, Milamber se rendit compte que bien des choses n'avaient pas changé. La pratique aidant, il découvrit qu'il disposait toujours de réserves de puissance intactes en lui auxquelles il ne pouvait faire appel qu'en cas de grand stress. Il rechercha un moyen de contrôler cette brutale augmentation de pouvoir, mais sans grand succès. Il découvrit aussi qu'il était capable d'ignorer tout le conditionnement mental qu'on lui avait fait subir lors de son initiation. Il préféra ne révéler ce fait à personne, pas même à Hochopepa. Le réarrangement de ce conditionnement lui rendit aussi quelque chose d'autre, un désir presque insurmontable de retrouver Katala. Il écarta ce désir d'aller la retrouver immédiatement et d'exiger du seigneur des Shinzawaï qu'il la libère, ce qu'il pouvait faire sans problème maintenant qu'il était un Très-Puissant. Il hésitait, par peur des réactions que pourraient avoir les autres magiciens et par peur que ses sentiments à elle aient changé. Pour oublier, il se plongea dans ses études.

Le temps passé à l'Assemblée lui avait rendu sa véritable identité, comme on le lui avait dit. Cette identité fut pour lui la clé de sa maîtrise si inhabituelle de la magie supérieure. Il était lié à deux mondes réunis par une grande faille. Tant que ces deux mondes resteraient ensemble, il tirerait son pouvoir des deux à la fois, ce qui lui donnait deux fois plus de pouvoir que ce dont disposaient les autres Robes Noires. Il eut ainsi la révélation de son véritable nom, ce nom qu'il ne devait jamais prononcer s'il ne voulait pas qu'un autre puisse le contrôler. Dans l'ancien langage tsurani, inusité depuis le temps de la Fuite, cela voulait dire : « celui qui se tient entre les mondes ».

5

Le voyage

Martin regardait la plaine avec attention.

Sans un bruit, il fit signe à ses compagnons et sortit des bois avec eux, discrètement, hors de vue des sentinelles. On hurlait des ordres dans le campement tsurani. Martin et ses chasseurs s'accroupirent, pour qu'aucun mouvement ne trahisse leur présence. Derrière lui s'avancèrent Garret et l'ancien esclave tsurani, Charles. Durant les six années qu'avait duré le siège de Crydee, Charles avait pleinement satisfait Martin, prouvant sa loyauté et sa valeur à de multiples reprises. Il était également devenu un chasseur passable, même s'il ne réussirait probablement jamais à posséder l'aisance naturelle de Garret ou de Martin.

— Maître chasseur, je vois plusieurs nouvelles bannières, murmura Charles.

— Où ?

Charles montra un coin de l'autre côté du campement tsurani. Avec l'aide des nains, Martin et ses deux compagnons avaient entrepris la dangereuse escalade des Tours Grises et s'étaient glissés aisément derrière les quelques sentinelles laissées sur le flanc ouest de la vallée, celui que les Tsurani protégeaient le moins. Ils se trouvaient maintenant à quelques centaines de mètres à peine de leur campement principal.

Garret laissa échapper un sifflement presque inaudible.

— Cet homme a des yeux d'aigle. Je vois à peine ces bannières.

— Je sais juste ce qu'il faut chercher, répondit Charles.

— Que veulent-elles dire ? demanda l'Archer.

— Mauvaises nouvelles, maître chasseur. Ce sont les bannières de familles alliées au Parti de la roue bleue. En tout cas, ça l'était au moment de ma capture. On ne les a plus vues depuis le siège de Crydee. Cela ne peut vouloir dire qu'une chose : il y a eu à nouveau un changement majeur dans la politique du Grand Conseil. (Il regarda Martin.) Cela veut dire que l'Alliance pour la guerre vient de se reformer. Au printemps prochain, nous pouvons nous attendre à une offensive de grande envergure.

Martin leur fit signe de rentrer dans les bois. Les arbres, dans une débauche de rouges, d'or et de bruns, portaient fièrement les couleurs de l'automne. Passant en silence sur un tapis de feuilles mortes, ils trouvèrent refuge dans un buisson adossé à un vieux chêne derrière lequel ils s'agenouillèrent. Martin prit une petite tranche de bœuf séché et commença à mâcher. L'escalade des Tours Grises, même avec l'aide des nains, ne les avait pas épargnés : ils étaient tous affamés, épuisés et crasseux.

— Où sont les nouvelles troupes ? demanda Martin.

— Ils ne les feront pas passer cet hiver. Ils peuvent camper à l'extérieur de la Cité des plaines sur Kelewan et bénéficier d'un climat plus agréable. Ils passeront la faille juste avant la fonte des neiges, au printemps. Au moment où il y aura de nouveau des fleurs dans le jardin de la princesse Carline, ils se mettront en marche.

Une stridulation suraiguë monta du nord. Charles garda son calme, mais parut quand même alarmé.

— Des Cho-ja !

Il regarda autour de lui, puis pointa un doigt en l'air. Martin opina et leur fit la courte échelle. Il lança Charles d'abord, puis Garret, dans les branches du chêne. Puis il sauta et ses compagnons lui prirent la main pour le tirer à eux.

Ils grimpèrent plus haut dans les branches et se tinrent prêts, les armes sorties, lorsque la patrouille de Cho-ja passa sous l'arbre. Six de ces créatures semblables à des fourmis s'avançaient vers eux à un rythme soutenu. Puis leur chef, reconnaissable à un casque à cimier tsurani, leur fit signe de s'arrêter. Il se tourna d'un côté puis de l'autre, puis leur lança quelques ordres dans leur langue aiguë. Les cinq autres se dispersèrent. Pendant une bonne dizaine de minutes, les trois hommes perchés dans l'arbre les entendirent fouiller les environs.

Quand ils revinrent, la patrouille se reforma rapidement et repartit. Martin attendit qu'ils ne soient plus à portée d'ouïe et murmura :

— Que faisaient-ils ?

— Ils nous ont sentis. Mon odeur a dû changer, avec toute la nourriture midkemiane que je prends. Ils savaient que nous n'étions pas Tsurani. (Charles descendit de l'arbre et ajouta :) Les Cho-ja ont du mal à lever la tête, alors ils le font rarement.

— Et s'il y avait eu certains de vos anciens compatriotes avec eux ? demanda Garret.

Charles haussa les épaules.

— Les Cho-ja auraient parlé tsurani. Leur langue est pratiquement impossible à apprendre, alors personne ne s'y essaye.

— Est-ce qu'ils pourraient suivre nos traces ? s'inquiéta Martin.

Charles répondit :

— Je ne pense pas, mais… (Charles se tut en entendant des aboiements monter du campement Tsurani.) Des chiens !

— Eux peuvent nous retrouver, déclara l'Archer. Venez.

Il partit au pas de course, vers une ancienne route de montagne presque complètement masquée par la végétation. Les Tsurani ne l'avaient pas encore découverte et la bande de Martin l'avait empruntée pour entrer dans la vallée.

Les trois hommes coururent dans les bois un long moment, attentifs aux jappements derrière eux. Puis les aboiements des chiens se changèrent en hurlements.

— Ils ont senti notre piste, s'alarma Garret.

Martin hocha la tête et accéléra le pas. Ils coururent encore une minute environ. Le bruit des chiens gagnait sur eux régulièrement quand l'Archer fit halte et attrapa le bras de Garret pour l'arrêter. Il fit un signe et s'écarta de la piste pour conduire les autres à un petit cours d'eau.

— Je me rappelais l'avoir entendu quand nous sommes passés à l'aller, expliqua-t-il en se glissant dans le ruisseau. (Les deux autres l'imitèrent.) Nous allons gagner à peine quelques minutes. Ils vont fouiller en amont et en aval.

— De quel côté allons-nous ? demanda Garret.

— L'aval, répondit Martin. Ils chercheront d'abord vers l'amont, c'est la sortie.

— Maître chasseur, il y a un autre moyen, intervint Charles.

Il se défit rapidement de son sac à dos et en retira une grosse bourse. Il commença à saupoudrer les rives qu'ils venaient de fouler d'une poudre noire.

Garret sentit ses yeux le piquer et souffla par le nez pour éviter d'éternuer.

— Du poivre !

— Le maître cuisinier Megar va être furieux, mais je me suis dit qu'on pourrait en avoir besoin, expliqua Charles. Les Cho-ja et les chiens ne pourront plus rien sentir pendant des heures quand ils seront passés par ici.

Martin opina.

— Vers l'amont !

Les trois hommes pataugèrent dans l'eau, puis prirent un rythme plus calme et plus régulier. Ils étaient hors de vue quand les chiens commencèrent à éternuer. Il y eut des ordres furieux et des réponses frustrées. Charles se permit un petit sourire alors qu'ils continuaient à avancer dans l'eau.

Trouvant une branche assez basse qui surplombait la rivière, Martin aida ses compagnons à l'atteindre et y grimpa à leur suite. Ils progressèrent dans l'arbre jusqu'à ce qu'ils trouvent un autre chêne aux branches assez proches pour y sauter.

Ils remirent pied à terre à une douzaine de mètres de la rive. Martin jeta un coup d'œil alentour pour s'assurer que personne ne les avait vus, puis il fit signe aux autres de le suivre et les ramena vers les Tours Grises.

Les vents marins fouettaient les murailles. Arutha, ses cheveux bruns ébouriffés par la bourrasque, observait la ville de Crydee et la mer au-delà. Des taches d'ombre et de lumière couraient sur le sol, suivant la course des gros nuages qui filaient haut dans le ciel. Le prince contempla l'horizon au loin, la Mer sans Fin houleuse et frangée d'écume, tandis que le vent lui portait le bruit des ouvriers en train de reconstruire un bâtiment dans la ville.

C'était à nouveau l'automne à Crydee, le huitième depuis le début de la guerre. Arutha s'estimait heureux que l'été se soit terminé sans offensive majeure des Tsurani. Malgré tout, il ne se sentait pas à son aise. Ce n'était plus le jeune homme qui venait de prendre son premier commandement, c'était un vétéran. À vingt-sept ans, il avait vu plus de batailles et avait pris plus de décisions que la plupart des hommes du royaume n'auraient à le faire de toute leur vie. À son avis, les Tsurani gagnaient lentement la guerre.

Il laissa son esprit dériver un peu, puis se força à oublier ses sombres pensées. Il n'était peut-être plus un garçon maussade, mais il avait encore tendance à se laisser aller à l'introspection. Il préférait s'occuper pour éviter de perdre du temps à de telles futilités.

— L'automne va être court.

Arutha tourna la tête à gauche et vit Roland à côté de lui. Le châtelain s'était approché assez discrètement pour surprendre le prince perdu dans ses pensées. Arutha eut un mouvement d'humeur et haussa les épaules.

— L'hiver aussi sera court, Roland. Et au printemps…

— Quelles nouvelles de l'Archer ?

Arutha serra son poing ganté et frappa doucement les pierres du mur, d'un geste lent et contrôlé, plein de frustration.

— Sans cesse je regrette d'avoir dû le laisser partir. Des trois, seul Garret semble avoir une vague notion de ce que peut être la prudence. Ce Charles est un Tsurani complètement fou, qui met son honneur au-dessus de tout et l'Archer est…

— L'Archer, termina Roland.

— Je n'ai jamais vu d'homme qui en dise si peu sur lui-même, Roland. Même si je vivais aussi longtemps qu'un elfe, j'ai l'impression que je ne comprendrais jamais pourquoi il est ce qu'il est.

Roland s'appuya contre les pierres froides du mur.

— Tu crois qu'ils s'en sortiront ?

Arutha reporta son attention sur la mer.

— S'il existe un homme à Crydee capable de passer les montagnes, de pénétrer la vallée des Tsurani et d'en revenir, c'est bien Martin. Malgré cela, je ne peux pas m'empêcher d'être inquiet.

Roland trouva cet aveu surprenant. Comme Martin, Arutha n'était pas homme à révéler ses sentiments. Sentant le prince profondément troublé, Roland changea de sujet.

— J'ai reçu un message de mon père, Arutha.

— On m'a dit qu'il y avait un message personnel dans le dernier bateau de Tulan.

— Alors tu dois savoir que mon père me rappelle.

— Oui. Je suis désolé pour sa jambe cassée.

— Père n'a jamais été très bon cavalier. C'est la deuxième fois qu'il tombe de cheval et se casse quelque chose. La dernière fois, j'étais encore enfant et il s'était cassé le bras.

— Cela fait longtemps que tu n'es pas rentré chez toi.

Roland haussa les épaules.

— Avec la guerre, je n'ai pas vraiment eu envie de rentrer. La plupart des combats se sont déroulés par ici. Et puis, ajouta-t-il avec un sourire, j'ai d'autres raisons de rester.

— Tu en as parlé à Carline ? demanda Arutha en lui rendant son sourire.

Roland prit un air grave.

— Pas encore. Je pensais attendre de trouver un navire pour le Sud.

La Confrérie ayant abandonné le Vercors, il était devenu pratiquement impossible de se rendre au sud par voie de terre, car les Tsurani avaient coupé les routes pour Carse et Tulan.

Un cri venant de la tour les fit se retourner.

— Des pisteurs approchent !

Arutha plissa les yeux pour ne pas être gêné par les reflets du soleil sur la mer et distingua trois silhouettes qui couraient d'un pas souple sur la route.

— L'Archer ! s'écria Arutha d'un ton soulagé lorsque les trois hommes se trouvèrent assez près pour qu'il puisse les reconnaître.

Quittant la muraille, le prince descendit dans la cour pour y attendre le maître chasseur et ses hommes. Roland se tenait à ses côtés quand les trois pisteurs poussiéreux passèrent les portes du château. Garret et Charles gardèrent le silence tandis que l'Archer saluait Arutha.

— Salut, Martin. Quelles sont les nouvelles ? demanda le prince.

Martin commença à raconter ce qu'ils avaient pu tirer du camp tsurani mais au bout d'un moment, Arutha l'interrompit.

— Garde ton souffle pour le conseil, Martin. Roland, va voir le père Tully, le maître d'armes Fannon et Amos Trask, et amène-les à la salle du conseil.

Roland partit au pas de course.

— Charles et Garret doivent venir aussi, Martin, déclara Arutha.

Garret regarda l'ancien esclave tsurani, qui haussa les épaules. Ils savaient qu'il leur faudrait attendre encore un peu le bon vouloir du prince pour prendre le repas chaud auquel ils rêvaient depuis longtemps.

Martin prit un siège à côté d'Amos Trask tandis que Charles et Garret restaient debout. L'ancien capitaine de navire salua l'Archer d'un signe de tête. Arutha tira lui-même sa chaise, comme à son habitude, ignorant les formalités d'usage quand il était avec ses conseillers. Amos était devenu un membre officieux du conseil du prince depuis le siège du château. C'était un homme entreprenant et plein de talents insoupçonnés.

Fannon siégeait à la droite d'Arutha. Depuis sa blessure, il laissait le prince diriger Crydee et avait envoyé un message personnel à messire Borric pour l'en informer. Le duc avait envoyé une réponse ratifiant le transfert de commandement et Fannon avait repris son rôle d'officier adjoint. Le maître d'armes semblait apprécier la situation.

Arutha apprit aux autres conseillers le pourquoi de cette réunion :

— Martin vient de rentrer d'une mission particulièrement importante. Martin, dis-nous ce que tu as vu.

— Nous avons escaladé les Tours Grises et nous sommes entrés dans la vallée qui sert de base aux armées tsurani.

Fannon et Tully regardèrent le maître chasseur, médusés.

— Tu nous torches toute une saga en une seule phrase, gouailla Amos Trask.

Martin ignora le commentaire et poursuivit :

— Je pense que Charles vous expliquera mieux que moi ce que nous avons vu.

La voix de l'ancien esclave tsurani était inquiète.

— Les signes montrent que le seigneur de guerre va lancer une grosse attaque au printemps.

Tout le monde dans la pièce en resta sans voix, sauf Fannon :

— Comment pouvez-vous en être sûr ? Des troupes fraîches sont arrivées dans leur campement ?

Charles secoua la tête.

— Non, les nouveaux soldats n'arriveront pas avant la fonte des neiges, au début du printemps. Mes anciens compatriotes n'aiment pas beaucoup vos climats froids. Ils vont camper pendant les mois d'hiver dans mon ancien pays et passeront la faille juste avant l'offensive.

Même après cinq ans, Fannon avait toujours des doutes sur la loyauté de Charles, contrairement à l'Archer.

— Alors, comment pouvez-vous avoir la certitude qu'il va y avoir une offensive ? Il n'y en a pas eu de nouvelle depuis l'assaut contre Elvandar, il y a trois ans.

— Il y a de nouvelles bannières dans le campement du seigneur de guerre, maître d'armes, les bannières des maisons du Parti de la roue bleue. Cela faisait six ans qu'on ne les voyait plus. Cela ne peut vouloir dire qu'une chose : il y a eu un nouveau changement dans le Grand Conseil. L'Alliance pour la guerre s'est reformée.

De tous ceux qui se trouvaient dans la pièce, seul le père Tully sembla saisir ce qu'avait dit Charles. Il avait étudié les Tsurani et avait appris tout ce qu'il avait pu des esclaves capturés.

— Expliquez-leur, Charles, l'encouragea-t-il.

Le Tsurani réfléchit un moment avant de se lancer :

— Il faut avant tout que vous compreniez une chose sur mon ancien pays. Le Grand Conseil est au-dessus de tout, hormis l'honneur et l'obéissance à l'empereur. Accéder au Grand Conseil peut demander de nombreux sacrifices, y compris celui de sa propre vie. Plus d'une famille a été détruite à force de complots et d'intrigues au sein du conseil. Dans l'empire nous appelons cela le jeu du Conseil.

» Ma famille était bien placée dans le clan Hunzan, puisqu'elle n'était pas assez grande pour se faire remarquer par les rivaux de notre clan, mais pas au point d'être reléguée à des rôles subalternes. Nous avions la chance de savoir beaucoup de choses sur ce qui se passait dans le Grand Conseil, sans avoir à nous inquiéter outre mesure des décisions qui s'y prenaient. Notre clan était dans le Parti du progrès, car nous disposions de nombreux savants et enseignants et nos familles comptaient également des guérisseurs, des prêtres et des artistes.

» Pendant un temps, le clan Hunzan a quitté le Parti du progrès, pour des raisons que j'ignore – seuls les chefs de famille les plus importants savaient pourquoi. Mon clan a rejoint ceux du Parti de la roue bleue, l'un des plus anciens du Grand Conseil. Bien qu'il ne soit pas aussi puissant que le parti du seigneur de guerre ou que les traditionalistes du Parti impérial, il a quand même beaucoup d'honneur et il est très influent.

» Il y a six ans, quand je suis arrivé ici, le Parti de la roue bleue avait rejoint le parti du seigneur de guerre afin de créer l'Alliance pour la guerre. Comme nous faisions partie des familles d'importance mineure, nous n'avons pas été tenus informés de la raison d'un tel changement de politique, mais il ne faisait aucun doute que cela concernait le jeu du Conseil.

» Ma disgrâce personnelle et mon asservissement étaient sans doute nécessaires pour que mon clan reste au-dessus de tout soupçon jusqu'à ce qu'ils puissent accomplir une nouvelle manœuvre. Aujourd'hui la manœuvre en question me paraît claire.

» Depuis le siège de ce château, je n'ai vu aucune trace de soldats appartenant aux familles de la Roue bleue. J'en avais déduit que l'Alliance pour la guerre avait été dissoute.

Fannon l'interrompit :

— Vous seriez en train de dire que la conduite de cette guerre n'est qu'un des aspects du jeu politique de ce Grand Conseil ?

— Maître d'armes, je sais que c'est une chose difficile à admettre pour quelqu'un d'aussi droit et loyal envers son pays que vous l'êtes. Mais c'est exactement ce que je suis en train de vous expliquer.

» Les Tsurani ont de bonnes raisons de mener cette guerre. Votre monde regorge de métaux qui sont précieux à Kelewan. Notre histoire est sanglante et tous ceux qui ne sont pas tsurani doivent être craints ou soumis. Si nous avons pu trouver votre monde, ne seriez-vous pas en mesure, vous aussi, de trouver un jour le nôtre ?

» Mais plus encore, c'est un moyen pour le seigneur de guerre de garder son influence dans le Grand Conseil. Pendant des siècles, nous avons lutté contre la Confédération thuril et, quand finalement nous nous sommes installés à la table de négociations, le parti du seigneur de guerre a perdu beaucoup de pouvoir au sein du conseil. Cette guerre est un moyen de lui permettre de récupérer ce pouvoir perdu. L'empereur prend rarement des décisions et laisse le seigneur de guerre diriger, mais celui-ci n'est qu'un seigneur de famille, le chef de guerre d'un clan et en tant que tel il lui faut constamment chercher à avantager les siens dans le jeu du Conseil.

Tully semblait fasciné.

— Ainsi, le Parti de la roue bleue a rejoint le parti du seigneur de guerre, puis s'est brusquement désengagé. Mais ce n'était qu'un stratagème politique, une manœuvre pour gagner des avantages ?

Charles sourit.

— C'est très tsurani, bon père. Le seigneur de guerre a planifié sa première campagne avec beaucoup de soin, puis au bout de trois ans il s'est retrouvé avec une armée réduite de moitié. Ses troupes sont trop étirées, et il ne peut plus annoncer de victoires remarquables au Grand Conseil et à l'empereur. Il perd de son influence et de son prestige dans le Jeu.

— Incroyable ! s'exclama Fannon. Des centaines de gens sont morts à cause de ça.

— Il en va ainsi avec le jeu du Conseil, maître d'armes. Almecho, le seigneur de guerre, est un homme ambitieux – une qualité indispensable pour occuper un tel poste. Il lui faut s'appuyer sur d'autres hommes ambitieux, qui n'hésiteraient pas à lui prendre son poste si jamais il échouait. Pour que ces gens lui restent alliés, pour qu'ils ne deviennent pas ses ennemis, il doit détourner les yeux de temps en temps.

» La première année de guerre, le général en second

du seigneur de guerre, un homme nommé Tasaio, de la famille des Minwanabi, a donné l'ordre de lancer une attaque sur les garnisons de LaMut. Tasaio était général en second pour la campagne, mais c'était aussi le cousin du seigneur Jingu des Minwanabi. Alors, ce fut au seigneur Sezu des Acoma, ennemis jurés de Jingu, qu'il donna l'ordre d'attaquer. Les soldats acoma furent tués pratiquement jusqu'au dernier, y compris le seigneur Sezu et son fils. Tasaio arriva un tout petit peu trop tard pour sauver les Acoma, mais juste à temps pour sauver la bataille et ramener une victoire au seigneur de guerre.

Les yeux de Fannon s'arrondirent d'étonnement.

— C'est la plus sombre duplicité dont j'ai jamais entendu parler.

— C'est brillant, aussi, aux yeux de ces gens, intervint Arutha.

Charles abonda dans le sens du prince :

— Le seigneur de guerre a pardonné à Tasaio le massacre de l'un de ses meilleurs généraux et la perte de l'intégralité de l'armée acoma, en échange d'une victoire et de bonnes relations avec les Minwanabi.

» Tout seigneur régnant n'ayant pas d'intérêts directs dans ce jeu a dû applaudir à ce coup de maître, même ceux qui admiraient le seigneur Sezu. Cela a permis à Almecho et au seigneur Jingu de se faire de bons alliés dans le Conseil. Les opposants politiques du seigneur de guerre, qui avaient besoin de trouver un moyen de contrer son pouvoir grandissant, ont créé la situation que je viens d'expliquer, étirant à l'extrême les lignes du seigneur de guerre et le laissant dans l'incapacité de poursuivre cette guerre. Après un tel coup, de nombreuses familles qui tournaient autour du Parti de la guerre ont dû se rallier à celui de la Roue bleue.

— Le fait important pour nous, résuma Arutha, c'est que la Roue bleue est de nouveau alliée au seigneur de guerre et que leurs soldats vont rentrer en guerre au printemps.

Charles regarda les membres du conseil.

— Je ne comprends pas la raison de ce changement. Cela fait trop longtemps que je ne suis plus le Jeu. Mais comme l'a dit Son Altesse, ce qui importe pour nous autres de Crydee, c'est de savoir qu'il peut y avoir jusqu'à dix mille nouveaux soldats sur le front au printemps.

Amos fronça les sourcils.

— C'est un coup dur, c'est certain.

Arutha déroula une demi-douzaine de parchemins.

— Ces derniers mois, nous avons reçu ces messages, que vous avez presque tous lus. (Il regarda Tully et Fannon.) Vous avez vu leur stratégie se mettre en place. (Il prit l'un des parchemins.) De père : « Des raids tsurani constants empêchent nos hommes de se reposer. Ils ne peuvent les attaquer de front et sont démoralisés. Je crains de ne jamais voir la fin de tout cela… » Du baron Bellamy : « … une activité tsurani accrue près de la garnison de Jonril. Je pense qu'il serait bon de ramener des troupes là-bas cet hiver, quand les Tsurani seront inactifs, sinon nous risquons de perdre cette position au printemps prochain. » Le seigneur Roland supervisera l'arrivée de renforts venant de Carse et Tulan pour Jonril cet hiver.

Plusieurs têtes se tournèrent vers Roland, qui se

tenait derrière l'épaule d'Arutha. Ce dernier poursuivit :

— De messire Dulanic, général de Krondor : « Quoique son altesse partage vos inquiétudes, il n'y a pas réellement lieu de s'alarmer. À moins que l'on ne puisse prouver que les Tsurani attaqueront à nouveau en masse, j'ai conseillé au prince de Krondor de rejeter votre requête concernant l'envoi sur la Côte sauvage d'éléments de la garnison de Krondor… » (Arutha jeta un coup d'œil à la ronde.) Les choses sont donc claires, maintenant.

Il écarta les parchemins et montra la carte fixée sur la table.

— Nous n'avons plus de soldats supplémentaires disponibles. Nous n'osons pas ramener des hommes du sud de crainte que les Tsurani ne marchent sur Jonril. Si la garnison y est renforcée, la situation restera encore stable là-bas. Si l'ennemi attaque la garnison, elle pourra recevoir des renforts de Carse et de Tulan. Si l'ennemi attaque l'un des châteaux, Jonril les prendra à revers. Mais ça ne signifie plus rien si nous limitons ces garnisons.

» Et père doit maintenir un front très étiré, il ne peut donc pas nous fournir des hommes. (Il regarda Charles.) À votre avis, où vont-ils attaquer ?

L'ancien esclave tsurani regarda la carte, puis haussa les épaules.

— C'est difficile à dire, Altesse. Si la situation devait être jugée uniquement sur des questions militaires, le seigneur de guerre attaquerait le front le plus faible, c'est-à-dire les elfes ou Crydee. Mais il est rare que la politique n'entre pas en considération pour les gens de l'empire. (Il regarda la disposition des troupes sur la carte, puis ajouta :) Si j'étais le seigneur de guerre et que j'aie besoin d'une victoire facile pour asseoir ma position dans le Grand Conseil, j'attaquerais de nouveau Crydee. Mais si j'étais le seigneur de guerre et que ma position dans le Grand Conseil soit précaire, j'aurais bien besoin d'un coup d'éclat pour retrouver mon prestige et je me risquerais à une offensive générale contre le gros de l'armée du royaume, donc contre les armées du duc Borric. Une telle victoire me donnerait une position dominante dans le Conseil pour des années.

Fannon s'adossa à sa chaise et soupira.

— Donc nous risquons un nouvel assaut contre Crydee au printemps sans pouvoir bénéficier de renforts, par crainte d'une attaque sur un autre front. (Il montra la carte d'un geste large de la main.) Nous voilà confrontés au même problème que le duc. Toutes nos forces sont clouées sur le front tsurani. Les seuls hommes dont nous disposions sont les permissionnaires qui se trouvent en ville mais ils ne représentent qu'une toute petite partie de l'armée.

» Nous ne pouvons maintenir indéfiniment les hommes sur le terrain. Même les seigneurs Borric et Brucal passent l'hiver à LaMut avec le comte, ne laissant que de petites compagnies pour lutter contre les Tsurani. (Agitant la main en l'air, il ajouta :) Mais je m'égare. Ce qu'il faut annoncer à votre père au plus vite, Arutha, c'est qu'il pourrait avoir à subir une attaque. Comme cela, si les Tsurani frappent contre ses lignes, il pourra revenir de LaMut à temps et sera prêt à tenir ses positions. Même si les Tsurani amènent dix mille hommes de plus, il pourra faire venir d'autres soldats des garnisons autour de Yabon, ce qui lui fera encore deux mille hommes supplémentaires.

— Deux mille contre dix mille, ça ne paraît pas bien fort, maître d'armes, répliqua Amos.

Fannon était assez d'accord.

— On fait ce qu'on peut. Il n'est pas garanti que ça suffise.

— Au moins, ce seront des cavaliers, maître d'armes, le consola Charles. Mes anciens compatriotes n'aiment pas beaucoup vos chevaux.

Fannon acquiesça.

— Mais même ainsi, les perspectives ne sont pas très bonnes.

— Il reste une chose, rappela Arutha en montrant un parchemin. Le message de messire Dulanic dit qu'il a besoin de preuves si nous voulons qu'il nous accorde de l'aide. Nous avons maintenant assez de renseignements pour le satisfaire, je crois.

— Même une toute petite partie de la garnison de Krondor nous permettrait d'avoir assez de forces pour résister à une offensive, convint Fannon. Mais nous sommes déjà bien tard dans la saison et il faudrait lui envoyer le message immédiatement.

— Les dieux parlent par votre bouche, décréta Amos. Même en partant cet après-midi, vous auriez du mal à traverser les passes des Ténèbres avant qu'elles soient impraticables à cause de l'hiver. Dans deux semaines, ce sera fini.

— J'ai déjà réfléchi à cela, avoua Arutha. Je pense que les temps sont suffisamment graves pour que je risque moi-même le voyage pour Krondor.

Fannon se redressa sur sa chaise.

— Mais vous êtes le général en chef des armées du duché, Arutha. Vous ne pouvez pas abandonner vos responsabilités.

Le prince sourit.

— Je le puis et je le ferai. Je sais que vous n'avez aucune envie de reprendre le commandement des armées, mais vous le ferez. Si nous voulons l'aide d'Erland, je dois le convaincre moi-même. Quand père est allé parler des Tsurani à Erland et au roi, j'ai compris qu'il vaut mieux s'adresser en personne à ses alliés potentiels. Erland est un homme prudent. Il va falloir être très persuasif. Ma présence pourra mieux appuyer notre demande.

— Et comment envisagez-vous d'arriver à Krondor, si je peux me permettre ? renifla Amos. Il y a trois armées tsurani qui campent entre ici et les Cités libres, au cas où vous envisageriez d'y aller par la terre. Et il n'y a plus dans le port que quelques caboteurs, alors qu'il vous faudrait un navire de haute mer pour un voyage comme celui-ci.

— Il existe un vaisseau de haute mer, Amos. Le *Vent de l'Aube* est encore à quai.

Amos en resta bouche bée.

— Le *Vent de l'Aube* ? s'écria-t-il horrifié. Hormis le fait qu'il est à peine plus grand qu'un lougre, il est coincé ici pour l'hiver. J'ai entendu son capitaine pleurer sur sa carlingue fendue quand cet incapable est arrivé au port la queue basse il y a un mois. Il faut le passer en cale sèche, inspecter la quille et remplacer toute la carlingue. Sans réparation, sa quille sera trop faible pour supporter la pression des vents d'hiver.

Prenez plutôt un tonneau, si vous me permettez, Altesse. Vous risqueriez de vous y noyer aussi, mais au moins vous n'emporteriez personne d'autre avec vous.

Fannon s'empourpra, mais Tully, Martin, Roland et Arutha sourirent.

— Quand j'ai envoyé Martin en mission, expliqua le prince, j'ai envisagé la possibilité qu'il me faille un navire pour Krondor. Il y a deux semaines, j'ai demandé à ce qu'on le répare. Actuellement, il y a une foule de charpentiers à bord. (Il regarda Amos d'un air interrogateur.) Bien entendu, on m'a dit que ça ne vaudrait pas un passage en cale sèche, mais on m'a assuré que ça suffirait.

— Ouais, pour faire un peu de cabotage le long de la côte au printemps, peut-être. Mais là, on parle des tempêtes d'hiver et de la traversée des passes des Ténèbres.

— Eh bien, il faudra faire avec. Je pars dans quelques jours. Il faut que quelqu'un convainque Erland que nous avons besoin d'aide et je suis le seul à pouvoir le faire.

Amos refusa de lâcher le sujet.

— Et Oscar Danteen a accepté de traverser les passes avec son navire pour vous ?

— Je ne lui ai pas encore annoncé notre destination, avoua Arutha.

Amos secoua la tête.

— Je me disais aussi. Cet homme a un cœur de requin, autant dire qu'il n'en a pas, et le courage d'une méduse, ce qui ne vaut rien non plus. Dès que vous lui parlerez de ça, il vous coupera la gorge, vous jettera par-dessus bord, ira passer l'hiver avec les pirates des îles du Couchant et puis il ira droit sur les Cités libres au printemps. Alors, il demandera à un quelconque scribouillard du Natal d'écrire un message affreusement désolé et plein de belles circonlocutions à votre père, décrivant votre courage juste avant de vous perdre par-dessus bord en haute mer lors d'un abordage par des pirates. Ensuite, il passera l'année à boire l'or que vous lui aurez donné pour le passage.

— Mais j'ai acheté ce navire, protesta Arutha. C'est moi qui en suis le maître, maintenant.

— Propriétaire ou pas, prince ou pas, il n'y a qu'un seul maître à bord, et c'est le capitaine, répliqua Amos. C'est lui le roi et le grand prêtre et personne ne lui dit ce qu'il doit faire, sauf s'il y a un pilote portuaire à bord et encore, le pilote doit faire preuve de respect. Non, Altesse, vous ne survivrez pas à un voyage avec Oscar Danteen comme officier.

Quelques rides d'amusement apparurent aux coins des yeux d'Arutha.

— Auriez-vous une autre suggestion, capitaine ?

L'intéressé soupira en se renversant sur sa chaise.

— J'ai mordu à l'hameçon. Il est temps de me faire vider et écailler. Dites à Danteen de débarrasser la cabine du capitaine et de virer son équipage. Je vais essayer de trouver des remplaçants pour cette bande d'égorgeurs, même si à cette époque de l'année il ne reste plus guère que des ivrognes et des gamins dans le port. Et pour l'amour des dieux, n'allez surtout pas annoncer notre destination à quelqu'un d'autre. Si une seule de ces canailles avinées apprend que vous voulez vous risquer dans les passes aussi tard dans la saison, vous allez devoir demander à la garnison de traquer les déserteurs qui se seront réfugiés dans les bois.

— Très bien, répondit Arutha. Je vous laisse faire les préparatifs nécessaires. Nous partirons dès que le navire sera prêt. (Il se tourna vers l'Archer.) Je veux que vous veniez aussi, maître chasseur.

L'Archer sembla légèrement étonné.

— Moi, Votre Altesse ?

— Je veux présenter un témoin oculaire à messire Dulanic et au prince.

Martin fronça les sourcils, mais finit par dire :

— Je ne suis jamais allé à Krondor, Votre Altesse. (Il eut son petit sourire moqueur.) Je pourrais bien ne pas avoir d'autre occasion.

La voix d'Amos Trask couvrit les hurlements du vent. Des bourrasques portèrent ses mots à un gamin déconfit perché dans le gréement.

— Mais non, espèce de marin d'eau douce, ramolli de la tête, tire donc pas les voiles si fort ! Elles vont vibrer comme une corde de luth. C'est pas elles qui tiennent le bateau, c'est le mât. Les lignes servent uniquement quand le vent change. (Il regarda le gamin ajuster les voiles.) Oui, c'est ça. Non, ça c'est trop lâche. (Il jura.) Voilà, là c'est bon !

Il prit un air écœuré quand Arutha monta sur la passerelle.

— Des fils de pêcheurs qui veulent devenir marins. Des ivrognes. Et quelques-unes des crapules de Danteen qu'il m'a bien fallu réengager. Quel équipage, Votre Altesse !

— Ils feront l'affaire ?

— Ils ont intérêt, sinon ils vont avoir affaire à moi. (Il regarda d'un œil critique les marins qui rampaient dans les espars, vérifiant chaque nœud, chaque épissure, chaque ligne et chaque voile.) Nous avons besoin de trente hommes valables. J'en compte huit. Le reste ? J'espère en récupérer à Carse et à Tulan en descendant. Peut-être pourrons-nous remplacer les gamins et les hommes les moins dignes de confiance par des marins expérimentés.

— Ça ne risque pas de nous retarder, pour les passes ?

— Si on les traversait aujourd'hui, ça irait. Vu le temps qu'il nous faudra pour y arriver, il vaut mieux, pour nous, avoir un bon équipage plutôt qu'arriver une semaine avant. On sera en plein dans la mauvaise saison. (Il regarda Arutha.) Savez-vous pourquoi on appelle ce coin la passe des Ténèbres ? (Le prince haussa les épaules.) Ce n'est pas juste une superstition de marin. C'est la description de ce qu'il y a.

» Je pourrais vous parler des différents courants de la Mer sans Fin et de la Triste Mer, ajouta-t-il, les yeux perdus dans le lointain. Je pourrais vous dire comment ils se rejoignent à cet endroit, ou encore vous décrire les vagues délirantes de l'hiver au moment où les lunes sont dans leur plus mauvaise configuration, ou vous parler de ces vents qui soufflent du nord, avec une neige si épaisse que de la passerelle, on ne voit même pas le pont. Mais… en fait, il n'y a pas de mots qui puissent décrire les passes en hiver. C'est un, deux, trois jours de voyage en aveugle. Et si le vent ne vous renvoie pas dans la Mer sans Fin, il vous drosse sur les récifs de la côte sud. Ou alors, il n'y a pas de vent, le brouillard noie tout le reste et, pendant ce temps-là, les courants vous baladent.

— Vous m'en faites une image bien sombre, capitaine, répliqua Arutha avec un sourire sardonique.

— Rien que la vérité. Vous êtes un jeune homme à l'esprit particulièrement pratique et vous avez un sacré sang-froid, Altesse. Je vous ai vu tenir devant des choses qui auraient fait fuir bien des hommes plus expérimentés que vous. Je n'essaye pas de vous effrayer. Je veux juste que vous compreniez ce que vous voulez faire. S'il y a une personne qui peut traverser ces passes en hiver avec un tel baquet, c'est Amos Trask et je ne me vante pas. Ça m'est déjà arrivé de le faire en cette saison. L'automne et le printemps c'est une chose, mais l'hiver, y a rien qui soit comparable à ça. Mais j'avais aussi autre chose à vous dire : avant de quitter Crydee, faites vos adieux à votre sœur, écrivez à votre père et à votre frère, faites votre testament et mettez de l'ordre dans vos affaires.

— Les lettres et le testament sont faits et Carline et moi dînons seuls ce soir, répliqua le prince sans changer d'expression.

Amos acquiesça.

— Nous partons demain matin avec la marée. Ce vaisseau est un pavé troué et pourri juste bon à faire du cabotage, mais on passera, quitte à ce que je le porte sur mes propres épaules.

Arutha prit congé. Quand il fut hors de vue, Amos se tourna vers le ciel.

— Astalon, dit-il en invoquant le dieu de la Justice, je suis un pécheur, c'est vrai. Mais si c'est toi qui rends la justice, pourquoi est-ce que tu m'as infligé cette peine-là ?

En paix avec son destin, Amos se remit à préparer le voyage.

Carline tournait en rond dans le jardin, triste comme les fleurs fanées de ses parterres. Roland la regardait, un peu à l'écart, ne sachant que dire pour la réconforter. Finalement, il se décida :

— Un jour, je serai baron de Tulan. Cela fait plus de neuf ans que je ne suis pas rentré chez moi. Il faut que je parte avec Arutha.

— Je sais, répondit doucement la jeune femme.

Elle semblait résignée et il s'avança pour la prendre dans ses bras.

— Un jour, tu deviendras la baronne de Tulan à ton tour.

Carline le serra contre elle, puis elle s'écarta et se força à prendre un ton léger :

— Enfin, après toutes ces années, on aurait pu croire que ton père avait appris à se passer de toi.

Roland sourit.

— Il devait passer l'hiver à Jonril avec le baron Bellamy pour superviser l'extension de la garnison. Je vais y aller à sa place. Mes frères sont tous trop jeunes. Comme les Tsurani se sont retranchés pour l'hiver, c'est notre seule occasion d'améliorer les fortifications.

— Au moins, je n'aurai pas à m'inquiéter que tu ailles briser les cœurs des dames à la cour de ton père, répliqua la jeune femme en gardant le même ton léger.

— C'est peu probable, approuva-t-il en riant. Ils

réunissent déjà les hommes et le ravitaillement et les barges sont prêtes à remonter la rivière Wyndermeer. Quand Amos m'aura débarqué à Tulan, je passerai un jour ou deux à la maison, pas plus, et puis je repartirai. Jonril est un fort perdu et l'hiver y sera long, avec des soldats et quelques fermiers pour seule compagnie.

Carline eut un petit rire en portant la main à sa bouche.

— J'espère que ton père ne découvrira pas au printemps que tu as perdu au jeu sa baronnie et ses soldats.

Roland lui sourit.

— Tu vas me manquer.

Carline lui prit la main.

— Tu vas me manquer aussi.

Ils restèrent immobiles un moment, puis soudain la fausse vaillance de Carline céda et elle se précipita dans ses bras.

— Fais attention à toi. Je ne supporterais pas de te perdre.

— Je sais, répondit-il doucement. Mais tu dois faire bonne figure devant les autres. Fannon aura besoin de ton aide pour diriger la cour et tu vas devoir prendre en charge toute la maisonnée. Tu es la maîtresse de Crydee et beaucoup de gens vont dépendre de toi.

Ils regardèrent les bannières claquer dans le vent du soir. L'air était froid, si bien que le jeune homme recouvrit sa compagne de sa cape.

— Reviens-moi, Roland, le supplia-t-elle en tremblant.

— Je reviendrai, Carline, promit-il doucement.

Il essaya d'écarter un frisson glacé qui montait en lui, mais sans succès.

Ils se tenaient sur le quai, dans la pénombre du petit matin, juste avant le lever du soleil. Arutha et Roland attendaient à côté de la passerelle.

— Prenez bien soin de tout, maître d'armes, recommanda le prince.

Fannon, encore fier et droit malgré son grand âge, avait la main sur le pommeau de son épée.

— Je vous le promets, Altesse.

— Quand Gardan et Algon reviendront de leur patrouille, dites-leur de prendre soin de vous, ajouta Arutha avec un petit sourire.

— Jeune insolent ! répliqua Fannon, les yeux étincelants. Je suis encore capable de vaincre n'importe qui dans le château, à l'exception de votre père. Descendez de cette passerelle et tirez l'épée, que je vous montre pourquoi je porte encore l'insigne de maître d'armes.

Arutha leva les mains dans un geste de fausse supplication.

— Fannon, c'est bon de vous retrouver aussi vif qu'avant. Crydee ne risque rien avec un tel maître d'armes.

Ce dernier s'avança et posa la main sur l'épaule du prince.

— Faites attention, Arutha, vous avez toujours été mon meilleur élève. Je ne voudrais pas vous perdre.

Le jeune homme sourit gentiment à son vieux maître.

— Merci, Fannon. (Puis il fit une grimace.) Je ne voudrais pas me perdre, moi non plus. Je reviendrai – avec les soldats d'Erland.

Arutha et Roland sautèrent sur le pont. Ceux qui restaient à quai leur firent des signes. Martin l'Archer était là, appuyé à la lisse. Il regarda les hommes retirer la passerelle et les gens sur le quai larguer les amarres. Amos Trask cria des ordres et l'on amena les voiles. Lentement, le navire s'écarta du quai. Arutha, Martin et Roland à ses côtés, regarda en silence la manœuvre se faire et les quais s'éloigner.

— Je suis content que la princesse ait préféré ne pas venir. Je n'aurais pas supporté un adieu de plus, avoua le châtelain.

— Je comprends, dit Arutha. Elle tient beaucoup à vous, messire, bien que je voie mal pourquoi. (Roland regarda le prince pour savoir s'il plaisantait ou non et vit que celui-ci avait un petit sourire aux lèvres.) Je ne t'en ai pas parlé, continua Arutha. Mais comme nous risquons de ne pas nous voir avant un bon bout de temps à partir de Tulan, je voulais que tu saches que dès que tu pourras en parler à père, mon soutien te sera tout acquis.

— Merci, Arutha.

La ville s'enfonça dans les ténèbres. Ils aperçurent la jetée qui menait au phare. L'aube, encore à peine levée, commençait à percer l'obscurité nocturne, teintant le monde de gris et de noir. Puis lentement, le grand piton rocheux des Gardiens apparut à tribord.

Amos donna l'ordre de changer de cap. Ils se tournèrent vers le sud-ouest et mirent plus de voile pour mieux profiter du vent. Le navire prit de la vitesse et Arutha entendit des mouettes crier au-dessus d'eux. Brusquement, il se rendit compte qu'ils venaient de sortir de Crydee. Glacé, il ramena frileusement sa cape autour de lui.

Arutha se tenait sur le pont arrière, l'épée tirée. À côté de lui, Martin venait d'encocher une flèche. Amos Trask et son second, Vasco, avaient également tiré les armes. Six marins furieux s'étaient rassemblés sur le pont et l'équipage observait la confrontation.

— Vous nous avez menti, capitaine, vous n'êtes pas reparti au nord vers Crydee comme vous l'aviez dit à Tulan, s'écria un marin depuis le pont. À moins d'aller à Kesh jusqu'à Elarial, il n'y a rien d'autre au sud que les passes. Vous voulez qu'on traverse les passes des Ténèbres ?

— Crénom, mon gars ! rugit Amos. Tu discuterais mes ordres ?

— Ouais, capitaine. La tradition dit qu'un contrat entre un capitaine et l'équipage, ça vaut plus rien si on doit traverser les passes en hiver, à moins d'être d'accord. Vous nous avez menti et on est pas obligés d'y aller avec vous.

Arutha entendit Amos marmonner :

— Un putain de marin légaliste. Très bien, ajouta-t-il à l'adresse du marin.

Il tendit son sabre à Vasco, descendit l'échelle jusqu'au pont et s'approcha du marin avec un sourire amical.

— Écoutez, gamins, commença-t-il en s'approchant des six marins récalcitrants qui tenaient tous des cabillots ou des marlins. Je vais être honnête avec vous. Le prince doit aller à Krondor, sinon ce sera l'enfer au printemps. Les Tsurani sont en train de rassembler une armée gigantesque et il se pourrait bien qu'elle attaque Crydee. (Il mit la main sur l'épaule du porte-parole des marins et ajouta :) Alors, en conclusion, on doit aller à Krondor.

D'un geste brusque, Amos passa le bras autour du cou de l'homme. Il courut jusqu'à la lisse et le poussa par-dessus bord.

— Si tu ne veux pas venir, cria-t-il, tu peux rentrer à Tulan à la nage !

Un autre marin esquissa un pas vers Amos mais une flèche vint se planter dans le pont entre ses pieds. Il leva les yeux et vit que Martin avait encoché une autre flèche et le tenait en joue.

— Je te le déconseille, l'avertit le maître chasseur.

L'homme lâcha son marlin et recula. Amos se retourna vers son équipage.

— Le temps que je remonte sur le pont arrière, je veux vous voir tous dans le gréement – ou par-dessus bord, ça ne me fait ni chaud ni froid. Celui qui ne se remet pas au travail sera pendu comme le chien de mutin qu'il est.

On entendait encore les faibles cris de l'homme qui se débattait dans l'eau quand Amos arriva sur le pont supérieur.

— Envoyez une corde à cet imbécile et, s'il n'en démord pas, balancez-le à nouveau par-dessus bord. (Puis il cria :) Toutes voiles dehors ! Droit sur les passes des Ténèbres !

Arutha cligna des yeux pour se protéger de l'eau de mer et se retint de toutes ses forces à la corde. Une autre vague s'écrasa contre le flanc du navire, l'aveuglant de nouveau. Des mains puissantes l'attrapèrent par-derrière et la voix de Martin s'éleva dans le noir :

— Ça va ?

— Oui, cria Arutha en recrachant de l'eau.

Il continua à avancer vers le pont supérieur, suivi de près par Martin. Le *Vent de l'Aube* tanguait et roulait sous ses pieds et il glissa deux fois avant d'atteindre l'échelle. Le vaisseau avait été entièrement équipé de rampes de corde, car personne ne pouvait garder l'équilibre quand la mer était grosse si on n'avait rien pour s'accrocher.

Arutha prit l'échelle et se hissa jusqu'au pont supérieur. Il faillit percuter Amos Trask. Le capitaine se trouvait derrière le timonier, pour appuyer de tout son poids sur la grande roue en cas de besoin. Il était comme enraciné au pont, les pieds largement écartés, compensant chaque mouvement du navire, les yeux fixés sur le ciel ténébreux. Il regardait et écoutait, chacun de ses sens à l'unisson avec le rythme du navire. Arutha savait que cela faisait deux jours et une nuit qu'il n'avait pas dormi et qu'il était resté debout encore une bonne partie de cette nuit-ci.

— Encore combien de temps ? cria le prince.

— Un jour, ou deux, qui sait ?

Il y eut un craquement sec venant d'en haut, comme le bruit de la fonte des glaces sur le fleuve Crydee au printemps.

— Barre à bâbord toute ! s'écria Amos en s'appuyant lourdement sur le gouvernail. Encore un jour avec ces maudites bourrasques et on aura de la chance si on peut rebrousser chemin et rentrer sur

Tulan ! ajouta-t-il à l'adresse d'Arutha quand le navire prit de la bande.

Cela faisait neuf jours qu'ils avaient quitté Tulan et trois qu'ils étaient en pleine tempête. Depuis, le vaisseau était constamment la proie des vagues et du vent et Amos avait dû descendre par trois fois dans la cale pour inspecter les réparations faites à la coque. Il pensait qu'ils devaient se trouver juste à l'ouest des passes, mais il ne pouvait en être sûr tant que la tempête ne serait pas apaisée. Une autre vague frappa le navire, qui trembla.

— Une éclaircie ! cria une voix d'en haut.

— Par où ? hurla Amos.

— Tribord !

— On y va !

Le timonier s'appuya sur le gouvernail. Arutha plissa les yeux pour les protéger des brûlures de l'écume saturée de sel et aperçut une vague lueur qui lui parut osciller, jusqu'à ce qu'elle se trouve droit devant. Puis l'éclaircie grandit à mesure qu'ils s'en approchaient. Comme s'ils sortaient d'une pièce sombre, ils passèrent de la pénombre à la lumière. Les cieux semblèrent s'ouvrir au-dessus de leurs têtes et les passagers du vaisseau virent des nuages gris. Les vagues étaient encore hautes, mais Arutha sentait que le temps avait enfin tourné. Il regarda par-dessus son épaule et vit la masse noire de la tempête s'écarter d'eux.

Petit à petit, les vagues s'apaisèrent. Par contraste avec le vacarme de la tempête, la mer sembla soudain silencieuse. Le ciel s'éclaircissait rapidement.

— C'est le matin, annonça Amos. J'ai dû perdre le

fil du temps. Je croyais qu'on était encore en pleine nuit.

Arutha regarda la tempête qui s'en allait et vit clairement une masse de ténèbres tourbillonnantes se découper contre le gris clair du ciel. Le gris devint rapidement ardoise, puis bleu-gris quand le soleil matinal perça les nuages. Pendant une bonne heure, le prince observa le spectacle, tandis qu'Amos assignait leur tâche à ses hommes, renvoyant dans la cale les marins qui avait été de quart pendant la nuit et faisant monter ceux qui prenaient le quart de jour.

La tempête filait vers l'est, laissant derrière elle une mer houleuse. Le temps semblait suspendu pour Arutha, qui regardait l'horizon, fasciné et terrifié à la fois. Une partie de la tempête semblait avoir été attrapée par des doigts de terre dans le lointain. De grandes gerbes d'eau jaillissaient en tournoyant sur elles-mêmes, prises dans un étroit passage au loin. On aurait cru qu'une masse de nuages noirs bouillonnants avait été bloquée là par une force surnaturelle.

— Les passes des Ténèbres, déclara Amos derrière le prince.

— Quand est-ce que nous traversons ? demanda tranquillement ce dernier.

— Maintenant, répondit Amos en se retournant pour hurler : Le quart du jour en haut ! Ceux du soir, tenez-vous prêts. Timonier, la barre droit à l'est !

Les hommes grimpèrent dans les cordages et d'autres montèrent de la cale, encore hagards et visiblement mal reposés bien qu'ils aient dormi quelques heures depuis leur dernier quart. Arutha retira le capuchon de sa cape et sentit la froide morsure du vent sur ses cheveux trempés.

— Nous pourrions attendre des semaines avant d'avoir de nouveau un vent favorable, expliqua Amos en l'attrapant par le bras. Cette tempête était une bénédiction déguisée, elle va nous permettre de nous lancer juste comme il faut.

Arutha, fasciné, regarda les passes vers lesquelles ils s'avançaient. Un caprice du temps et du courant avait créé les conditions qui tenaient ces passes tout l'hiver sous un linceul d'eau ténébreuse. Lorsque le temps était bon, les passes étaient déjà difficiles à traverser. L'étroit bras de mer semblait s'élargir en plusieurs points, mais en fait de dangereux récifs affleuraient, cachés sous la surface, à des endroits critiques. En cas de mauvais temps, la plupart des capitaines considéraient qu'il était impossible de traverser les passes. Des murs d'eau et des tempêtes de neige tombant des pics les plus au sud des Tours Grises venaient s'abattre à cet endroit, pour se faire renvoyer en l'air par de violentes bourrasques, avant de retomber encore et encore. Des geysers monstrueux s'élevaient brutalement vers le ciel où ils restaient suspendus en tournoyant follement pendant plusieurs minutes avant de retomber en cascades aveuglantes. Des éclairs déchiraient les ténèbres, suivis de roulements de tonnerre qui rivalisaient de violence avec l'affrontement furieux des vents déchaînés.

— La marée monte, hurla Amos. C'est bien. On passera plus facilement les récifs. Soit on s'en tire, soit on s'écrase très vite. Si le vent tient, on devrait être sortis d'affaire avant la fin du jour.

— Et si le vent change ?

— Inutile d'en parler !

Ils filèrent en avant, s'attaquant de biais au front des vents tourbillonnants pour entrer dans le détroit. Le navire vibra comme s'il rechignait à affronter de nouveau le mauvais temps. Arutha s'agrippa fermement à la lisse quand le vaisseau commença à plonger dans les vagues. Amos dirigeait la course, contournant les sautes de vent soudaines, maintenant le navire dans le sillage de la tempête venue de l'ouest.

Il n'y eut plus du tout de lumière. Le vaisseau n'était éclairé que par les flammes dansantes des lampes-tempête, qui jetaient des éclairs jaunes et vacillants dans les ombres. Le bruit assommant des vagues qui s'écrasaient au loin contre les falaises résonnait de tous côtés.

— Nous allons rester au centre des passes, cria Amos à Arutha. Si jamais nous dérivons d'un côté ou d'un autre, ou si nous tournons, nous briserons la coque sur les rochers.

Le prince acquiesça et le capitaine hurla une série d'instructions à son équipage.

Arutha s'avança à grand-peine vers l'avant du pont supérieur et appela Martin. Ce dernier lui répondit du pont inférieur qu'il allait bien, même s'il était trempé. Arutha se raccrocha à la lisse quand le vaisseau plongea dans un creux de vague puis commença à se redresser en montant sur une crête. Le navire parut s'élever pendant une éternité, toujours plus haut, puis brusquement de l'eau balaya l'étrave et le fit retomber. Bientôt, seule la lisse servit de point d'appui au prince dans ce chaos humide et froid. Ses mains lui faisaient mal tant il serrait la rambarde.

Les heures passèrent dans une terrible cacophonie. Amos continuait à diriger son équipage contre vents et marées. De temps en temps, un éclair aveuglant déchirait les ténèbres, soulignant chaque détail du décor, ne laissant dans le noir qu'une image rémanente.

Le vaisseau fit une embardée soudaine et glissa de côté. Arutha sentit ses pieds disparaître sous lui comme le navire s'inclinait dangereusement. Il s'accrocha de toutes ses forces, les oreilles assourdies par un monstrueux grincement. Puis le vaisseau se redressa et Arutha se releva pour voir, à la lumière vacillante des lampes-tempête, le gouvernail osciller follement d'un côté et de l'autre, le timonier affalé par terre, du sang noir coulant à flots de sa bouche. Amos se releva désespérément, pour s'accrocher au gouvernail devenu fou. Au risque de se briser les côtes, il se jeta dessus et s'efforça de le retenir pour garder le contrôle du navire.

Arutha tituba jusqu'au gouvernail et y ajouta son poids. Un long raclement monta de tribord et le vaisseau trembla.

— Tourne, putain de saloperie ! cria Amos en tirant sur le gouvernail, rassemblant ses dernières forces.

Arutha sentit ses muscles douloureux protester en s'appuyant sur le gouvernail désespérément immobile. Lentement, il commença à bouger, d'un centimètre, puis deux. Le raclement se fit plus fort, au point d'cnvahir les oreilles du prince.

Soudain, le gouvernail recommença à osciller. Arutha, déséquilibré, se fit éjecter sur le pont. Il s'y écroula et glissa sur la surface détrempée, pour aller finalement s'écraser contre le bastingage, le souffle coupé. Une vague le recouvrit, l'obligeant à recracher de l'eau de mer. Étourdi, le prince se releva et tituba jusqu'au gouvernail.

À la lumière des lampes, le visage d'Amos était blanc et crispé par l'effort, mais ses yeux grands ouverts lui donnaient un air dément. Il éclata de rire.

— Je croyais que vous étiez passé par-dessus bord.

Arutha s'appuya sur le gouvernail. Ensemble, les deux hommes le forcèrent de nouveau à bouger. Le rire dément d'Amos retentit de nouveau.

— Qu'est-ce qu'il y a de si drôle ? lui demanda le prince.

— Regardez !

Le souffle court, Arutha regarda dans la direction que lui montrait Amos. Dans le noir, il distingua des formes gigantesques s'élevant à côté du navire, des ombres dans les ténèbres.

— Nous sommes en train de longer les grandes falaises du sud ! hurla le capitaine. Tirez, prince de Crydee ! Tirez, si vous voulez revoir la terre ferme un jour !

Arutha tira sur le gouvernail, forçant le vaisseau hésitant à s'écarter de la terrible étreinte des bras de pierre qui défilaient à quelques mètres d'eux. Ils sentirent de nouveau le vaisseau trembler et un raclement sourd monta du fond de la coque. Amos poussa un cri de joie sauvage.

— Cela m'étonnerait que ce sabot ait encore un fond quand nous serons passés.

Arutha sentit ses entrailles se tordre de terreur, puis il fut pris lui aussi d'une étrange exultation. Tout en s'efforçant de maintenir le navire sur sa course, il sentit monter en lui une sorte d'euphorie, une sensation presque joyeuse. Il entendit un son étrange couvrir la cacophonie de la tempête et se rendit compte qu'il riait avec Amos, qu'il riait des éléments qui se déchaînaient autour de lui. Il ne craignait plus rien. Il tiendrait ou ne tiendrait pas, mais cela n'avait plus d'importance, maintenant. Il pouvait juste pousser de toutes ses forces pour obliger le navire à s'écarter des rochers déchiquetés. Chaque fibre de son être riait de terreur et de joie d'être réduit à un niveau d'existence si bas, si primaire. Rien d'autre ne comptait que la seule chose qu'il devait faire et sur laquelle tout reposait.

Arutha découvrit un nouvel état de conscience. Les secondes, les minutes, les heures n'avaient plus de sens. Il luttait, avec Amos, pour garder le vaisseau sous contrôle, ses sens lui montrant tout dans les plus infimes détails. Il sentait le grain du bois à travers le cuir détrempé de ses gants, le tissu de ses chausses coincé entre ses doigts de pied dans ses bottes pleines d'eau. Le vent avait une odeur de sel et de poix, de capuches de laine mouillée et de tissu gorgé de pluie. Chaque grincement de planche, chaque claquement de corde sur le bois, chaque cri : il entendait tout cela avec une acuité surhumaine. Sur son visage, il sentait le vent et le froid de la neige fondue mêlée à l'eau de mer et il riait. Jamais il n'avait côtoyé la mort de si près et jamais il ne s'était senti aussi vivant. Les muscles noués, il se mesurait à des forces terribles et primitives. Ils plongeaient toujours plus loin, toujours plus profond dans le chaos des passes des Ténèbres.

Arutha entendait Amos hurler des ordres, dirigeant chacun de ses hommes à la seconde près. Il jouait de son navire comme un musicien aurait joué de son luth, attentif à chaque vibration, à chaque son, cherchant l'harmonique qui sortirait le *Vent de l'Aube* intact de ces eaux mortelles. L'équipage obéissait instantanément à chacun de ses ordres, risquant la mort à chaque instant dans le gréement glissant, car les hommes savaient que de sa seule compétence dépendait la réussite de leur passage.

Puis ce fut fini. Un instant plus tôt, ils luttaient follement pour s'écarter des rochers et traverser les passes en folie, et l'instant d'après ils filaient vent arrière, les ténèbres dans leur dos.

Au-dessus d'eux, le ciel était couvert, mais la tempête qui les accompagnait depuis des jours entiers n'était plus qu'une ombre sur l'horizon. Arutha regarda ses mains, comme si elles ne lui appartenaient pas et fit un effort de volonté pour qu'elles se détachent du gouvernail.

Des marins le rattrapèrent quand il s'effondra sur lui-même et l'allongèrent sur le pont. Pendant un moment, le décor tournoya autour de lui, puis il vit Amos s'asseoir un peu plus loin et Vasco qui prenait le gouvernail. Le capitaine avait encore le sourire aux lèvres.

— On l'a fait, gamin. Nous sommes dans la Triste Mer.

Arutha regarda autour de lui.

— Pourquoi est-ce qu'il fait si noir ?

Amos éclata de rire.

— C'est presque le coucher du soleil. On a été sur ce gouvernail pendant des heures.

Le prince commença à rire lui aussi. Il n'avait jamais ressenti un tel sentiment de triomphe. Il rit jusqu'à ce que des larmes d'épuisement lui coulent sur le visage, jusqu'à ce qu'il en ait mal aux côtes. Amos rampa vers lui.

— Tu sais ce que c'est que de rire au nez de la mort, Arutha. Tu ne seras plus jamais le même.

L'intéressé reprit son souffle.

— J'ai cru que tu étais devenu fou, à un moment.

Amos prit une outre de vin que lui tendait un marin et avala une grande gorgée. Puis il passa l'outre à Arutha.

— Ouais, comme toi. Y en a pas beaucoup qui sentent ça au moins une fois dans leur vie. C'est la vision de quelque chose de si clair, de si vrai que ça ne peut être que de la folie. Tu vois vraiment ce que vaut la vie et tu sais ce que veut dire la mort.

Arutha regarda le marin qui se tenait à côté d'eux et vit que c'était celui qu'Amos avait fait basculer par-dessus bord lors de la mutinerie. Vasco fronça les sourcils en le voyant, mais l'homme ne bougea pas. Amos leva les yeux.

— Capitaine, dit le marin, je voulais juste vous dire… que j'avais eu tort. En treize années de mer, j'aurais parié mon âme à Lims-Kragma qu'aucun capitaine ne pouvait faire traverser les passes à un navire pareil. (Baissant les yeux, il ajouta :) Je veux bien être fouetté pour ce que j'ai fait, capitaine. Mais après, je vous suivrai jusqu'au tréfonds des sept enfers, comme n'importe qui d'autre sur ce navire.

Amos se releva en s'agrippant à la rambarde, les jambes légèrement flageolantes. Il regarda les hommes assemblés et cria :

— Le quart de nuit sur le pont ! Les deux quarts de jour, vous pouvez vous reposer. (Il se tourna vers Vasco.) Vérifie l'état de la coque et ouvre la cambuse. On met le cap sur Krondor.

Arutha se réveilla dans sa cabine. Martin l'Archer était assis à côté de lui.

— Tenez.

Le maître chasseur lui tendit une tasse de soupe fumante. Arutha se releva sur un coude, malgré les protestations de son corps moulu et fatigué. Il prit une gorgée de soupe.

— J'ai dormi combien de temps ?

— Vous vous êtes endormi sur le pont la nuit dernière, juste après le coucher du soleil. Ou plutôt, vous vous êtes évanoui, si vous préférez la vérité. Le soleil est levé depuis trois heures.

— Quel temps fait-il ?

— Beau, ou du moins ce n'est pas la tempête. Amos est déjà sur le pont. Il pense que ça devrait tenir sur une bonne partie du voyage. Les dégâts à la coque ne sont pas trop graves. Nous n'avons pas à nous en faire tant que nous n'avons pas à essuyer une autre tempête. Même comme ça, Amos dit qu'il y a quelques bons points d'ancrage le long de la côte keshiane si jamais on en a besoin.

Arutha sortit de sa couchette, mit sa cape et monta sur le pont. Martin le suivit. Amos était debout à côté du gouvernail, observant le vent dans les voiles. Il baissa les yeux vers le prince et l'Archer qui montaient l'échelle du gaillard d'arrière. Il les regarda un moment, comme frappé par une idée, puis il sourit quand Arutha lui demanda :

— Comment ça va ?

— Le vent est bon depuis qu'on a traversé les passes. S'il reste nord-ouest, on devrait arriver à Krondor assez vite. Mais le vent, c'est rare que ça tienne longtemps, alors ça prendra peut-être plus de temps.

— Voiles à l'horizon ! lança une vigie.

— Par où ? cria Amos.

— Par deux quarts arrière à bâbord !

Amos scruta l'horizon et, rapidement, trois petits points blancs apparurent.

— Quel genre de navires ? cria-t-il à la vigie.

— Des galères, capitaine !

Amos réfléchit tout haut.

— Queganes, je parie. C'est un peu au sud pour leurs patrouilles habituelles, si ce sont des vaisseaux de guerre, mais je doute que ce soient des marchands. (Il ordonna qu'on mette plus de voile.) Si le vent se maintient, nous serons passés avant qu'ils n'aient pu se rapprocher. À la voile, ça ne vaut pas mieux qu'une grosse baignoire et les rameurs ne peuvent pas tenir la vitesse sur une telle distance.

Arutha regarda fasciné les navires qui grossissaient sur l'horizon. La galère la plus proche tourna pour leur couper la route. Au bout d'un moment, le prince put distinguer sa lourde silhouette, ses voiles majestueuses qui s'élevaient loin au-dessus des ponts avant et arrière. Il voyait le mouvement gracieux des rames, trois bancs de chaque côté, accéléré par le capitaine qui s'efforçait de gagner un peu de vitesse. Mais Amos avait vu juste et bientôt la galère rapetissa à l'arrière.

— Ils battaient le pavillon royal de Queg, commenta Arutha tandis que la distance entre le *Vent de l'Aube* et les galères augmentait lentement. Que viennent faire des galères de guerre queganes si loin au sud ?

— Les dieux seuls le savent, répondit Amos. Il se peut qu'ils recherchent des pirates, ou alors ils vérifient que des vaisseaux keshians ne montent pas trop au nord. C'est difficile à dire. Queg considère toute la Triste Mer comme sa propriété. Je préfère ne pas avoir à découvrir pourquoi ils sont là.

Le reste de la journée se passa sans problème et Arutha profita de ces moments de répit après les dangers rencontrés lors des derniers jours. La nuit fut constellée d'étoiles et il passa plusieurs heures sur le pont à regarder les points qui scintillaient dans le ciel. Martin monta lui aussi sur le pont et trouva le prince le nez en l'air. Arutha avait entendu le maître chasseur arriver et prit la parole :

— Kulgan et Tully disent que les étoiles sont des soleils assez semblables au nôtre, rapetissés par la distance.

— Une idée difficile à avaler, mais je pense qu'ils ont raison, répondit Martin.

— T'es-tu déjà demandé si l'un de ces mondes était celui des Tsurani ?

— Plusieurs fois, Altesse, reconnut l'Archer en

s'appuyant à la lisse. Dans les collines, on voit les étoiles comme ça, quand les feux de camp sont éteints. Sans les lumières parasites de la ville ou du château, elles resplendissent dans le ciel. Je me suis demandé si l'une d'entre elles pouvait être l'endroit où vivent nos ennemis. Charles m'a dit que leur soleil est plus brillant que le nôtre et que leur monde est plus chaud.

— Ça paraît impossible. Faire la guerre au-delà d'un tel vide défie toute logique.

Ils restèrent silencieux l'un à côté de l'autre en regardant les splendeurs du ciel nocturne, sans faire attention à la morsure du vent frais qui les poussait vers Krondor. Des pas derrière eux les firent se retourner comme un seul homme et ils virent Amos Trask apparaître. Ce dernier hésita un moment, scrutant leurs visages, puis les rejoignit contre la lisse.

— Vous observez les étoiles ?

Les deux hommes ne répondirent pas. Trask regarda le sillage du navire, puis le ciel.

— Il n'y a rien de mieux que la mer, messieurs. Ceux qui vivent sur terre toute leur vie ne peuvent pas vraiment comprendre. La mer est primitive, parfois cruelle, parfois douce, et jamais prévisible. Mais c'est des nuits comme ça qui me font remercier les dieux de m'avoir fait marin.

— Et un peu philosophe, aussi, ajouta Arutha.

Amos rit tout bas.

— Prenez n'importe quel marin de haute mer qui a affronté la mort aussi souvent que moi et grattez un peu. En dessous, vous trouverez un philosophe, Altesse. Vous n'aurez pas de jolis mots, je vous l'assure, mais un vrai sens de sa place dans le monde.

La plus vieille des prières de marin adressée à Ishap qu'on connaisse, c'est : « Ishap, ta mer est grande et mon bateau est petit ; aie pitié de moi. » Ça résume tout.

Martin parla tout bas, presque pour lui-même :

— Quand j'étais petit, sous les grands arbres, j'avais un peu ce genre de sentiment. Être à côté d'un tronc si ancien qu'il est plus vieux que le plus vieil homme qu'on ait connu, ça vous donne un sens particulier de votre place dans le monde.

Arutha s'étira.

— Il est tard. Je vais vous souhaiter bonne nuit à tous les deux. (Au moment de partir, il sembla être frappé par une idée.) Je ne suis pas versé dans ce genre de philosophie mais… je suis content d'avoir fait ce voyage avec vous.

Après qu'il fut parti, Martin regarda les étoiles un moment, puis se rendit compte qu'Amos l'observait avec attention. Il se tourna vers le marin.

— Tu sembles avoir une idée en tête, Amos.

— En effet, maître Archer. (Il s'appuya à la lisse et continua :) Cela fait presque sept ans que je suis arrivé à Crydee. Quelque chose me titille depuis la première fois où je t'ai rencontré.

— Quoi donc, Amos ?

— Tu es un type étrange, Martin. Il y a beaucoup de choses dans ma vie dont je préfère ne pas causer, mais toi, c'est autre chose.

L'Archer semblait ne pas s'inquiéter de la tournure de cette conversation, mais ses yeux se plissèrent légèrement.

— Il n'y a pas grand-chose qu'on ignore de moi à Crydee.

— C'est vrai, mais c'est le peu de choses manquantes qui me trouble.

— Rassure-toi, Amos. Je suis le maître chasseur du duc, rien de plus.

— Je crois que tu es plus que cela, Martin, rétorqua doucement le capitaine. Dans mes balades en ville, quand j'ai supervisé la reconstruction, j'ai rencontré pas mal de gens et en sept ans j'ai entendu pas mal de ragots sur toi. Il y a quelque temps de ça, j'ai remis les pièces en place et j'ai trouvé une réponse. Ça explique pourquoi je te vois changer – juste un peu, mais assez pour qu'on le sente – quand tu es en présence d'Arutha et plus encore quand tu es en présence de la princesse.

Martin rit.

— Tu me racontes une vieille histoire usée, Amos. Tu penses que je suis un pauvre chasseur éperdu d'amour pour la jeune princesse ? Tu penses que je suis amoureux de Carline ?

— Non, quoique je ne doute pas que tu l'aimes – comme un frère peut aimer sa sœur.

Martin avait à moitié tiré son couteau quand Amos lui attrapa le poignet. Le marin trapu maintint le poignet du chasseur comme dans un étau si bien que ce dernier n'arrivait plus à bouger son bras.

— Rengaine ta colère, Martin. Je ne voudrais pas avoir à te jeter par-dessus bord pour te rafraîchir la tête.

Martin cessa de lutter contre Amos et lâcha son couteau, le laissant retomber dans son fourreau. Le capitaine tint le poignet du chasseur encore un moment, puis le relâcha.

— Elle n'en sait rien et ses frères non plus, déclara Martin au bout de quelques instants. Jusqu'alors, je pensais que seuls le duc et une ou deux autres personnes le savaient. Comment as-tu deviné ?

— C'était pas bien difficile. En général, les gens ne voient pas ce qu'ils ont sous les yeux. (Amos se retourna et regarda les voiles au-dessus, inspectant sans y penser l'équipage en détail tout en continuant à parler.) J'ai vu le double du duc dans la salle de réception. Si tu te laissais pousser une barbe comme la sienne, tout le monde verrait la ressemblance. Tout le monde fait remarquer à quel point d'année en année Arutha ressemble de plus en plus à son père et de moins en moins à sa mère et je me suis demandé dès notre première rencontre pourquoi personne n'avait remarqué qu'il te ressemblait aussi. J'imagine qu'ils ne le remarquent pas parce qu'ils ne veulent pas le voir. Ça explique bien des choses : pourquoi le duc t'a fait la faveur de te placer auprès de l'ancien maître chasseur et la raison pour laquelle c'est toi qui as été choisi pour lui succéder. Cela faisait déjà quelque temps que je le soupçonnais, mais cette nuit, j'en ai eu la certitude. Quand je suis monté du pont inférieur et que vous vous êtes retournés tous les deux dans le noir, un moment, je n'aurais su vous distinguer l'un de l'autre.

Martin parla sans émotion, énonçant simplement un fait :

— Tu parles de ça à qui que ce soit et c'en est fait de ta vie.

Amos s'appuya sur la rambarde.

— Je ne suis pas un homme qu'il faut menacer, Martin l'Archer.

— C'est une question d'honneur.

Amos croisa les bras sur sa poitrine.

— Messire Borric n'est pas le premier noble à avoir un bâtard et ce ne sera pas le dernier. Il y en a même beaucoup à qui on donne un poste, un rang. L'honneur du duc de Crydee n'a pas grand-chose à craindre.

Martin s'agrippa à la lisse, immobile comme une statue dans la nuit. Ses mots semblèrent venir de très loin :

— Pas son honneur, capitaine. Le mien. (Il se tourna vers Amos et ses yeux brillèrent dans le noir, reflétant la flamme de la lanterne derrière le capitaine, semblant comme illuminés d'un feu intérieur.) Le duc connaît le secret de ma naissance et pour des raisons qui lui sont propres il m'a ramené à Crydee alors que je n'étais qu'un enfant. Je suis sûr que le père Tully sait, car le duc lui fait toute confiance, et peut-être Kulgan aussi. Mais aucun d'eux ne sait que je sais. Ils croient que j'ignore tout de mon héritage.

Amos se caressa la barbe.

— C'est un épineux problème, Martin. Des secrets dans des secrets et tout ça. Va, je te donne ma parole – par amitié et non par peur – que je ne dirai rien de tout ça à personne, sauf si tu le veux. Mais si je juge bien Arutha, il préférerait le savoir.

— Ça, c'est à moi d'en décider, Amos, et à personne d'autre. Un jour, peut-être, je le lui dirai, ou alors je ne le lui dirai pas.

Le capitaine s'écarta du bastingage.

— J'ai beaucoup de choses à faire avant de rentrer,

Martin, mais j'ai encore une chose à te dire. Tu t'es réservé une vie bien solitaire. Je ne t'envie pas pour ça. Bonne nuit.

— Bonne nuit.

Quand Amos fut reparti sur le pont arrière, Martin regarda les étoiles familières dans le ciel. Les compagnes de ses voyages solitaires dans les collines de Crydee le regardaient. Les constellations scintillaient dans la nuit, le Chasseur et le Chien, le Dragon, le Kraken et les Cinq Joyaux. Il regarda la mer, plongeant les yeux dans les eaux noires, perdu dans des pensées qu'il avait cru enterrées à jamais.

— Terre ! cria la vigie.

— Par où ? demanda Amos.

— Droit devant, capitaine.

Arutha, Martin et Amos descendirent du château arrière et s'avancèrent rapidement vers la proue. En attendant que la terre soit en vue, Amos dit :

— Vous sentez ce tremblement à chaque fois que nous fendons une lame ? demanda le capitaine en attendant que la terre soit en vue. C'est la carlingue, c'est moi qui vous le dis. Il va falloir mettre le navire en cale sèche à Krondor.

Arutha regarda la fine bande de terre au loin grandir sous la lumière d'après-midi. Le temps était plutôt bon, malgré quelques nuages.

— Nous devrions en avoir le temps. J'aimerais rentrer à Crydee dès que nous aurons convaincu Erland des risques que nous courons tous, mais même s'il accepte tout de suite, ça nous prendra quelque temps pour rassembler les hommes et les navires.

— Et je ne voudrais pas retraverser les passes des Ténèbres avant que le temps ne soit plus clément, ajouta Martin d'un air impassible.

— Petite nature, le taquina Amos. Tu as déjà fait le plus dur. Aller en plein hiver sur la Côte sauvage, c'est juste un tout petit peu suicidaire.

Arutha attendit en silence que la terre au loin commence à se faire plus distincte. En moins d'une heure, ils purent apercevoir les tours de Krondor qui s'élevaient dans les airs et les vaisseaux amarrés au port.

— Bien, déclara le capitaine, si vous voulez une réception en grande pompe, je ferais mieux de sortir votre bannière et de la faire flotter en haut du mât.

— Attends, Amos, le retint Arutha. Tu vois ce navire, à l'embouchure du port ?

Tout en continuant à s'approcher du port, le capitaine regarda attentivement le vaisseau en question.

— Belle bête. Le prince les fait construire sacrément plus grands que la dernière fois que je suis passé à Krondor. Trois mâts, équipés pour une bonne trentaine de voiles du petit foc à la brigantine. Vu sa coque, il est taillé pour la course, ça ne fait pas de doute. Je ne voudrais pas tomber dessus sans au minimum trois galères de Queg. C'est perdu sans rameurs, vu comme il est recouvert d'arbalètes géantes de la poupe à la proue qui doivent vous taillader les voiles en un rien de temps. Maintenant, on sait pourquoi ces galères queganes étaient si loin de chez elles. Si le royaume amène des vaisseaux de guerre comme ceux-ci dans la Triste Mer, ceux de Queg…

— Regarde bien la bannière qui flotte au sommet du mât, Amos, l'interrompit Arutha.

En entrant dans le port, ils passèrent à côté du navire. Son nom était peint à la proue : « *Griffon Royal* ».

— Un vaisseau de guerre du royaume, pas de doute, mais d'habitude de tels vaisseaux portent le pavillon de Krondor, s'étonna Amos. (Au sommet du mât le plus haut, une bannière noire frappée d'un aigle d'or claquait dans le vent.) Je croyais connaître toutes les bannières de la Triste Mer, mais je n'avais jamais vu celle-ci.

— La même bannière flotte sur le port, Arutha, intervint Martin en désignant la cité au loin.

— Cette bannière n'a jamais flotté sur la Triste Mer auparavant, leur apprit calmement Arutha. (Son visage se durcit.) Sauf contrordre de ma part, nous sommes des marchands du Natal, rien de plus.

— Elle est à qui, cette bannière ?

— Elle porte les couleurs de la seconde plus vieille famille du royaume, répondit Arutha en s'agrippant à la lisse. Elle annonce que mon lointain cousin Guy, le duc du Bas-Tyra, est actuellement à Krondor.

6

Krondor

Il y avait foule dans l'auberge.

Amos ouvrit un chemin dans la salle pour Arutha et Martin jusqu'à une table vide près de la cheminée. Des bribes de conversation parvinrent aux oreilles du prince alors qu'ils s'asseyaient. En y regardant de plus près, l'ambiance dans la pièce était plus tendue qu'on aurait pu le croire au premier abord.

Arutha réfléchissait à toute vitesse. Ses plans pour demander de l'aide à Erland avaient été balayés quelques minutes après l'accostage au port. Il était clair en observant la cité que Guy du Bas-Tyra n'était pas simplement à Krondor en tant qu'invité, mais qu'il en était devenu le maître absolu. Les hommes de la garde de Krondor étaient sous les ordres d'officiers qui portaient le noir et or de Bas-Tyra et la bannière de Guy flottait sur toutes les tours de la cité.

Quand une serveuse mal attifée arriva, Amos commanda trois bocks de bière. Les hommes attendirent en silence qu'on les leur apporte.

— Maintenant, il va falloir faire gaffe à tout ce qu'on fait, déclara le capitaine quand la serveuse fut repartie.

Le visage d'Arutha restait impassible.

— Il faudra combien de temps avant que nous puissions repartir ?

— Plusieurs semaines. Au moins trois. Il va falloir faire réparer la coque et remettre la carlingue en place. Ça dépendra des charpentiers. L'hiver est mauvais : les marchands qui ne naviguent que par beau temps mettent leurs vaisseaux en cale sèche et les font préparer pour le printemps. Je commence à me renseigner dès demain.

— Ça risque d'être trop long. Si nécessaire, nous en achèterons un autre.

Amos haussa un sourcil.

— Vous avez assez d'argent pour ça ?

— Dans mon coffre sur le navire. Les Tsurani ne sont pas les seuls à se servir de la guerre pour faire leurs manœuvres politiques, ajouta le prince avec un sourire. Pour beaucoup de nobles de Krondor et de l'Est, la guerre est une chose lointaine, difficile à imaginer. Elle dure depuis bientôt neuf ans et tout ce qu'ils voient, c'est leurs dépenses.

» Nos loyaux marchands ne donnent pas des marchandises et des navires pour les beaux yeux de notre roi Rodric. Cet or était une réserve qui devait nous permettre de couvrir le coût du rapatriement des soldats de Krondor à Crydee, pour les dépenses officielles comme pour les pots-de-vin.

— Bien, fit Amos. Même comme ça, ça pourrait bien nous prendre une ou deux semaines. Acheter un bateau, ça ne se fait pas en entrant dans une boutique et en dépensant quelques pièces d'or, en tout cas pas si on ne veut pas se faire remarquer. En plus, la plupart des vaisseaux à vendre ne valent rien. Ça prendra du temps.

— Sans oublier les passes des Ténèbres, rappela Martin.

— Effectivement, acquiesça Amos, mais nous pourrions suivre tranquillement la côte jusqu'à Sarth et attendre le bon moment pour les traverser.

— Non, répliqua Arutha. Sarth appartient à la principauté. Si Guy contrôle Krondor, il aura des agents et des soldats là-bas. Nous ne serons pas en sécurité tant que nous ne serons pas sortis de la Triste Mer. Nous risquons moins d'attirer l'attention à Krondor qu'à Sarth : les étrangers sont monnaie courante, ici.

Amos regarda longuement Arutha.

— Je ne prétends pas vous connaître aussi bien que d'autres, mais je ne pense pas que ce soit pour votre peau que vous êtes si inquiet.

Le prince jeta un coup d'œil dans la pièce.

— Nous ferions mieux de trouver un lieu plus tranquille où parler.

Amos poussa une sorte de soupir geignard et se leva péniblement.

— *Le Repos du Marin* n'est pas l'endroit que je préfère, mais il conviendra.

Il se fraya un chemin vers le comptoir et parla un moment avec le tenancier, un homme plutôt épais. Ce dernier lui montra l'escalier et Amos acquiesça. Il fit signe à ses compagnons de le rejoindre et leur ouvrit un chemin dans la foule qui encombrait la pièce commune. Puis ils montèrent les marches et allèrent à la dernière porte au fond d'un long couloir. Il la poussa et leur fit signe d'entrer.

La pièce manquait singulièrement de tout ce qui aurait pu la rendre un tant soit peu confortable. Quatre paillasses étaient étendues par terre tandis qu'un grand coffre dans un coin servait de placard pour tout le monde. Une lampe toute simple, juste une mèche flottant sur un bol d'huile, était placée sur une table rustique. Elle brûla en dégageant une odeur âcre quand l'Archer l'alluma.

Amos ferma la porte.

— Je vois ce que tu voulais dire en parlant de tes préférences, commenta Arutha.

— J'ai déjà dormi dans bien pire que ça, répondit le capitaine en s'asseyant sur l'une des paillasses. Si nous voulons rester en liberté, il va nous falloir nous établir des identités vraisemblables. À partir de maintenant, vous vous appellerez Arthur. C'est assez proche de votre nom pour qu'on puisse aisément s'expliquer si quelqu'un crie votre vrai nom et que vous vous tourniez ou que vous répondiez. Et puis, c'est facile à se rappeler.

Arutha et Martin s'assirent tandis qu'Amos continuait :

— Arthur – faites-vous à ce nom – vous ne savez pas grand-chose des villes portuaires mais vous en savez au moins deux fois plus que Martin. Vous ferez un excellent rejeton d'une famille de petite noblesse venu d'un coin reculé. Martin, tu seras un chasseur des collines du Natal.

— Je parle assez bien leur langue.

Arutha esquissa un demi-sourire.

— Avec une cape grise, il fera un excellent ranger. Je ne parle pas la langue du Natal ni celle de Kesh, donc il vaut mieux que je joue le rôle du fils d'un petit noble de l'Est, venu pour le plaisir. Il n'y a pas grand monde à Krondor qui connaisse ne serait-ce que la moitié des barons de l'Est.

— Tant qu'il n'est pas trop proche de Bas-Tyra. Avec tous ces tabards noirs qui traînent dans les environs, nous aurions l'air malin si nous tombions sur un de vos cousins supposés parmi les officiers de Guy.

Arutha s'assombrit.

— Tu avais raison au sujet de ce qui m'inquiétait, Amos. Je ne quitterai pas Krondor tant que nous n'aurons pas découvert exactement ce que Guy fait ici et ce que ça signifie pour la suite de la guerre.

— Même si je nous trouvais un vaisseau demain, ce qui est peu probable, vous devriez avoir largement le temps de fouiner un peu partout, approuva le capitaine. Vous en découvrirez probablement plus que vous ne le voudrez. Cette ville est une vraie passoire pour les secrets. Ça doit jaser partout dans le marché et toutes les petites gens de la cité doivent en savoir assez pour qu'on ait une idée de ce qui est arrivé. Rappelez-vous simplement de garder la bouche close et les oreilles grandes ouvertes. Les informateurs, ça vous vend ce que vous voulez savoir et puis après ça va voir les gardes pour les prévenir que vous leur avez posé des questions, le tout si vite que c'est à vous en faire tourner la tête. (Amos s'étira.) Il est encore tôt, mais je crois que nous devrions prendre un repas chaud et aller au lit. Nous allons avoir pas mal de boulot demain.

Sur ces mots, il se leva et ouvrit la porte. Les trois hommes retournèrent dans la salle commune.

Arutha mâchonnait un pain fourré à la viande presque froid. Il baissa la tête et se força à reprendre une bouchée de son en-cas huileux. Il n'osait imaginer ce que contenait la croûte spongieuse en plus du bœuf et du porc qu'avait promis le marchand.

Jetant un regard en coin sur la place en effervescence, le jeune homme observa les portes du palais du prince Erland. Il finit son pain et se dirigea rapidement vers une échoppe de bière pour demander un grand bock, histoire de faire passer l'arrière-goût. Cela faisait une heure qu'il passait, sans but apparent, d'étal en étal, achetant ceci ou cela, en se faisant passer pour un fils de petite noblesse. Durant cette heure-là, il avait appris beaucoup de choses. Il vit Martin et Amos arriver sur la place presque une heure avant le moment prévu. Tous deux avaient l'air sombre et regardaient nerveusement autour d'eux. Sans un mot, Amos fit signe à Arutha de les suivre quand ils passèrent à côté de lui. Ils se frayèrent un chemin dans la foule du marché et s'éloignèrent rapidement de la grand-place. Ils finirent par arriver dans des ruelles moins avenantes, quoique tout aussi actives que la place du marché et continuèrent leur chemin jusqu'à ce que Amos leur fasse signe d'entrer dans un bâtiment particulier.

Passé la porte, l'atmosphère était chaude et humide. Arutha fut accueilli par un serviteur.

— Des bains ? s'étonna le prince.

— Vous avez besoin de vous laver de la poussière du voyage, Arthur, répliqua Amos sans un sourire. (Il se tourna vers le serviteur.) Un bain de vapeur pour nous tous.

L'homme les conduisit à un vestiaire et leur tendit à chacun une serviette rêche ainsi qu'un sac de toile pour leurs affaires. Ils se dévêtirent, s'enroulèrent dans leur serviette et emportèrent leurs vêtements et leurs armes dans le bain de vapeur.

La grande pièce était intégralement carrelée, mais on voyait quelques plaques verdâtres par endroits sur les murs et le sol. L'air était fétide et sentait le renfermé. Un petit garçon à moitié nu était accroupi au centre de la pièce, devant le lit de pierres qui alimentait la pièce en vapeur. De temps en temps, il glissait du bois dans un grand brasier qui brûlait dessous puis faisait couler de l'eau sur les pierres, provoquant d'énormes nuages de vapeur.

— Pourquoi des bains ? demanda Arutha quand ils s'assirent sur un banc, dans le coin le plus éloigné de la pièce.

— Notre auberge a des murs vraiment très fins, murmura Amos. On passe beaucoup d'accords dans des endroits comme celui-ci, alors trois hommes qui parlent tout bas dans un coin, ça ne risque pas d'attirer l'attention. Hé, gamin, va nous chercher un peu de vin bien frais, cria-t-il à l'adresse du garçon.

Il lui lança une pièce d'argent. Le gamin l'attrapa

au vol, mais ne partit pas. Amos lui en lança une autre et le gamin décampa.

— Le prix du vin frais a doublé depuis la dernière fois que je suis venu ici, soupira le capitaine. Il est parti pour un moment, mais pas pour très longtemps.

— Alors, qu'avez-vous découvert ? demanda Arutha, qui ne cherchait pas à cacher sa mauvaise humeur.

La serviette le grattait, la pièce puait et il doutait de ressortir de cet endroit plus propre qu'il ne serait ressorti de la place du marché.

— Martin et moi avons des nouvelles inquiétantes.

— Moi aussi. Je sais déjà que Guy est vice-roi de Krondor. Que savez-vous d'autre ?

— J'ai surpris une conversation qui m'a fait penser que Guy garde Erland et sa famille enfermés au palais, lui apprit Martin.

Arutha plissa les yeux.

— Même Guy n'oserait pas toucher au prince de Krondor, s'écria-t-il à voix basse, d'un ton furieux.

— Il le ferait si le roi lui en donnait la permission, rétorqua l'Archer. Je ne sais pas exactement ce qui s'est passé entre le roi et le prince, mais il est clair que Guy détient le pouvoir à Krondor et qu'il agit sur les ordres du roi, sinon avec sa bénédiction. Vous m'aviez parlé de l'avertissement de Caldric la dernière fois que vous étiez allé à Rillanon. Peut-être que la maladie du roi a empiré.

— La folie, pour dire les choses clairement, répondit sèchement Arutha.

— Pour ajouter aux problèmes de Krondor, intervint Amos, il semble que nous soyons en guerre contre Kesh la Grande.

— Quoi ! s'exclama Arutha.

— Une rumeur, rien de plus, expliqua Amos tout bas, d'un ton rapide. Avant de rejoindre Martin, j'étais en train de fouiner près d'un bordel local, pas loin de la garnison. J'ai entendu quelques soldats qui prenaient un peu de bon temps dire qu'ils allaient partir en campagne dès l'aube. Quand l'objet des attentions temporaires du soldat lui a demandé quand elle le reverrait, il a dit : « Le temps d'aller au val et d'en revenir, si la chance est avec nous » et il a invoqué le nom de Ruthia, pour que la dame de la Chance ne prenne pas mal les doutes qu'il venait d'exprimer sur sa juridiction.

— Le val ? répéta Arutha. Il doit sans doute s'agir du val des Rêves. Kesh doit avoir attaqué Shamata avec un corps expéditionnaire. Guy n'est pas un imbécile. Il sait que la seule chose à faire, c'est de répondre au plus vite en attaquant depuis Krondor pour montrer à l'impératrice de Kesh la Grande que nous sommes encore capables de défendre nos frontières. Dès que leur armée aura été renvoyée au sud du val, les deux parties lanceront une nouvelle série de négociations pour déterminer à qui il appartient. Cela veut dire que même si Guy voulait aider Crydee, ce dont je doute, il ne le pourrait pas. Il n'aura pas le temps de s'occuper de Kesh, d'en revenir et d'arriver à Crydee au printemps, ni même au début de l'été. (Arutha jura.) Voilà de bien mauvaises nouvelles, Amos.

— J'en ai d'autres. Tôt ce matin je suis allé voir le navire, juste pour vérifier que Vasco avait les choses bien en main et que les hommes ne s'impatientaient pas trop de devoir rester à bord. Notre bateau est surveillé.

— Tu en es sûr ?

— Certain. Il y a deux gamins pas très loin qui font semblant de ravauder des filets, mais ils ne travaillent pas vraiment. Ils m'ont regardé faire l'aller-retour.

— À ton avis, de qui s'agit-il ?

— Je n'en ai aucune idée. Des hommes de Guy, des fidèles d'Erland, des agents de Kesh la Grande, des contrebandiers, ou même des Moqueurs.

— Des Moqueurs ? répéta Martin.

— La guilde des voleurs, lui apprit Arutha. Il ne se passe pas grand-chose à Krondor sans que leur chef, le Juste, l'apprenne.

— Ce type bizarre dirige les Moqueurs avec plus de poigne qu'un capitaine de navire, approuva Amos. Il y a des endroits de la ville où même le prince n'a aucune influence, mais il n'y a aucun endroit de Krondor que le Juste ne puisse atteindre. S'il s'intéresse à nous, quelles que soient ses raisons, nous avons beaucoup à craindre.

La conversation fut interrompue par le retour du gamin de service. Il posa un pichet en étain plein de vin bien frais et trois coupes.

— Va au plus proche marchand d'encens, mon garçon, lui demanda Amos. Cet endroit pue. Achète-nous quelque chose de doux à mettre dans le feu.

Le garçon les regarda d'un air un peu fatigué, puis haussa les épaules quand Amos lui lança une autre pièce. Ce dernier reprit la parole lorsqu'il fut sorti :

— Il sera bientôt de retour et je ne trouve pas d'autre bonne raison de l'envoyer ailleurs. De toute manière, cet endroit va bientôt être plein de marchands venus prendre leur bain de vapeur de l'après-midi. Quand le gamin reviendra, prenez un peu de vin, essayez de vous détendre et ne partez pas trop tôt. Malgré toutes ces catastrophes, nous avons encore une petite lueur d'espoir.

— J'aimerais bien savoir laquelle, protesta Arutha.

— Guy va bientôt quitter la ville.

Le prince fronça les sourcils.

— Mais ses hommes seront encore là. Malgré tout, c'est déjà ça. Peu de gens à Krondor sauraient me reconnaître, ça fait presque neuf ans que je suis venu ici pour la dernière fois et la plupart de ceux qui m'ont vu ont probablement disparu avec le prince. Et puis j'avais pensé à un plan. Une fois que Guy sera sorti de Krondor, ça me donne encore plus de chances de réussir.

— Quel plan ? demanda Amos.

— Je vous l'expliquerai quand nous aurons plus de temps. Où pouvons-nous nous rencontrer dans un endroit sûr ?

Amos réfléchit.

— Les bordels, les fumeries et les salles de jeu sont aussi dangereux que les auberges. Soit ce sont les Moqueurs qui les contrôlent et dans ce cas-là ils vérifient tout le monde, soit il y a d'autres personnes qui y traînent pour y chercher des informations monnayables. Si quelqu'un vous entend dire un truc de travers, les Moqueurs ou la garde peuvent vous tomber dessus en quelques minutes. (Il se tut un moment, puis sourit.) Je sais ! Quand la garde sonnera la cloche, deux heures après le coucher du soleil, retrouvons-nous à l'est de la place du Temple.

Le garçon revint et jeta un petit paquet d'encens sur le feu, coupant court à la conversation. Arutha se renversa en arrière et but un peu de vin frais, qui se réchauffait rapidement dans la moiteur du bain de vapeur. Il ferma les yeux mais réfléchit à la situation au lieu de se détendre. Au bout d'un moment, il commença à se dire que son plan marcherait peut-être s'il arrivait à joindre Dulanic. Perdant patience, il se leva le premier, se rinça, s'habilla et partit.

Arutha attendait Martin et Amos, qui devaient arriver sur la place du Temple en venant par des côtés différents de la cité. Les temples des dieux supérieurs et inférieurs se dressaient de toutes parts. Certains étaient presque déserts et d'autres complètement engorgés de pèlerins et de dévots qui entraient et sortaient constamment.

— Comment ça s'est passé, cet après-midi ? demanda Amos en arrivant près du prince.

— Je suis resté dans une taverne et j'ai fait attention à bien me tenir, répondit tout bas ce dernier. J'ai entendu quelques conversations au sujet d'Erland, mais quand j'ai essayé de m'approcher, celui qui parlait est parti. Sinon, j'ai réfléchi au plan dont je vous ai parlé.

Martin regarda autour de lui.

— Tu as choisi un endroit de mauvais augure, Amos. De ce côté-ci de la place résident tous les dieux et les déesses des ténèbres et du chaos.

Le capitaine haussa les épaules.

— Ce qui implique qu'il y a peu de gens dans le coin après la tombée de la nuit, et qu'on voit arriver de loin tous ceux qui approchent. (Il se tourna vers Arutha.) Qu'est-ce que c'est que ce plan ?

Calmement et rapidement, le jeune homme exposa son idée :

— J'ai remarqué deux choses ce matin : les gardes personnels d'Erland patrouillent encore les terres du palais, ce qui signifie que le pouvoir de Guy a ses limites. Ensuite, plusieurs courtisans du prince ont l'air de pouvoir aller et venir assez librement, donc une bonne part des affaires quotidiennes de l'Ouest doivent continuer normalement.

Amos se gratta le menton en réfléchissant.

— Ça semblerait logique. Guy a fait venir son armée avec lui, mais pas ses administrateurs. Ils doivent encore diriger Bas-Tyra.

— Ce qui veut dire que messire Dulanic et d'autres qui ne seraient pas encore complètement dévoués à Guy devraient être en mesure de nous aider. Si Dulanic accepte, je peux encore réussir ma mission.

— Comment cela ? s'enquit Amos.

— En tant que général d'Erland, Dulanic contrôle les garnisons vassales de Krondor. Sur sa simple signature, il pourrait lever les garnisons de val Durrony et de la Croix de Malac. S'il leur donne l'ordre de marcher vers Sarth, elles pourraient y rejoindre la garnison qui s'y trouve et prendre la mer pour Crydee. Ce serait une marche difficile, mais nous pourrions quand même les avoir à Crydee au printemps.

— Et votre père n'en pâtirait pas, approuva Amos.

Ah oui, j'allais vous le dire : on dit que Guy a envoyé des soldats de la garnison de Krondor à votre père.

— C'est étrange. J'ai du mal à imaginer Guy volant au secours de mon père.

Amos secoua la tête.

— Ce n'est pas si étrange. Votre père croira sans doute que Guy a été envoyé par le roi pour épauler Erland, car j'imagine que les rumeurs selon lesquelles le prince serait prisonnier de son palais ne sont pas encore très répandues. C'est aussi un bon prétexte pour débarrasser la ville des officiers et des hommes les plus loyaux envers Erland. Enfin, ce n'est pas un mince service qu'il rend là à votre père. D'après ce que je sais, quatre mille hommes sont partis ou s'apprêtent à partir vers le nord. Cela pourrait suffire à contenir les Tsurani s'ils attaquent le duc.

— Mais s'ils s'attaquaient à Crydee ? s'inquiéta Martin.

— C'est pour ça que nous devons chercher de l'aide. Nous devons entrer dans le palais et trouver Dulanic.

— Comment ? s'enquit Amos.

— J'espérais que vous auriez une suggestion.

Le capitaine baissa la tête avant de demander :

— Y a-t-il une personne dans le palais en qui vous puissiez avoir parfaitement confiance ?

— Avant, je vous en aurais donné une dizaine, mais cette affaire me fait douter de tout le monde. Je ne sais pas qui sont les partisans du vice-roi et qui sont ceux du prince.

— Alors il va falloir trouver quelqu'un. Et aussi garder l'œil sur d'éventuels navires. Quand nous aurons engagé quelques équipages, nous les ferons sortir de Krondor à raison d'un ou deux à la fois. Il va nous en falloir au moins une douzaine pour convoyer les effectifs de trois garnisons. À condition que vous réussissiez à obtenir le soutien de Dulanic, ce qui nous ramène à ma première question : comment pénétrer dans le palais. (Amos jura tout bas.) Êtes-vous sûr de ne pas vouloir abandonner cette affaire, tout simplement, et devenir corsaire ? (Arutha lui fit clairement sentir que cette plaisanterie ne l'amusait pas.) Je me disais bien que non.

— Tu sembles bien connaître les milieux louches de la ville, Amos, répliqua le prince. Sers-t'en pour trouver un moyen de nous introduire dans le palais, même s'il faut passer par les égouts. Je vais essayer de rencontrer un des fidèles d'Erland sur la grand-place. Quant à toi, Martin, il faut que tu restes aux aguets et que tu continues à tendre l'oreille.

Amos poussa un long soupir résigné.

— Entrer dans le palais, c'est risqué, mais j'imagine que c'est pas la peine de vous dire que nos chances sont faibles. (Il désigna du doigt un temple à côté d'eux.) Je pourrais aussi bien débarquer dans le temple de Ruthia et demander à la dame de la Chance de nous sourire.

Arutha tira une pièce d'or de sa bourse et la lui remit.

— Va faire une prière à la Dame pour moi aussi. Je vous retrouve plus tard à la taverne.

Le prince s'éloigna lentement dans la pénombre. Amos fit un signe de tête vers le temple de la déesse de la Chance.

— Une petite offrande propitiatoire, Martin ?

L'appel aux armes sonna, rompant le silence nocturne. Arutha fut le premier à la fenêtre. Il écarta prestement les volets et regarda au-dehors. Comme la ville était encore endormie, peu de lueurs venaient masquer la grande clarté à l'est. Amos vint se mettre à côté d'Arutha, suivi de Martin, lequel murmura :

— Des feux de camp, des centaines de feux de camp. (Le maître chasseur regarda le ciel dégagé et ajouta, d'après la position des étoiles.) Il reste deux heures avant l'aube.

— Guy se prépare à mettre son armée en marche, déclara tranquillement Arutha.

Amos se pencha dangereusement à la fenêtre. En tordant le cou, il pouvait apercevoir le port. Au loin, des hommes criaient dans les bateaux.

— Semblerait qu'ils se préparent à appareiller aussi.

Arutha se pencha en posant ses deux mains sur la table à côté de la fenêtre.

— Guy va envoyer ses fantassins par bateau le long de la côte, dans la mer des Rêves, jusqu'à Shamata, de façon à ce qu'ils puissent aider à la défense de la ville dès leur arrivée. Sa cavalerie va partir vers le sud, ce qui évitera de rendre les chevaux malades puisqu'ils voyageront par voie de terre et non de mer. Et les deux détachements n'auront que quelques jours d'écart.

Comme pour confirmer ses dires, les bruits de centaines d'hommes se mettant en marche montèrent de l'est. Quelques minutes plus tard, la première compagnie de fantassins du Bas-Tyra arriva en vue. Arutha et ses compagnons les regardèrent passer en face du portail ouvert qui donnait sur la cour intérieure de l'auberge. Les lanternes donnaient aux soldats une apparence étrange, comme des êtres venus d'un autre monde, alors qu'ils s'avançaient en colonne le long de la rue. Ils marchaient au pas cadencé, les bannières à l'aigle d'or claquant au-dessus de leur tête.

— Ce sont des troupes bien entraînées, fit remarquer Martin.

— Guy a de nombreux défauts, acquiesça Arutha, mais il est une chose qu'on ne peut lui reprocher : c'est le meilleur général du royaume. Même père est obligé de l'admettre, bien qu'il ne lui concède rien d'autre. Si j'étais le roi, j'enverrais les armées de l'Est combattre les Tsurani sous son commandement. Par trois fois, Guy a combattu Kesh et, par trois fois, il les a écrasés. Si les Keshians ne savent pas qu'il est à l'ouest, la simple vue de ses bannières sur le champ de bataille pourrait bien les mener directement à la table des négociations, tellement ils le craignent et le respectent. (La voix du prince se fit songeuse.) Une histoire court sur lui. Quand Guy est devenu duc du Bas-Tyra, il a subi une humiliation personnelle – père ne m'a jamais dit laquelle – et il a décidé de ne porter que du noir à cause de cela, ce qui lui a valu le surnom de Guy le Noir. Ce genre de chose vous pose un peu là. Quoi que l'on puisse dire d'autre sur Guy du Bas-Tyra, personne ne pourrait le traiter de lâche.

Arutha et ses compagnons regardèrent en silence les troupes qui continuaient à passer sous leur fenêtre.

Puis, alors que le soleil se levait à l'est, les derniers soldats disparurent dans les rues du port.

Le matin suivant le départ de l'armée de Guy, on annonça la fermeture de la cité. Les portes restèrent closes aux voyageurs et le port fut mis sous blocus. Arutha considéra la chose comme normale. Il fallait à tout prix éviter que des agents keshians ne quittent la ville à bord d'un sloop ou d'un coursier pour prévenir l'empire du départ de Guy. Amos profita d'une visite au *Vent de l'Aube* pour se renseigner sur le blocus. Il découvrit que celui-ci était assez léger, car Guy avait ordonné que l'on envoie la majeure partie des navires le long de la côte en embuscade, au cas où une flottille keshiane apprendrait que la ville n'avait plus de garnison. Les gardes portaient maintenant la livrée de Guy, car les derniers soldats de Krondor étaient partis pour le nord. La rumeur disait que Guy enverrait aussi la garnison de Shamata au front lorsqu'il aurait réglé les combats contre Kesh, laissant toutes les garnisons de la principauté aux mains de soldats loyaux à Bas-Tyra.

Arutha passait le plus clair de son temps dans les tavernes, les lieux d'échange et les marchés ouverts qui avaient le plus de chances d'être fréquentés par des gens du palais. Amos traînait du côté des docks ou dans les coins les plus mal famés de la ville, tout particulièrement dans le quartier pauvre, de triste réputation. L'ancien pirate commença à se renseigner discrètement sur la possibilité de trouver un navire. Martin, lui, tira profit de son air de simple homme des bois pour musarder dans tous les endroits qui lui semblaient prometteurs.

Ils passèrent ainsi presque une semaine entière, sans rien apprendre de nouveau. Puis, à la fin du sixième jour qui suivit le départ de Guy, Martin interpella Arutha en plein milieu d'une place fourmillante d'activité.

— Arthur ! cria le chasseur en courant vers Arutha. Venez vite.

Il repartit vers le front de mer et *Le Repos du Marin*.

À l'auberge, Amos se trouvait déjà dans la chambre et se reposait avant de passer la nuit dans le quartier pauvre.

— Je crois qu'ils savent qu'Arutha est à Krondor, expliqua Martin quand la porte fut close.

Amos se leva d'un bond tandis que le prince demandait :

— Quoi ? Comment… ?

— Je suis allé inspecter une taverne près des casernes, juste avant le repas de midi. Comme l'armée n'est plus en ville, il n'y avait pas grand monde. Un homme est entré, juste au moment où je m'apprêtais à sortir. Un scribe de l'intendance militaire, qui brûlait de trouver quelqu'un à qui raconter son histoire. Alors, avec un peu de vin, je lui ai fourni son public en jouant le simple trappeur impressionné par son importance.

» Cet homme-là m'a appris trois choses. Messire Dulanic a disparu de Krondor, la nuit où Guy a quitté la cité. On dit qu'il se serait rendu dans le nord, mais le scribe n'en était pas certain. La deuxième chose, c'est que messire Barry est mort.

Arutha sembla atterré.

— L'amiral du prince est mort ?

— L'homme m'a dit que Barry était mort dans des circonstances mystérieuses, bien qu'il n'y ait pas d'annonce officielle en prévision. Un seigneur de l'Est, un certain Jessup, a reçu le commandement de la flotte de Krondor.

— Jessup est l'une des âmes damnées de Guy, expliqua Arutha. Il dirigeait les escadres du Bas-Tyra dans la flotte royale.

— Et enfin, l'homme m'a fait tout un plat à propos d'un secret qu'il connaissait, comme quoi on recherchait quelqu'un qu'il m'a juste désigné comme « le royal parent du vice-roi ».

Amos jura.

— J'ignore comment ils ont fait, mais ils vous ont repéré. Erland et sa famille sont virtuellement captifs du palais et il est peu probable qu'il y ait un autre parent royal de Guy qui soit venu se balader à Krondor ces derniers jours, à moins que vous n'en ayez d'autres dans la région dont vous ne nous auriez pas parlé.

Arutha ignora la pauvre tentative d'humour d'Amos. Les nouvelles de l'Archer venaient balayer tous ses plans pour Crydee. Krondor était sous le contrôle de gens loyaux envers Guy ou qui n'attachaient pas d'importance à la personne qui gouvernait sous mandat royal. Il n'avait plus personne en ville vers qui se tourner pour obtenir de l'aide ; son incapacité à trouver des troupes pour Crydee lui laissait un goût amer dans la bouche.

— Nous n'avons donc plus qu'à rentrer aussi vite que possible à Crydee, dit-il calmement.

— Ça risque de ne pas être facile, rétorqua Amos. Y a pas mal de trucs bizarres qui se passent en ce moment. J'ai essayé de contacter des gens qui acceptent habituellement de faire quelques trucs malhonnêtes, mais j'ai eu beau aller un peu partout – discrètement, rassurez-vous – je me suis heurté à un mur de silence. Si je ne savais pas à quoi m'en tenir, je dirais que le Juste a fermé boutique et que tous les Moqueurs sont maintenant engagés dans l'armée de Guy. Je n'ai jamais vu autant d'aubergistes sourds, de putains qui ne savent rien, de mendiants sans la moindre information et de joueurs qui ont perdu leur langue. Pas besoin d'être un génie pour voir qu'on s'est passé le mot. Personne ne doit parler aux étrangers, quelle que soit la transaction proposée. Donc, on ne peut espérer aucune aide pour sortir de la cité. Si les agents de Guy savent que vous êtes à Krondor, ils ne lèveront pas le blocus et n'ouvriront pas les portes avant de vous avoir retrouvé, malgré les protestations des marchands.

— Nous nous sommes jetés dans la gueule du loup, acquiesça Martin.

— Mais si les hommes de Guy ne sont pas absolument sûrs que je suis à Krondor, ils pourraient se fatiguer et cesser les recherches.

— Effectivement, convint Amos. Au bout d'un moment, il se pourrait que les Moqueurs s'ouvrent aussi. S'ils acceptent de nous aider – ce qui nous coûtera cher, je peux vous l'assurer – ils pourront nous fournir une sacrée aide pour quitter Krondor.

Arutha ferma le poing et frappa sa paillasse.

— Maudit Bas-Tyra. Je le tuerais bien maintenant. Non seulement il met l'Ouest en péril, mais avec ça, il risque de déchirer les deux royaumes en faisant passer la principauté sous sa bannière. Si quelque chose arrive à Erland et à sa famille, la guerre civile pourrait bien éclater.

Amos secoua lentement la tête.

— Une sacrée putain de mission et c'est pas votre faute, Arutha. (Il soupira.) Bon, en tout cas, il ne faut pas paniquer. Notre ami Martin a peut-être mal compris la dernière remarque du scribe ou alors l'homme s'est juste écouté parler. Il va falloir être prudent, mais on ne peut pas filer comme ça. Si vous disparaissiez d'un coup, quelqu'un pourrait le remarquer. Il vaut mieux que vous restiez près de l'auberge, mais continuez à faire comme si de rien n'était pendant quelque temps. Je vais continuer à essayer de contacter quelqu'un qui pourrait nous aider à sortir de la ville – des contrebandiers, si je n'arrive pas à trouver des Moqueurs.

Arutha se redressa sur sa paillasse.

— Je n'ai pas faim, mais nous avons mangé ensemble dans la salle commune tous les soirs. J'imagine qu'il vaudrait mieux qu'on descende bientôt pour le dîner.

Amos lui fit signe de se rallonger.

— Restez encore un peu. Je vais foncer aux docks voir le navire. Si le scribe de Martin ne racontait pas n'importe quoi, ils vont certainement fouiller les vaisseaux à quai. Il vaut mieux que je prévienne Vasco et l'équipage d'être prêts à se jeter à l'eau si nécessaire. De plus, il faut trouver un endroit où mettre votre coffre. On va devoir encore attendre une bonne semaine avant de commencer les réparations, alors mieux vaut être prudent. J'ai déjà brisé des blocus. Mieux vaut ne pas le faire avec une coque aussi abîmée que celle du *Vent de l'Aube*, mais si on ne trouve pas d'autre navire… (À la porte, il se retourna vers Arutha et Martin.) C'est une putain de tempête, les gars, mais on a déjà vu pire.

Arutha et Martin étaient assis dans la salle commune quand Amos revint. Le capitaine tira une chaise et commanda de la bière et un repas.

— Tout est arrangé, annonça-t-il quand il fut servi. Votre coffre restera en sûreté tant que le navire est amarré.

— Où l'avez-vous caché ?

— Il est délicatement enveloppé d'une toile huilée et soigneusement attaché à l'ancre.

— Sous l'eau ? s'écria Arutha, médusé.

— Vous pouvez vous acheter d'autres vêtements et l'or et les pierres précieuses ne rouillent pas.

— Comment vont les hommes ? s'enquit Martin.

— Ils râlent parce qu'ils vont devoir rester à bord une semaine de plus, mais ce sont de bons gars.

La porte de l'auberge s'ouvrit et six hommes entrèrent. Cinq d'entre eux prirent des chaises à côté de la porte mais le sixième resta debout à surveiller la pièce.

— Vous voyez cette face de rat qui vient de s'asseoir ? siffla Amos. C'est l'un des types qui surveillaient les docks cette semaine. Visiblement, ils m'ont suivi.

L'homme qui était debout aperçut Amos et s'approcha de la table. Il avait l'air assez commun et plutôt sympathique, avec ses cheveux blond-roux en bataille et ses habits de marin plutôt simples. Il tenait un bonnet de laine à la main et leur souriait.

Amos lui fit un signe de tête.

— Si c'est vous le capitaine du *Vent de l'Aube*, j'aimerais causer avec vous, annonça l'individu.

Amos haussa un sourcil, mais ne répondit pas. Il montra la chaise libre et l'homme s'assit.

— Mon nom, c'est Radburn. Je cherche une couchette, capitaine.

Amos regarda autour de lui et vit que les compagnons de Radburn faisaient semblant de ne pas remarquer ce qui se passait à la table.

— Pourquoi mon navire ?

— J'en ai essayé d'autres. Ils sont tous pleins. Je me suis dit que je pourrais vous demander à vous.

— Tu as servi sous qui et pourquoi t'es parti ?

Radburn éclata d'un rire amical.

— Ben, j'ai navigué avec une compagnie de transport par barge, qui faisait du transit dans le port entre les navires et la côte. Je suis resté coincé là-dedans pendant un an.

Il se tut quand la serveuse approcha. Amos commanda une autre tournée de bière.

— Merci, capitaine, dit Radburn quand il fut servi. (Il prit une longue gorgée et s'essuya la bouche avec le dos de la main.) Avant que j'en arrive là, j'ai navigué avec le capitaine John Avery, sur le *Bantamina*.

— Je connais le Petit Coq et John Avery, mais je ne l'ai plus revu depuis mon dernier passage à Durbin, il y a six ou sept ans.

— Ben je me suis un peu saoulé et le capitaine m'a dit qu'il ne voulait pas d'ivrogne à bord de son navire. Je ne bois pas plus qu'un autre, capitaine, mais vous connaissez la réputation de maître Avery, qu'est un abstinent qui suit la voie de Sung la Pure.

Amos regarda Martin et Arutha, toujours sans un mot.

— Ce sont vos officiers, capitaine ? s'enquit Radburn.

— Non, des partenaires.

Quand il fut clair qu'Amos n'en dirait pas plus, Radburn laissa tomber le sujet des identités.

— Ça fait un peu plus d'une semaine qu'on est en ville et j'ai dû m'occuper de certaines affaires personnelles, reprit finalement Amos. Quelles sont les nouvelles ?

Radburn haussa les épaules.

— La guerre continue. C'est bon pour les marchands, mauvais pour les autres. Et voilà maintenant qu'on a ce problème avec Kesh. Avant, c'était sur la Côte sauvage mais maintenant... Krondor pourrait bien ne pas être très sûre si le vice-roi ne renvoie pas les chiens de Kesh chez eux. Sinon, il y a les rumeurs habituelles... (Il jeta un coup d'œil autour de lui, comme s'il voulait s'assurer que personne ne l'écoutait.) Et puis il y en a d'autres moins habituelles.

Amos leva son verre à ses lèvres sans rien dire.

— Depuis que le vice-roi est arrivé, poursuivit calmement Radburn, les choses ne sont plus les mêmes à Krondor. Les honnêtes gens ne sont plus en sûreté dans les rues avec tous ces esclavagistes de Durbin et les enrôleurs qui sont presque aussi mauvais. C'est pour ça que j'ai besoin d'un navire, capitaine.

— Des enrôleurs ! explosa Amos. Ça fait trente ans

qu'il n'y a pas eu d'enrôleurs dans une ville du royaume.

— Avant ça, y en avait eu, mais maintenant, les choses ont encore changé. Vous vous bourrez un peu trop, vous trouvez pas de couchette pour la nuit, les enrôleurs arrivent et ils vous collent au cachot. C'est pas juste, non, monsieur. On n'a pas le droit de coller un type sur un navire de messire Jessup pour sept ans juste parce qu'il est entre deux engagements. Sept ans de chasse aux pirates et de guerre contre les galères de Queg !

Amos plissa les yeux.

— Comment ça se fait que Guy dirige Krondor ? On a entendu des histoires, mais c'était plutôt confus.

— Vous avez bien raison, capitaine, acquiesça Radburn. C'est que tout ça, c'est pas clair. Il y a un mois, le duc Guy arrive avec toute son armée, ses drapeaux qui claquent au vent, les tambours et tout le reste. Le prince, qu'on dit, lui fait bon accueil et le traite en ami, même si Bas-Tyra amène avec lui un mandat du roi qui fait de lui le nouveau vice-roi. Le prince l'aide même, qu'on dit, jusqu'à ce qu'il entende parler de ces affaires avec les enrôleurs et tout. (Radburn baissa la voix.) J'ai entendu dire que quand il s'est plaint, Guy l'a fait enfermer dans ses appartements. Des beaux trucs, sans doute, mais on a beau avoir des barreaux en or, une prison c't'une prison. Enfin, c'est ce qu'on m'a dit.

Arutha fut si outragé par cette histoire qu'il faillit parler. Amos lui serra le bras pour l'obliger à se taire.

— Bon, Radburn, on trouve toujours quelque chose pour un marin qui a été avec John Avery, finit-il par décider. Je vais te dire ce qu'on va faire. Je dois encore retourner au navire ce soir et j'ai quelques affaires personnelles dans ma chambre que je veux ramener à bord. Tu viens avec moi et tu me les portes.

Amos se leva. Sans laisser à l'homme le temps d'émettre une objection, il l'attrapa par le bras et le poussa vers l'escalier. Arutha jeta un regard aux hommes qui étaient entrés avec Radburn. Ils semblaient pour l'instant ne pas s'être rendu compte de ce qui se passait de l'autre côté de la pièce bondée alors qu'Amos tirait Radburn dans l'escalier, suivi du prince et de Martin.

Amos fit passer Radburn dans le couloir. Dès qu'ils eurent franchi la porte de leur chambre, il fit volte-face et lui envoya un violent direct dans l'estomac, le pliant en deux. D'un brutal coup de genou au visage, il assomma Radburn et le laissa glisser au sol.

— Qu'est-ce que c'est que cette histoire ? demanda Arutha.

— Cet homme est un menteur. La tête d'Avery est mise à prix à Kesh. Il a vendu les capitaines de Durbin à une flotte quegane il y a vingt ans. Pourtant, Radburn n'a pas même cillé quand je lui ai dit que j'avais vu Avery à Durbin il y a six ans. Et il parle trop librement du vice-roi. Son histoire pue comme un poisson mort depuis une semaine. On sortait avec lui et on se retrouvait deux pâtés de maisons plus tard avec une douzaine d'hommes sur le dos.

— Qu'est-ce qu'on va faire ? s'enquit le prince.

— On s'en va. Ses copains vont prendre l'escalier dans une minute.

Il montra la fenêtre. Martin se mit à côté de la porte

et Arutha déchira un rideau sale, puis ouvrit les volets de bois.

— Vous voyez pourquoi j'ai choisi cette chambre-là, maintenant, leur dit Amos.

À moins d'un mètre au-dessous du bord de la fenêtre se trouvait le toit de l'écurie.

Arutha sortit, suivi d'Amos et de Martin. Ils filèrent rapidement jusqu'au bord du toit en pente douce. Le prince sauta et se reçut en silence. Quelques instants plus tard, Martin le rejoignit. Amos atterrit plus lourdement, mais seule sa dignité en fut légèrement blessée.

Ils entendirent quelqu'un tousser puis jurer. Levant les yeux, ils virent un visage plein de sang apparaître à la fenêtre.

— Ils sont dans la cour ! s'écria Radburn.

Les trois fugitifs coururent vers la porte.

— J'aurais dû lui couper la gorge, jura Amos.

Lorsqu'ils arrivèrent dans la rue, le capitaine attrapa Arutha. Plusieurs hommes se précipitaient dans leur direction. Le prince et ses compagnons s'enfuirent de l'autre côté et s'engagèrent dans une rue transversale plongée dans la pénombre.

Ils coururent entre deux murs aveugles, puis traversèrent une rue animée en renversant plusieurs charrettes à bras et plongèrent dans une autre allée, sous les insultes des propriétaires des charrettes. Ils continuèrent, toujours poursuivis, empruntant un labyrinthe de ruelles au travers de la cité de Krondor complètement plongée dans le noir.

Puis ils débouchèrent au coin d'une longue ruelle étroite flanquée des deux côtés par de hauts bâtiments. Amos passa le premier et fit signe à Arutha et à Martin de l'attendre.

— Martin, cours au coin de la rue et jette un coup d'œil, ordonna-t-il à voix basse. Arutha, passez de l'autre côté. (Il montra un endroit où filtrait une vague lumière.) Je vais rester ici pour faire le guet. Si nous sommes séparés, courez au navire. Essayez de passer le blocus en catastrophe, c'est une manœuvre désespérée, mais si vous réussissez, dites à Vasco d'aller à Durbin. Avec votre or, vous pourrez acheter votre protection le temps de faire réparer le bateau et de retourner à Crydee. Maintenant, allez-y.

Arutha et Martin partirent en courant chacun de son côté, tandis qu'Amos restait en arrière. Brusquement, des cris retentirent dans la ruelle étroite. Arutha regarda derrière lui. À l'autre bout de la rue, il vit la silhouette de Martin qui luttait contre plusieurs hommes. Il commença à rebrousser chemin mais Amos cria :

— Continuez, je vais l'aider. Partez !

Le prince hésita, puis reprit sa course vers la lumière qui brillait au loin. Complètement essoufflé, il faillit déraper en s'arrêtant. Il se trouvait dans une avenue fréquentée et bien éclairée, encombrée par des charrettes décorées de lanternes et des crieurs qui vendaient leurs marchandises à des citoyens sortis après leur souper. Il faisait bon – il n'y aurait probablement pas de neige cet hiver – et beaucoup de gens étaient dehors. Au vu de l'état des bâtiments et des vêtements des passants, Arutha devina qu'il devait se trouver dans l'un des quartiers prospères de la cité.

Le prince s'engagea dans la rue et se força à marcher d'un pas tranquille. Il se retourna et fit semblant d'examiner des vêtements quand d'autres hommes sortirent de la rue qu'il venait de quitter. Il tira une cape rouge vif du tas de vêtements, se la passa sur les épaules et tira la capuche sur sa tête.

— Hé, vous, où est-ce que vous vous croyez ? demanda d'une voix grêle un vieil homme au visage plein de rides.

— Mais, mon bon, vous croyez que je vais acheter un vêtement sans l'essayer d'abord ? répondit Arutha sur un ton nasillard.

Soudain confronté à un acheteur, l'homme se fit onctueux.

— Oh, non, certainement monsieur. (Il regarda Arutha enveloppé dans sa cape mal taillée.) Elle a été taillée pour vous, monsieur, et la couleur vous va à merveille, si vous me permettez.

Arutha risqua un coup d'œil vers ses poursuivants. Radburn se tenait au coin de la rue, du sang sur le visage et le nez enflé, mais encore capable de diriger les recherches. Le prince rajusta la cape, une grande pièce de tissu encombrante qui traînait presque par terre.

— Vous croyez ? demanda-t-il d'un air exagérément ennuyé. Je ne voudrais pas risquer d'avoir l'air d'un vagabond à la cour.

— Oh, vous allez à la cour, monsieur ? Mais c'est exactement ce qu'il vous faut, croyez-moi. Vous êtes d'une rare élégance avec ça.

— C'est combien ?

Arutha vit les hommes de Radburn s'avancer dans la foule affairée, certains observant les tavernes et les boutiques en passant, d'autres poussant les gens pour avancer plus vite. D'autres hommes sortirent de la ruelle et Radburn leur donna quelques ordres rapides. Il laissa certains observer les passants, puis se retourna et ramena les autres dans la ruelle.

— C'est un excellent tissu de Ran, monsieur, assura le vendeur. Il a été importé à grands frais des côtes de la mer du Royaume. Je ne m'en séparerai pas pour moins de vingt souverains d'or.

Arutha pâlit, si choqué par ce prix exorbitant qu'il faillit s'oublier.

— Vingt !

Il baissa la voix quand un membre de la bande de Radburn passa à côté et lui jeta un regard.

— Mon bon monsieur, dit le prince en reprenant son rôle, je veux acheter une cape, pas assurer les rentes de vos petits-enfants. (L'homme de Radburn se retourna et disparut dans la foule.) Ce manteau est plutôt simple, après tout. Je pense que deux souverains devraient suffire largement.

Le marchand sembla piqué.

— Monsieur, vous cherchez à me ruiner. Je ne pourrai pas m'en séparer à moins de dix-huit souverains.

Ils marchandèrent encore une bonne dizaine de minutes avant qu'Arutha parte finalement avec sa cape, payée huit souverains et deux réaux d'argent. C'était deux fois le prix qu'il aurait dû l'acheter, mais ses poursuivants n'avaient pas fait attention à cet homme qui marchandait ferme avec un vendeur ambulant. Le fait de leur avoir échappé valait encore cent fois ce prix-là.

Arutha resta sur ses gardes au cas où quelqu'un chercherait à l'observer dans la rue. Malheureusement, il ne connaissait pas bien Krondor et sa fuite l'avait complètement désorienté. Il se cantonna dans la partie la plus active de la rue, restant le plus près possible des personnes qui se promenaient en groupe pour essayer de se fondre dans la foule.

Le prince aperçut un homme adossé à un mur et qui semblait désœuvré mais qui regardait clairement les passants. Arutha regarda autour de lui et aperçut une taverne de l'autre côté de la rue, avec pour enseigne une colombe d'un blanc éclatant. Il traversa rapidement la rue, se protégeant le visage pour que l'homme ne le voie pas et s'approcha de l'entrée de la taverne. Il arrivait à la porte lorsqu'une main agrippa sa cape. Arutha fit volte-face, l'épée déjà à moitié tirée. Un gamin d'environ treize ans se tenait là, avec une tunique rapiécée et un pantalon d'homme coupé aux genoux. Il avait des yeux et des cheveux sombres et un sourire fendait son visage crasseux.

— Pas par là, monsieur, dit-il sur un ton joyeux.

Le prince rengaina son épée et reprit son rôle.

— Passe ton chemin, gamin. Je n'ai pas de temps à perdre avec des mendiants et des entraîneurs, même hauts comme trois pommes.

Le sourire du gamin s'élargit.

— Si vous insistez, mais ils sont deux, là-dedans.

Arutha perdit son ton nasillard.

— De qui parles-tu ?

— Des types qui vous poursuivent depuis la rue.

Arutha regarda autour de lui. L'enfant semblait être seul. Il le regarda droit dans les yeux et lui demanda :

— Qu'est-ce que tu racontes ?

— Je vous ai vu faire. Vous courez vite, monsieur. Mais ils ont bouclé la zone et vous n'arriverez pas à vous en tirer tout seul.

Arutha se pencha en avant.

— Qui es-tu, gamin ?

— Moi, c'est Jimmy, répondit-il en rejetant ses cheveux sales en arrière. Je bosse par ici. Je peux vous tirer de là – moyennant finances, bien sûr.

— Et qu'est-ce qui te fait croire que je veux sortir d'ici ?

— Ne me prenez pas pour un imbécile, comme vous avez fait avec l'autre marchand, monsieur. Vous avez besoin d'échapper à quelqu'un qui pourrait fort bien me payer pour savoir où vous êtes. J'ai déjà eu maille à partir avec Radburn et ses gars, alors vous m'êtes plus sympathique que lui – tant que vous pouvez me payer plus pour votre liberté que lui me payerait pour votre capture.

— Tu connais Radburn ?

Jimmy sourit.

— Pas autant que je le prétends, mais ouais, on a déjà eu quelques échanges.

Arutha était impressionné par le calme de l'enfant, qui tranchait avec l'attitude des gamins de Crydee. Il se trouvait en présence d'un habitué des rues sombres de la cité.

— Combien ?

— Radburn me payera vingt-cinq pièces d'or pour vous avoir, cinquante s'il tient tout particulièrement à vous.

Arutha sortit sa bourse et la tendit au gamin.

— Voici cent souverains, mon garçon. Sors-moi de là, ramène-moi sur les docks et tu en auras le double.

Le gamin cilla un bref instant, sans perdre son sourire pour autant.

— Vous devez avoir offensé quelqu'un qui a une sacrée influence. Venez.

Il partit si vite qu'Arutha faillit le perdre dans la foule. Le garçon se déplaçait dans cette cohue avec l'aisance née d'une longue habitude alors que le prince avait du mal à ne pas bousculer tout le monde.

Jimmy le fit passer dans une allée à quelques pâtés de maisons de là. Quand ils s'y furent un peu enfoncés, le gamin s'arrêta.

— Vous feriez mieux de jeter cette cape. Le rouge n'est pas la couleur idéale pour se planquer. (Quand Arutha se fut débarrassé de la cape dans un tonneau vide, Jimmy ajouta :) On va bientôt arriver au port. Si quelqu'un nous tombe dessus, je ne pourrai rien pour vous. Mais pour ces cent souverains de plus, je vais essayer de vous surveiller pendant le trajet.

Ils se frayèrent un chemin de l'autre côté de la rue, probablement peu fréquentée au vu des objets jetés là : des cageots, des meubles cassés et des choses indéfinissables entassées contre les murs. Jimmy écarta une caisse, révélant un trou.

— Voilà qui devrait nous permettre de passer au travers des mailles du filet de Radburn, en tout cas je l'espère.

Arutha dut se mettre à quatre pattes pour suivre le gamin dans ce boyau. À l'odeur affreuse qui y régnait, il était clair que quelqu'un avait dû ramper dedans pour y mourir assez récemment. Comme s'il avait lu dans son esprit, Jimmy expliqua :

— On jette un chat mort dans ce tunnel une fois de temps en temps. Ça empêche les autres d'aller fourrer leur nez trop loin.

— « On » ? répéta Arutha.

Jimmy ignora la question et continua à avancer. Ils finirent par déboucher dans une autre allée encombrée de déchets. Tout au bout, Jimmy fit signe à Arutha de s'arrêter et d'attendre. Il courut dans la ruelle noire puis revint sur ses pas.

— Les hommes de Radburn. Ils devaient savoir que vous iriez au port.

— Pouvons-nous passer sans être vus ?

— Aucune chance. Il y a autant de gars là-bas que de poux sur la tête d'un mendiant.

Le garçon repartit dans la direction opposée. Arutha le suivit dans un autre petit passage. Le prince espérait qu'il ne s'était pas fourvoyé en faisant confiance à ce gamin des rues. Au bout de quelques minutes de marche, Jimmy s'arrêta.

— Je connais un coin où vous pourrez vous planquer quelque temps, que je puisse trouver d'autres gars pour vous aider à retourner à votre navire. Mais ça va vous coûter plus de cent souverains.

— Ramène-moi à mon navire avant l'aube et je te donnerai ce que tu voudras.

Jimmy sourit.

— C'est que je peux vouloir vraiment beaucoup.

Il regarda le prince un peu plus longuement puis, avec un petit signe de tête, il repartit. Arutha le suivit et ils s'enfoncèrent dans la ville par un dédale de ruelles. Le bruit des passants décrut et le prince se dit qu'ils devaient avoir pénétré dans un quartier moins fréquenté la nuit. D'après les bâtiments qui les entouraient, Arutha estima qu'ils se dirigeaient vers un des quartiers pauvres de la ville, sans doute loin du port.

Au bout de plusieurs détours dans des allées sombres et étroites, Arutha se sentit complètement perdu. Brusquement, Jimmy se retourna et déclara :

— Nous y sommes.

Il ouvrit une porte dans un mur sans fenêtres et entra. Le prince le suivit et monta une longue volée de marches.

Jimmy lui fit traverser un couloir en haut des marches, et le conduisit jusqu'à une porte. Le garçon l'ouvrit et fit signe à Arutha d'entrer. Le prince fit un pas, puis s'arrêta en voyant trois épées pointées sur son ventre.

7

Évasion

Un homme fit signe à Arutha d'entrer.

Il était assis derrière une petite table face à la porte. Il se pencha en avant dans la lumière de la lampe posée sur la table.

— Je vous en prie, entrez donc.

Son visage, orné d'un gros nez crochu, était criblé de marques de petite vérole. Il ne quitta pas Arutha des yeux tandis que ses trois hommes d'armes reculaient pour laisser entrer le prince. Ce dernier eut un mouvement d'hésitation en voyant les formes ligotées et inconscientes d'Amos et de Martin affalées contre le mur. Amos grognait et bougeait un peu, mais Martin restait parfaitement immobile.

Arutha, effleurant le pommeau de sa rapière, mesura la distance qui le séparait des trois hommes armés. Mais toute velléité de sauter en arrière pour tirer l'épée s'évanouit quand il sentit la pointe d'une dague lui titiller le bas du dos. Une main le délesta de son arme.

Puis Jimmy contourna le prince et examina la rapière en dissimulant soigneusement sa dague dans son ample tunique.

— J'en ai déjà vu quelques-unes, des comme ça, déclara-t-il avec un grand sourire. C'est assez léger pour moi.

— Vu les circonstances, il ne me semble pas si déplacé de te la léguer, répliqua sèchement Arutha. Fais-en bon usage.

— T'as de la répartie, reconnut l'homme au visage grêlé tandis qu'un homme d'armes faisait signe à Arutha d'avancer dans la pièce.

Un autre posa son arme et ligota les mains du prince dans son dos. On le poussa rudement sur une chaise, en face de l'homme qui venait de parler et qui poursuivit :

— Mon nom, c'est Aaron Cook. Tu connais déjà Jimmy les Mains Vives, ajouta-t-il en montrant le garçon. Les autres préfèrent pour l'instant rester anonymes.

Arutha regarda l'enfant.

— Jimmy les Mains Vives ?

Celui-ci fit une révérence assez bien imitée.

— Le meilleur pickpocket de Krondor, bien parti pour en devenir le meilleur voleur par la même occasion, si vous vous laissez avoir par son baratin, ajouta Cook. Bon, venons-en aux faits. Qui êtes-vous ?

Arutha expliqua qu'il était le partenaire d'Amos et qu'il s'appelait Arthur. Cook le regarda stoïquement, puis poussa un soupir et fit un geste de la tête. L'un des hommes qui étaient restés silencieux s'avança et frappa Arutha au visage. La tête du prince partit en arrière et des larmes lui montèrent aux yeux.

— Mon cher Arthur, expliqua Aaron Cook en secouant la tête, il y a deux façons de procéder à cet interrogatoire. Je vous conseille de ne pas choisir la manière forte. Ce sera très déplaisant et de toute manière, nous finirons par apprendre ce que nous voulons. Alors réfléchissez soigneusement à ce que vous allez dire. (Il se leva et fit le tour de la table.) Qui êtes-vous ?

Arutha commença à répéter son histoire. L'homme qui l'avait frappé s'avança à nouveau, le faisant taire d'un autre coup de poing. Cook se pencha pour mettre son visage juste en face de celui d'Arutha. Ce dernier cligna des yeux pour chasser ses larmes.

— Réponds à la question, l'ami, lui conseilla Cook. Pour nous éviter de perdre notre temps, nous sommes d'accord, cet homme est le capitaine de ton navire, ajouta-t-il en désignant Amos, mais que tu sois son partenaire… je n'arrive pas à le croire. Cet autre type a dit qu'il était un chasseur des montagnes dans plusieurs tavernes de la ville et ça, je veux bien : il a l'air de quelqu'un qui se sent mieux dans les montagnes que dans les rues d'une ville, c'est un truc pas facile à imiter. (Il regarda Arutha.) Mais toi… toi t'es au moins un soldat et tes belles bottes et ta belle épée font de toi un gentilhomme. Mais il y a autre chose. (Il regarda Arutha droit dans les yeux.) Bon, pourquoi est-ce que Jocko Radburn veut tellement vous récupérer ?

Arutha rendit son regard à Aaron Cook.

— Je ne sais pas.

L'homme qui avait frappé Arutha s'avança de nouveau, mais Cook leva la main.

— C'est peut-être bien vrai. Vous avez fait les marioles, à fouiner dans tous les coins et à traîner autour du palais en jouant les innocents. Soit vous êtes de mauvais espions, soit vous êtes vraiment stupides, mais clairement, vous avez éveillé l'intérêt des hommes du vice-roi et donc le nôtre.

— Qui êtes-vous ?

Cook ignora la question.

— Jocko Radburn est le chef de la police secrète du vice-roi. Sous ses dehors bonhommes, c'est l'un des bâtards aux nerfs d'acier les plus froids que les dieux aient offerts à ce monde. Il arracherait sans hésiter le cœur de sa propre grand-mère s'il pensait qu'elle divulgue des secrets d'État. Le fait qu'il se soit déplacé lui-même nous montre, au minimum, qu'il vous considère comme potentiellement importants.

» Nous avons d'abord appris que trois hommes fouinaient un peu partout en ville, un ou deux jours après votre arrivée. Quand nos gens ont constaté que des hommes de Radburn vous surveillaient, nous avons décidé d'en faire autant. Quand ils ont commencé à filer de l'argent pour en savoir plus sur votre compte, ça a nettement éveillé notre intérêt. Nous nous sommes contentés de garder un œil sur vous, en attendant que vous dévoiliez votre jeu.

» Mais quand Jocko et ses hommes sont arrivés au *Repos du Marin*, on a bien été obligés d'agir. On a subtilisé ces deux-là sous le nez de Jocko, mais lui et ses gros bras se sont interposés entre toi et nous dans l'allée, alors on les a évacués. Jimmy a eu du bol de te retrouver, il savait pas qu'on te voulait. (Il fit un signe de tête approbateur au gamin.) T'as bien fait de nous l'amener.

Jimmy éclata de rire.

— J'étais sur les toits, j'ai tout vu. J'ai su que vous le vouliez dès que vous avez attrapé les deux autres.

L'un des hommes gronda :

— Vaut mieux pour toi que t'aies pas été faire de la fauche sans l'accord du maître de nuit, gamin, gronda l'un des hommes.

Cook leva la main et l'homme se tut.

— Tu peux toujours savoir que certains des gens ici présents sont des Moqueurs et que d'autres n'en sont pas, mais qu'on est tous là pour un job très important. Écoute-moi bien, Arthur. Ta seule chance de sortir d'ici en vie, c'est de nous convaincre que tu risques pas de nous gêner pour ce boulot. Peut-être bien que Radburn s'intéresse à toi pour tout autre chose que ce qui l'occupe en ce moment. Ou alors il se pourrait que ça fasse partie d'un tout que je ne saisis pas encore. De toute manière, on saura la vérité. Quand tu nous auras dit ce qu'on veut savoir, on vous libérera – peut-être même qu'on vous aidera, toi et tes compagnons – ou alors on vous tuera. Commençons par le commencement. Pourquoi est-ce que vous êtes venus à Krondor ?

Arutha réfléchit. À mentir, il ne gagnerait que des coups, mais il n'avait aucune envie de dire toute la vérité. Rien ne lui prouvait que ces gens ne travaillaient pas avec les hommes de Guy. Il pouvait s'agir d'une ruse et Radburn pouvait très bien se trouver dans la pièce à côté et tout écouter. Il se décida sur la part de vérité qu'il allait leur livrer.

— Je suis un agent de Crydee. Je suis venu parler au prince Erland et au général Dulanic en personne, pour leur demander de l'aide contre une future offensive tsurani. Quand nous avons appris que Guy du Bas-Tyra avait pris possession de Krondor, nous avons décidé de voir comment les choses se passaient avant de nous risquer à faire quoi que ce soit.

Cook écouta attentivement, puis demanda :

— Pourquoi un émissaire de Crydee se planquerait en ville ? Pourquoi ne pas se faire accueillir comme un roi avec ses drapeaux et tout ?

— Parce que Guy le Noir le jetterait au trou à la première occasion, espèce d'imbécile.

Cook tourna la tête d'un quart de tour. Amos, assis dos au mur, s'ébrouait pour s'éclaircir les idées.

— Je crois que tu m'as fait exploser la caboche, Cook.

Ce dernier regarda Amos en fronçant les sourcils.

— Tu me connais ?

— Et comment, tête de bois, rat d'eau douce, que je te connais. Je te connais suffisamment pour savoir qu'on ne dira pas un mot de plus tant que tu ne nous auras pas amené Trevor Hull.

Aaron Cook se leva, l'air perplexe. Il fit signe à l'un des hommes à côté de la porte, qui avait l'air lui aussi brusquement mal à l'aise après avoir entendu Amos. L'individu opina et sortit de la pièce. Quelques minutes plus tard il revint, suivi d'un autre homme, grand, les cheveux gris en bataille, encore solide malgré son âge apparent. Une cicatrice lui barrait le visage depuis le front jusqu'à la joue en passant par l'œil droit, qui était tout blanc. Il regarda Amos un long moment, puis éclata de rire.

— Détachez-les, ordonna-t-il en montrant les captifs.

Deux hommes soulevèrent Amos et le détachèrent.

— Je croyais qu'ils t'avaient pendu il y a deux ans, Trevor, déclara ce dernier quand il fut libre.

L'homme lui donna une claque dans le dos.

— Je me disais la même chose pour toi, Amos.

Cook jeta un regard interrogateur au nouvel arrivant, tandis qu'on libérait Arutha et qu'on ranimait Martin en lui jetant un verre d'eau au visage. Trevor Hull se tourna vers Cook.

— Où t'as la tête, mon gars ? Il s'est laissé pousser la barbe et il a coupé ses fameux cheveux bouclés – il s'est un peu dégarni et il a pris du lard, aussi – mais c'est quand même Amos Trask.

Cook regarda Amos d'un peu plus près, puis ses yeux s'écarquillèrent.

— Le capitaine Trenchard ?

Amos opina et Arutha le regarda avec étonnement. Même dans une ville aussi perdue que Crydee, ils avaient entendu parler de Trenchard le Pirate, le Poignard de la Mer. Sa courte carrière lui avait valu une sacrée réputation. On disait que même les galères de guerre queganes avaient fui devant la flotte de Trenchard. Chaque ville côtière de la Triste Mer tremblait en pensant à ses écumeurs.

Aaron Cook lui tendit la main.

— Désolé, capitaine. Ça fait tellement longtemps qu'on s'était pas vus. On pouvait pas savoir si vous faisiez pas partie d'un plan de Radburn pour nous retrouver.

— Qui êtes-vous ? demanda Arutha.

— Chaque chose en son temps, répondit Hull. Venez.

L'un des hommes aida un Martin encore mal en point à se remettre debout. Cook et Hull les emmenèrent dans une pièce confortable, où se trouvaient des chaises pour tout le monde. Quand chacun fut assis, Amos fit les présentations :

— Cette vieille canaille, c'est Trevor Hull, le Borgne, capitaine du *Corbeau Rouge*.

L'intéressé secoua tristement la tête.

— Plus maintenant, Amos. Il a brûlé au large d'Elarial, mis en flammes par des vaisseaux de la marine impériale keshiane. Mon second, Cook, et quelques-uns de mes gars ont réussi à regagner la rive avec moi, mais la majeure partie de l'équipage a coulé avec le *Corbeau Rouge*. On est revenus à Durbin mais les temps changent, avec toutes ces guerres. Je suis arrivé à Krondor il y a un an et j'y travaille depuis.

— Tu travailles ? Toi, Trevor ?

L'homme sourit, fronçant sa cicatrice.

— Je fais de la contrebande, en fait. C'est ce qui m'a fait rencontrer les Moqueurs. Y a pas grand-chose dans ce genre qui se passe sans la permission du Juste. Quand le vice-roi est venu à Krondor, on s'est retrouvés face à Jocko Radburn et à sa police secrète. Il nous a fait les pires crasses dès le début. Cette idée de gardes qui se baladent déguisés comme monsieur Tout le monde, c'est pas honorable.

— Je savais que j'aurais dû lui couper la gorge

quand je le pouvais, marmonna Amos. La prochaine fois, je serai pas aussi civilisé.

— Tu te fais vieux, Amos ? Bon, il y a une semaine, on a reçu un message du Juste qui nous disait qu'il avait un colis important à faire sortir de la ville. On devait attendre que le bateau soit prêt. Radburn a sacrément envie de retrouver cette cargaison avant qu'elle ne quitte Krondor. Alors tu vois, la situation est plutôt délicate, parce qu'on ne peut pas la faire partir tant que le blocus n'est pas levé. Ou alors, il faut réussir à acheter un des capitaines du blocus. Quand on a eu vent des questions que vous posiez, on s'est dit que ça devait être un plan de Jocko pour retrouver notre cargaison. Maintenant qu'on a éclairci les choses, j'aimerais connaître la réponse à la question que Cook vous a posée. Pourquoi est-ce qu'un émissaire de Crydee craindrait d'être découvert par les hommes du vice-roi ?

— Tu nous écoutais, hein ? (Amos se tourna vers Arutha, qui acquiesça.) Ce n'est pas un simple émissaire, Trevor. Notre jeune ami est le prince Arutha, le fils du duc Borric.

Les yeux d'Aaron Cook s'écarquillèrent tandis que l'homme qui avait frappé Arutha pâlit. Trevor Hull opina.

— Le vice-roi payerait cher pour mettre la main sur le fils de son vieil ennemi, tout particulièrement au moment où il veut faire entendre ses revendications au Congrès des seigneurs.

— Quelles revendications ? demanda Arutha.

Hull se pencha en avant, les coudes sur les genoux.

— Vous ne savez pas, bien entendu. Nous-mêmes,

on en a entendu parler il y a seulement quelques jours et la nouvelle ne s'est pas répandue. Mais je n'ai pas le droit de tout vous dire sans permission.

Il se leva et sortit de la pièce. Arutha et Amos échangèrent un regard, puis le prince regarda Martin.

— Ça va ?

L'Archer se palpa prudemment la tête.

— Je m'en remettrai, mais ils ont dû m'abattre un arbre sur le crâne.

L'un des hommes lui fit un sourire amical, presque désolé.

— Vous êtes pas facile à assommer, c'est sûr, reconnut-il en tapotant une matraque de bois qui pendait à sa ceinture.

Hull revint dans la pièce, suivi d'une personne. Tous les malfrats se levèrent immédiatement ; Arutha, Amos et Martin suivirent le mouvement avec un temps de retard. Derrière le contrebandier se trouvait une jeune fille qui devait avoir à peine seize ans. Au premier coup d'œil, Arutha fut charmé par sa beauté naissante : de grands yeux vert océan, un nez droit et délicat et une bouche légèrement pulpeuse. Quelques taches de rousseur parsemaient sa peau blanche. Grande et mince, elle marchait avec grâce. Elle traversa la pièce en se dirigeant droit vers Arutha, se hissa sur la pointe des pieds et lui déposa un baiser sur la joue. Le prince, l'air surpris, la regarda reculer avec un sourire aux lèvres. Elle portait une simple robe bleu sombre et ses cheveux roux lui tombaient librement sur les épaules. Il y eut un instant de flottement, puis elle dit :

— Bien sûr, comme je suis bête. Tu ne peux pas

me connaître. Je t'ai vu la dernière fois où tu es venu à Krondor, mais nous ne nous sommes jamais rencontrés. Je suis ta cousine Anita, la fille d'Erland.

Arutha en resta foudroyé. Son sourire et son regard clair le troublaient terriblement et il ne se serait jamais attendu à la trouver en compagnie de ces brigands. Il se rassit lentement tandis que la jeune fille prenait une chaise. Il était si habitué à la convivialité de la cour de son père qu'il fut assez surpris de l'entendre donner aux autres la permission de s'asseoir.

— Comment… ? commença Arutha.

Amos le coupa :

— C'est la précieuse cargaison du Juste ?

Hull acquiesça et la princesse prit la parole, le visage soucieux et l'air bouleversée :

— Quand le duc du Bas-Tyra est venu ici avec des ordres du roi, père l'a accueilli aimablement et n'a opposé aucune résistance. Au début, il a tout fait pour l'aider à prendre le commandement de l'armée, mais quand il a entendu parler de ce que Guy faisait avec sa police secrète et ses enrôleurs, il a protesté. Puis messire Barry est mort et Guy a nommé messire Jessup amiral de la flotte malgré les objections de père. Ensuite, messire Dulanic a mystérieusement disparu. Alors père a envoyé une lettre au roi demandant à ce qu'il rappelle Guy. Ce dernier a intercepté le message et nous a fait mettre sous bonne garde dans une aile du palais. Et puis, il est venu dans ma chambre une nuit.

Anita frissonna.

— Vous n'êtes pas obligée de nous parler de ça, cracha presque Arutha dont la rage soudaine surprit la jeune fille.

— Non, protesta-t-elle, ce n'est pas ce que vous croyez. Il a été très courtois, très formel. Il m'a simplement informée que nous allions nous marier et que le roi Rodric allait le nommer héritier du trône de Krondor. En fait, il avait l'air plutôt irrité de devoir en passer par de telles méthodes.

Arutha frappa violemment le mur.

— Il se démasque enfin ! Guy veut la couronne d'Erland et ensuite celle de Rodric. Il veut devenir roi.

Anita regarda timidement Arutha.

— C'est ce qu'il semble. Père ne va pas bien et ne pouvait pas lui résister, mais il a refusé de signer la proclamation des fiançailles. Guy l'a fait mettre au cachot et le gardera là jusqu'à ce qu'il signe. (Ses yeux se gonflèrent de larmes.) Père ne survivra pas longtemps dans un endroit aussi froid et humide. Je crains qu'il ne meure avant de céder aux exigences de Guy. (Elle continua à parler, le visage impassible, mais des larmes lui coulèrent sur les joues lorsqu'elle évoqua l'emprisonnement de son père et de sa mère.) L'une de mes dames de compagnie m'a parlé d'une servante qui connaissait des gens dans la ville qui pourraient accepter de nous aider.

— Avec votre permission, Altesse, intervint Trevor Hull. L'une des filles du palais est la sœur d'un Moqueur. Avec tout ce qui se passe en ce moment, le Juste s'est dit qu'il pourrait tirer son épingle du jeu en se mêlant de tout ça. Il s'est arrangé pour faire sortir la princesse du palais la nuit où Guy est parti. Depuis, elle est ici.

— Alors la rumeur que nous a rapportée Martin avant qu'on s'échappe du *Repos du Marin* comme quoi ils recherchaient un « parent royal », c'était parce qu'ils cherchaient Anita, pas Arutha, comprit Amos.

Hull fit un signe vers le prince.

— C'est possible que Radburn et les siens ne sachent toujours pas qui vous êtes. Ils ont dû vous sauter dessus parce qu'ils espéraient que c'était vous qui deviez faire échapper la princesse. Nous sommes presque certains que le vice-roi ne sait pas qu'elle a disparu du palais, parce qu'elle a fui après son départ. J'imagine que Radburn veut à tout prix la retrouver avant que son maître ne rentre de la guerre contre Kesh.

Arutha regarda la princesse et ressentit un besoin impérieux de faire quelque chose pour elle, un besoin qui allait au-delà de la simple nécessité de contrecarrer les plans de Guy. Il repoussa ces étranges émotions qui l'assaillaient et se tourna vers Trevor Hull.

— Pourquoi est-ce que le Juste voudrait se retourner contre Guy ? Pourquoi est-ce qu'il ne la lui rend pas contre de l'argent ?

Trevor Hull regarda Jimmy les Mains Vives, qui répondit avec un sourire :

— Mon maître, un homme très perspicace, a vu tout de suite qu'il servirait ses intérêts en servant ceux de la princesse. Depuis qu'Erland est prince de Krondor, les affaires en ville prospèrent, ce qui arrange bien les nombreux trafics de mon maître. La stabilité nous est à tous profitable, voyez-vous. Avec Guy, nous sommes sans cesse confrontés à sa police secrète, qui dérange le bon déroulement des affaires de notre guilde. De toute manière, nous sommes de fidèles sujets de Son Altesse le prince de Krondor. S'il ne veut pas que sa fille épouse le vice-roi, nous ne le voulons pas non plus. (Avec un rire, Jimmy ajouta :) De plus, la princesse a accepté de payer vingt-cinq mille souverains d'or à notre maître si la guilde la fait sortir de Krondor, argent qui nous sera livré quand son père reviendra au pouvoir ou quand le destin la mettra sur le trône.

Arutha prit la main d'Anita.

— Eh bien, cousine, il n'y a rien d'autre à faire. Nous devons t'emmener à Crydee dès que possible.

Anita sourit et Arutha se surprit à lui sourire aussi.

— Comme je le disais, reprit Trevor Hull, nous attendions une bonne occasion pour la faire sortir de la ville. (Il se tourna vers Amos.) Tu es l'homme de la situation, Amos. Il n'y a pas de meilleur forceur de blocus que toi dans la Triste Mer – excepté moi, bien entendu, mais j'ai d'autres chats à fouetter par ici.

— Nous ne pouvons pas partir d'ici avant quelques semaines, répliqua Trask. Même si le blocus était levé, mon navire doit être impérativement réparé. De toute façon, si nous partions maintenant, il nous faudrait attendre que le temps s'améliore au niveau des passes. Avec la flotte de Jessup en embuscade, ça pourrait s'avérer dangereux. Mieux vaut nous cacher un moment ici pour foncer vers l'ouest, traverser les passes et remonter le long de la Côte sauvage d'une seule traite.

Hull lui donna une grande claque sur l'épaule.

— Bon, ça va nous laisser du temps. J'ai entendu parler de ton navire : les gars m'ont dit que c'était guère plus qu'une péniche. On va t'en trouver un autre. Je ferai savoir à tes hommes quand tout sera prêt. Radburn va probablement laisser ton équipage tranquille, en espérant que vous allez pointer le bout de votre nez. On les fera passer petit à petit sur le nouveau bateau pendant la nuit, en les remplaçant par des hommes à moi. Comme ça, les agents de Radburn ne remarqueront rien d'anormal à bord.

» Ici, vous serez en sûreté, Altesse, ajouta-t-il en se tournant vers Arutha. Ceci est l'un des nombreux bâtiments qui appartiennent aux Moqueurs et personne ne peut s'en approcher sans que nous en soyons prévenus. Quand il sera temps, nous vous ferons tous sortir de la ville. Maintenant, nous allons vous montrer votre chambre et vous pourrez vous reposer.

Arutha, Martin et Amos furent conduits à une chambre dans le couloir près de la pièce où ils avaient rencontré Anita, tandis que la princesse rentrait dans ses propres quartiers. La pièce dans laquelle ils entrèrent était simple, mais propre. Les trois hommes étaient épuisés. Martin s'effondra lourdement sur une paillasse et s'endormit rapidement. Amos s'assit lentement et Arutha le regarda un moment.

— Quand tu es arrivé à Crydee, j'ai tout de suite su que tu étais un pirate, lui dit-il avec un petit sourire.

Amos retira ses bottes avec difficulté.

— En fait, j'ai essayé de laisser ces histoires derrière moi, Altesse. (Il rit.) Peut-être que c'est une vengeance des dieux, mais vous savez, pendant quinze ans, tout jeune d'abord et puis en tant qu'homme, j'ai été corsaire et capitaine. Et puis la première fois que j'essaye de faire honnêtement du commerce, je me fais capturer et brûler mon vaisseau, mon équipage se fait massacrer et j'échoue dans le coin le plus paumé du royaume.

Arutha s'allongea sur sa paillasse.

— Tu m'as bien servi comme conseiller, Amos Trask, et comme compagnon aussi. Ton aide au cours de ces dernières années t'aura valu une bonne dose de pardon pour tes fautes passées, mais… (Il secoua la tête.) Trenchard le pirate ! Par les dieux, mon gaillard, c'est lourd à pardonner.

Amos bâilla et s'étira.

— Quand nous rentrerons à Crydee, vous pourrez me faire pendre, Arutha, mais pour l'instant, s'il vous plaît, faites-moi la grâce de garder le silence et d'éteindre les lumières. Je deviens trop vieux pour ces bêtises. J'ai besoin de sommeil.

Arutha s'étira et mit le capuchon sur la lampe. Il se recoucha dans le noir, des images et des pensées plein la tête. Il pensa à son père et à ce qu'il ferait s'il était là, puis se demanda comment allaient son frère et sa sœur. Penser à Carline le fit penser à Roland, ce qui l'amena à spéculer sur l'avancement des fortifications de Jonril. Il s'efforça d'écarter ces pensées parasites et laissa son esprit dériver. Puis, avant que le sommeil l'emporte, il se souvint d'Anita, qui s'était levée sur la pointe des pieds pour lui déposer un baiser sur la joue. Il sentit son estomac se nouer et s'endormit le sourire aux lèvres.

Anita applaudit d'un air appréciateur quand Arutha détourna la pointe de l'épée de Jimmy. Le jeune voleur rougit de sa maladresse, mais le prince le réconforta :

— C'était mieux.

Jimmy et lui pratiquaient les bases de l'escrime, le gamin s'étant acheté une rapière avec une partie de l'or qu'Arutha lui avait donné. Cela faisait un mois qu'ils s'entraînaient et Anita avait pris l'habitude de venir les regarder. En présence de la princesse, Jimmy les Mains Vives, habituellement si effronté, se faisait doux comme un agneau et il rougissait chaque fois qu'elle lui adressait la parole. Arutha était maintenant certain que le jeune voleur s'était complètement entiché de la princesse, qui n'avait guère que trois ans de plus que lui. Le prince comprenait la détresse de Jimmy car la présence d'Anita le troublait lui aussi. Elle commençait à peine à devenir femme, mais sa beauté encore immature promettait beaucoup. Intelligente et bien éduquée, elle se comportait avec grâce et noblesse. Mais penser à la princesse était décidément trop compliqué pour Arutha.

Le sous-sol où ils s'entraînaient était humide et mal aéré et devenait rapidement moite et puant.

— C'est bon pour aujourd'hui, Jimmy, décida Arutha. Tu es trop impatient d'en finir et cela peut s'avérer fatal. Tu es rapide et c'est bien que tu apprennes si jeune, mais tu n'as pas assez de force dans le bras pour frapper aussi fort qu'un homme plus âgé. Avec une rapière, ça aussi, ça pourrait s'avérer fatal. Souviens-toi : la lame est faite pour couper…

— … et la pointe pour tuer, termina Jimmy avec un sourire gêné. Je vois bien qu'il faut faire très attention contre un homme avec une épée large. Il pourrait casser ma lame si jamais j'essayais de bloquer au lieu de parer, mais qu'est-ce qu'on fait contre un de ces guerriers d'ailleurs qui vous fonce dessus avec cette grande épée que vous avez décrite ?

— Tu essayes de savoir lequel de vous deux court le plus vite, répondit Arutha en riant. (Anita et Jimmy éclatèrent de rire.) Sérieusement, il faut le tenir à bout de rapière. Avec cette grande épée, ton adversaire n'a droit qu'à un seul coup, après quoi, toi, tu auras une ouverture…

La porte s'ouvrit. Amos entra en compagnie de Martin et de Trevor Hull et proféra un juron :

— Une sacrée putain de malchance – oh, pardon, princesse. Arutha, le pire est arrivé.

Le prince épongea la sueur de son front avec une serviette.

— Ne nous fais pas languir. Qu'y a-t-il ?

— La nouvelle est arrivée ce matin, expliqua Hull. Guy revient à Krondor.

— Pourquoi ? demanda Anita.

— Il semblerait que notre seigneur du Bas-Tyra soit entré dans Shamata et qu'il ait fait flotter sa bannière sur les murailles, répondit Amos. Le commandant keshian a eu la bonne grâce de monter une attaque de plus, pour la forme, et puis il est rentré chez lui en courant à s'en faire péter les tripes. Il a laissé une poignée de noblaillons marchander avec les lieutenants de Guy les conditions d'un armistice, le temps qu'on puisse établir un traité de paix formel entre le roi et l'impératrice de Kesh. Il n'y a qu'une seule raison pour que Guy revienne aussi vite.

— Il sait que je me suis enfuie, énonça calmement Anita.

— Oui, Votre Altesse, acquiesça Trevor Hull. Guy

le Noir est un sacré roublard. Il doit avoir un espion chez les hommes de Radburn. Visiblement, il ne fait même pas confiance à sa propre police secrète. Heureusement qu'on a encore des gens dans le palais qui sont loyaux à votre père, ou nous n'aurions jamais eu vent de ça.

Arutha s'assit à côté de la princesse.

— Bien, il va falloir partir vite. Soit nous rentrons directement soit nous faisons voile vers Ylith pour rejoindre mon père.

— Aucun choix ne me semble plus judicieux que l'autre, rétorqua Amos. L'un comme l'autre ont leurs avantages et leurs inconvénients.

Martin regarda la princesse.

— Je ne pense pas que le camp du duc soit un bon endroit pour une jeune fille.

Amos s'assit à côté d'Arutha.

— Votre présence à Crydee n'est pas vitale, du moins pas pour le moment. Fannon et Gardan savent y faire et si jamais c'était nécessaire, je pense que votre sœur ne ferait pas un mauvais commandant. Ils devraient être capables de garder les choses sous contrôle aussi bien que vous.

Martin intervint de nouveau :

— Cependant il y a une question à se poser : que va faire votre père quand il saura que Guy ne dirige pas Krondor aux côtés d'Erland mais qu'il tient la ville entièrement sous sa coupe et qu'en plus il n'envoie pas d'aide pour la Côte sauvage et a des vues sur le trône ?

Arutha opina vigoureusement.

— Tu as raison, Martin. Tu connais bien mon père. Ça va être la guerre civile. (Son visage s'assombrit.) Il détachera une bonne moitié des armées de l'Ouest et longera la côte pour descendre sur Krondor. Il ne s'arrêtera que quand la tête de Guy sera plantée sur une pique aux portes de la ville. Alors, il n'aura plus le choix. Il devra continuer vers l'est et marcher contre Rodric. Il ne veut pas de la couronne, mais une fois qu'il aura commencé, il ne pourra pas s'arrêter avant la victoire totale ou la défaite. Mais entre-temps, les Tsurani auront envahi l'Ouest. Brucal ne pourra pas les contenir très longtemps avec une armée réduite de moitié.

— Ça m'a l'air d'être une sale affaire, cette guerre civile, commenta Jimmy.

Arutha se pencha sur sa chaise. Il s'épongea le front et regarda le gamin à travers ses boucles humides.

— Cela fait deux cent cinquante ans que nous n'en avons pas eu. La dernière fois, c'était quand le premier des Borric a tué son demi-frère Jon le prétendant. Comparé à ce qui risque d'arriver, avec les armées de l'Est liguées contre celles de l'Ouest, l'autre n'aura été qu'une escarmouche.

Amos regarda Arutha, l'air inquiet.

— L'histoire c'est pas mon fort, mais il me semble que vous feriez mieux de laisser votre père dans l'ignorance de tout ça tant que l'offensive tsurani du printemps ne sera pas passée.

Le prince poussa un long soupir.

— Il n'y a rien d'autre à faire. Nous savons que nous n'obtiendrons aucune aide pour Crydee. Je serai mieux à même de décider ce qu'il faudra faire quand nous serons là-bas. Peut-être qu'en tenant conseil avec Fannon et les autres nous arriverons à trouver une manière de nous défendre contre les Tsurani quand ils viendront. (Il adopta un ton presque résigné.) Père prendra connaissance des plans de Guy en temps voulu. Il est trop difficile de garder secret ce genre d'information. Notre seul espoir, c'est qu'il ne l'apprenne pas avant l'offensive tsurani. Peut-être qu'alors la situation aura changé.

Il était évident à sa voix qu'il n'y croyait pas.

— Peut-être que les Tsurani vont décider de marcher sur Elvandar, ou de s'attaquer à votre père, lui rappela Martin. Qui saurait le dire ?

Arutha se renversa en arrière et se rendit compte qu'Anita avait posé doucement sa main sur son bras.

— Quel choix ! dit-il doucement. Envisager la perte de Crydee et de la Côte sauvage ou plonger le royaume dans la guerre civile. Les dieux doivent réellement détester cette terre.

Amos se leva.

— Trevor m'a dit qu'il avait un navire. Nous pourrons partir dans quelques jours. Avec un peu de chance, les passes des Ténèbres commenceront à se calmer juste quand nous y arriverons.

Ruminant sombrement sa propre défaite, Arutha l'entendit à peine. Il était venu si confiant à Krondor. Il avait espéré convertir Erland à sa cause et sauver Crydee des Tsurani. Voilà que maintenant il se retrouvait confronté à une situation plus désespérée encore que s'il était resté chez lui. Tout le monde sortit, le laissant seul, à l'exception d'Anita qui passa quelques minutes assise à côté de lui sans rien dire.

Des silhouettes sombres s'avançaient en silence vers

le front de mer. Trevor Hull, à la tête d'une douzaine d'hommes, guidait Arutha et ses compagnons dans la rue silencieuse en leur faisant raser les murs des maisons. Le prince jetait régulièrement des regards vers Anita pour s'assurer que tout allait bien. Elle lui retournait des sourires vaillants, qu'il distinguait vaguement dans la pénombre de l'aube.

Arutha savait que plus d'une centaine d'hommes avaient envahi les rues adjacentes, débarrassant les alentours des gardes de la ville et des agents de Radburn. Les Moqueurs étaient sortis en force pour que le prince et les siens puissent quitter tranquillement la ville. La nuit précédente, Hull leur avait annoncé que le Juste avait fait en sorte que l'un des navires du blocus « dérive » de son poste, moyennant finances bien entendu. Depuis qu'il avait compris quels étaient les plans de Guy pour devenir prince de Krondor, le Juste avait puisé dans ses propres ressources, non négligeables, pour porter assistance à la fuite du prince et d'Anita. Cette dernière se demandait d'ailleurs si quelqu'un en dehors de la guilde des voleurs avait une chance d'apprendre un jour la véritable identité du mystérieux chef. Des quelques remarques qu'Arutha avait pu saisir, il semblait que très peu de Moqueurs le connaissaient réellement.

Comme Guy était sur le point de revenir en ville, les hommes de Jocko Radburn avaient intensifié frénétiquement leurs recherches et institué un couvre-feu, forçant les maisons au hasard pour les fouiller au beau milieu de la nuit. Tous les informateurs connus de la ville, ainsi que de nombreux mendiants, avaient été traînés au cachot et mis à la question, mais quoi qu'aient tenté les hommes de Radburn, ils n'avaient pas réussi à apprendre où l'on avait caché la princesse. L'homme de la rue avait beau craindre Radburn, il craignait le Juste plus encore.

Anita entendit Hull glisser quelques mots à Amos :

— *L'Eau Vive* est un forceur de blocus et porte bien son nom. Il n'y a pas de vaisseau plus rapide dans le port depuis que tous les gros navires de guerre de Jessup sont partis. Tu devrais arriver à l'ouest en un temps record. Il y a un bon vent du nord, en ce moment, donc tu pourras mettre toutes les voiles sur la majeure partie du trajet.

— Trevor, j'ai déjà navigué dans la Triste Mer. Je sais bien comment soufflent les vents à cette époque de l'année.

— Bien, si tu le dis, renifla Hull. Tes hommes et l'or du prince sont en sûreté à bord et les chiens de garde de Radburn n'y ont vu que du feu. Ils continuent à surveiller le *Vent de l'Aube* comme un chat regarde un trou à rats, mais ils ne s'occupent pas de *L'Eau Vive*. On s'est arrangés avec un courtier pour obtenir des faux papiers disant que le navire est à vendre, alors, même s'il n'y avait pas de blocus, ils n'iraient pas imaginer qu'il va quitter le port dans peu de temps.

Ils atteignirent les docks et se pressèrent vers une chaloupe qui les attendait. Il y eut quelques bruits étouffés et Arutha en déduisit que les Moqueurs et les contrebandiers de Trevor étaient en train de s'occuper des gardes de Radburn.

Puis il y eut des cris derrière eux. Le fracas de l'acier

brisa le silence matinal et Arutha entendit Hull hurler :

— Au navire !

Des bottes martelèrent bruyamment les quais de bois et des Moqueurs jaillirent en masse des rues avoisinantes, interceptant ceux qui cherchaient à couper la route des fugitifs. Ceux-ci arrivèrent au bout du quai et descendirent rapidement l'échelle menant à la chaloupe. Arutha attendit qu'Anita soit descendue, puis se retourna. En posant le pied sur l'échelon du haut, il entendit des sabots approcher et vit des chevaux se forcer un passage entre les Moqueurs, qui rompirent les rangs sous la violence de la charge. Les cavaliers en noir et or du Bas-Tyra taillèrent dans la masse à grands coups d'épée, pour écarter ceux qui cherchaient à les ralentir.

Martin cria et Arutha descendit précipitamment l'échelle. Lorsqu'il prit pied sur le bateau, une voix cria au-dessus d'eux :

— Bon voyage !

Anita leva les yeux et vit Jimmy les Mains Vives suspendu sous un quai de bois, un sourire nerveux aux lèvres. Comment le gamin avait réussi à les rejoindre alors que tout le monde le croyait en sûreté dans leur cachette, Arutha n'en avait aucune idée. Voyant qu'il était désarmé, le prince sursauta. Il déboucla sa rapière et la lança en l'air.

— Tiens et fais-en bon usage !

Vif comme un serpent, Jimmy attrapa le fourreau, puis disparut.

Les marins tirèrent sur leurs rames et la chaloupe s'écarta rapidement du quai. Des lanternes apparurent sur l'appontement et les bruits de combat se firent plus forts. Il faisait encore nuit, mais on entendait de nombreux « Qu'est-ce qu'il y a ? » et « Qui va là ? » de la part des gardes responsables de la surveillance des vaisseaux et des marchandises du port. Anita regarda par-dessus son épaule, pour essayer de distinguer ce qui se passait derrière eux. D'autres lanternes venaient d'être apportées et un quai commença à prendre feu. De grands ballots dissimulés sous une toile s'enflammèrent d'un coup. Ceux qui se trouvaient dans la chaloupe purent alors distinguer clairement le combat. De nombreux voleurs se dispersaient dans les rues de la ville ou sautaient dans l'eau glacée du port. Arutha ne vit nulle part la silhouette aux cheveux gris de Trevor Hull, ni celle plus petite de Jimmy les Mains Vives. Puis il aperçut distinctement Jocko Radburn, vêtu comme la dernière fois d'une simple tunique. Radburn s'approcha du bord de l'eau et regarda la chaloupe qui s'enfuyait. Il pointa son épée vers elle et cria quelque chose qui se perdit dans le fracas du combat.

Arutha se retourna et vit Anita assise en face de lui, sa capuche rejetée en arrière, le visage éclairé par les lumières du quai. Elle était captivée par le spectacle qui se déroulait à terre et semblait ne pas remarquer qu'on venait de découvrir sa présence. Arutha ramena immédiatement la capuche de la jeune fille sur son visage, la ramenant ainsi à la réalité, mais il savait que le mal était fait. Il jeta un coup d'œil en arrière et vit Radburn qui donnait l'ordre à ses hommes de poursuivre les Moqueurs qui s'enfuyaient des quais. Il resta seul, puis se retourna et disparut dans les ténèbres au moment où la chaloupe atteignait *L'Eau Vive*.

Dès qu'ils furent tous à bord, l'équipage d'Amos jeta les câbles d'amarrage et grimpa dans les cordages pour mettre les voiles. *L'Eau Vive* commença à sortir du port.

La percée promise dans le blocus apparut et Amos les dirigea droit dessus. Ils passèrent avant que quiconque ait pu tenter de leur couper la route et se retrouvèrent brusquement hors du port, face à la mer.

Arutha sentit une joie étrange s'emparer de lui quand il comprit qu'ils étaient sortis de Krondor. Puis il entendit Amos pousser un juron :

— Regardez !

Dans les lueurs de l'aube naissante, Arutha distingua une silhouette sombre dans la direction qu'indiquait Amos. Le *Griffon Royal*, le trois-mâts qu'ils avaient vu en entrant au port était à l'ancre derrière le môle, invisible depuis la ville.

— Je croyais qu'il était parti avec la flotte de Jessup, expliqua Amos. Ce satané Radburn est une vraie saloperie. Ce vaisseau va nous courir au train dès qu'il montera à bord. (Il donna l'ordre qu'on mette toutes voiles dehors, puis il regarda le vaisseau rapetisser derrière eux.) Je serais vous, je ferais une prière à Ruthia, Votre Altesse. Si on peut gagner assez de temps avant qu'il parte, on pourra peut-être s'en sortir. Mais on va avoir besoin de toute la bonne fortune que voudra bien nous accorder la dame de la Chance.

Le matin était frais et clair. Amos et Vasco regardaient l'équipage travailler d'un air approbateur. Les hommes les moins expérimentés avaient été remplacés par d'autres marins, choisis par Trevor Hull. Ils travaillaient vite et bien et *L'Eau Vive* filait vers l'ouest.

Anita se reposait dans sa cabine, située sur le pont inférieur, tandis que Martin se tenait sur le pont avec Amos. La vigie annonça que l'horizon était dégagé.

— Ça va se jouer à un cheveu, Altesse, prédit Amos. S'ils ont réussi à mettre ce monstre en route rapidement, nous n'aurons qu'une ou deux heures d'avance sur eux. Il est possible que leur capitaine ne choisisse pas la bonne route, mais comme on essayait visiblement d'éviter de se faire prendre en embuscade par les vaisseaux de Jessup, ils préféreront suivre la côte keshiane pour éviter de nous perdre, au risque de tomber sur un navire de guerre impérial. Je ne serai pas tranquille tant que nous n'aurons pas passé deux jours sans un signe de poursuite.

» Mais même s'ils sont partis tout de suite, ils ne pourront nous rattraper que petit à petit. Alors tant que nous ne sommes pas sûrs qu'ils ne sont pas derrière nous, mieux vaut prendre un peu de repos. Descendez, je vous appellerai s'il y a quoi que ce soit.

Arutha acquiesça et partit, suivi de Martin. Il souhaita bonne nuit au maître chasseur et le regarda disparaître dans la cabine qu'il partageait avec Vasco. Arutha entra alors dans sa propre cabine et s'arrêta net en voyant Anita assise sur sa couchette. Lentement, il referma la porte.

— Je vous croyais en train de vous reposer dans votre cabine.

La jeune fille secoua doucement la tête, puis soudain elle se jeta au cou du prince et blottit sa tête contre sa poitrine.

— J'ai essayé d'être courageuse, Arutha, mais j'ai eu si peur, avoua-t-elle entre deux sanglots.

Il resta là un moment sans trop savoir que faire, puis il la prit doucement dans ses bras. Le vernis d'assurance d'Anita venait de craquer et Arutha réalisa à quel point elle était jeune. Son éducation princière l'avait bien aidée à garder une certaine contenance en compagnie des Moqueurs, mais la pression était telle qu'elle ne pouvait garder son masque bien longtemps.

— Tout ira bien, lui dit-il en lui caressant les cheveux.

Il lui prodigua d'autres paroles rassurantes, sans bien faire attention à ce qu'il disait, troublé par sa présence. Elle était assez jeune pour avoir encore l'air d'une fillette à ses yeux, mais elle était tout de même assez mûre pour qu'il se mette à douter de lui. Contrairement à Roland, il n'avait jamais été très fort pour badiner avec les jeunes femmes de la cour, préférant des conversations sérieuses qui semblaient laisser les dames de marbre. De même, il ne les avait jamais attirées comme Lyam, avec ses cheveux blonds, sa beauté, son aisance et sa joie de vivre. En général, les femmes le mettaient mal à l'aise et cette femme-ci – ou cette enfant, il n'arrivait pas à se décider – plus que toute autre.

Quand ses larmes s'apaisèrent, il la fit asseoir sur l'unique chaise de son étroite cabine et prit place sur la banquette. Elle renifla.

— Je suis désolée, je ne suis pas convenable.

Arutha éclata de rire.

— Petite fille ! s'exclama-t-il avec une affection

sincère. Si j'étais à ta place, obligé de sortir en fraude du palais, de me cacher parmi des voleurs et des coupe-jarrets, d'esquiver les fouines de Radburn et tout le reste, ça ferait longtemps que j'aurais craqué.

Anita sortit un petit mouchoir de sa manche et s'essuya délicatement le nez. Puis elle lui fit un grand sourire.

— Merci de me dire ça, mais je sais bien que tu es plus fort. Martin m'a beaucoup parlé de toi ces dernières semaines et, à ce qu'il m'a dit, tu es très brave.

Arutha sembla embarrassé de ces attentions.

— Le maître chasseur a tendance à beaucoup exagérer les choses. (Comme il savait que ce n'était pas vrai, il préféra changer de sujet.) Amos m'a dit que, si nous ne voyons pas l'autre navire dans les deux jours qui viennent, cela voudra dire que nous aurons réussi à nous échapper.

Elle baissa les yeux.

— C'est bien.

Il se pencha en avant pour sécher une larme qui lui coulait encore sur la joue, puis s'écarta, gêné.

— Tu seras en sécurité à Crydee, loin des manigances de Guy. Ma sœur te réservera un bon accueil, j'en suis sûr.

La princesse eut un faible sourire.

— Je suis inquiète pour mes parents.

Arutha fit de son mieux pour apaiser ses craintes.

— Sachant que tu n'es plus à Krondor, Guy n'a rien à gagner à leur causer du tort. Il peut toujours arracher à ton père son consentement pour votre mariage, mais Erland n'a rien à perdre s'il le lui donne maintenant. Tu es hors de portée, cette promesse de fiançailles ne vaudra rien. Avant que tout ça soit fini, le cher cousin Guy devra nous rendre des comptes.

Anita soupira et son sourire s'agrandit.

— Merci Arutha, je me sens mieux, maintenant.

Le prince se leva en disant :

— Essaye de dormir. Je vais prendre ta cabine pour l'instant.

La jeune fille souriait en allant à sa couchette. Arutha ferma la porte derrière lui. Brusquement, il ne se sentait plus fatigué et préféra remonter sur le pont. Amos se tenait à côté du barreur, les yeux fixés sur l'arrière. Arutha s'approcha de lui.

— Là-bas, sur l'horizon, vous le distinguez ? lui demanda le capitaine.

Arutha plissa les yeux et aperçut un tout petit point blanc sur le ciel bleu.

— Radburn ?

Amos cracha par-dessus la barre.

— J'imagine. Quelle que soit notre avance, ils nous rattrapent lentement. Mais une bonne chasse est une longue chasse, comme on dit. Si on arrive à rester assez loin pour le reste de la journée, on pourra peut-être dévier de notre course à la nuit – s'il y a assez de nuages pour que les lunes ne nous trahissent pas.

Arutha ne répondit pas et regarda le petit point au loin.

Pendant toute la journée, ils avaient regardé se rapprocher le navire qui les poursuivait. Au début, le petit point grossissait avec une lenteur exaspérante, mais sa vitesse était maintenant inquiétante. Arutha voyait clairement les contours des voiles, qui ne formaient plus une simple tache blanche et floue. Il devinait même un minuscule point noir en haut du mât, sans doute la bannière de Guy.

Amos regarda le soleil qui se couchait face à *L'Eau Vive* en fuite, puis scruta le vaisseau qui les poursuivait.

— Tu le reconnais ? cria-t-il à la vigie.

— C'est un trois-mâts, capitaine.

Amos se tourna vers Arutha.

— C'est bien le *Griffon Royal*. Il nous aura rejoints au coucher du soleil. Il nous suffirait d'une dizaine de minutes, ou d'un banc de brume, ou qu'il soit un tout petit peu plus lent…

— Qu'est-ce que tu peux faire ?

— Pas grand-chose. Par vent de trois quarts arrière, il est plus rapide, assez pour qu'on ne puisse pas s'en débarrasser d'un coup de voile. Si j'essayais de tourner pour avoir vent arrière juste quand il arrive, je pourrais creuser un peu la distance qui nous sépare, mais il reprendrait quand même de la vitesse plus vite que nous. Et puis dès qu'ils auraient réorienté les voiles, ils nous rattraperaient. Mais ça nous ramènerait vers le sud et sur cette partie de la côte, il y a des hauts-fonds et des récifs assez traîtres, pas très loin d'ici. Ce serait risqué. Non, quel que soit le vent, il va nous rejoindre. Quand il sera à côté de nous, comme ses mâts sont plus hauts, il va nous couper le vent, on va ralentir brusquement et ils vont nous aborder sans problème.

Arutha observa pendant encore une bonne demi-heure le navire qui s'approchait petit à petit. Martin monta sur le pont et vit la distance qui séparait les deux vaisseaux se réduire de minute en minute. Amos prenait soin de profiter du vent au maximum, poussant *L'Eau Vive* à la limite de sa voilure, mais l'autre approchait inexorablement.

— Malédiction ! lança Amos, crachant presque de frustration. Si on allait vers l'est, on les perdrait dans la nuit, mais en allant à l'ouest, on va continuer à se découper sur le ciel bien après le coucher du soleil. Ils nous verront encore lorsque nous les aurons déjà perdus de vue.

Le soleil se couchait et la poursuite continuait. Sur l'horizon, l'astre diurne formait comme une boule de feu rouge posée sur une mer vert sombre. Le vaisseau de guerre était maintenant à moins de trois cents mètres.

— Avec leurs grosses arbalètes, ils pourraient tailler notre gréement ou encore balayer le pont, commenta Amos. Mais comme la fille est à bord, il est possible que Radburn ne tente rien par peur de la blesser.

Deux cent cinquante puis deux cents mètres seulement les séparèrent ; le *Griffon Royal* avançait inexorablement sur eux dans la houle. Arutha distinguait des silhouettes, accrochées aux cordages, noires sur les voiles rouge sang à cause du soleil couchant.

Quand le vaisseau ne fut plus qu'à cent cinquante mètres derrière, la vigie hurla :

— Brouillard en vue !

Amos leva les yeux.

— Où ?

— Sud-ouest. Deux kilomètres environ.

Amos se précipita à la proue, suivi d'Arutha. Au

loin ils voyaient le soleil se coucher ; un peu à gauche de l'astre, un banc de brume blanche paressait au-dessus des eaux noires.

— Par les dieux ! s'écria le capitaine. Il nous reste une chance.

Il cria au timonier de mettre cap sur le sud-ouest, puis courut vers l'arrière, Arutha sur ses talons. Quand ils arrivèrent à la poupe, ils constatèrent que la manœuvre avait diminué de moitié la distance qui les séparait.

— Martin, est-ce que tu vois leur timonier ? demanda Amos.

L'Archer plissa les yeux.

— Il fait un peu noir, mais ce n'est pas une cible bien difficile.

— Vois si tu peux lui faire oublier la poursuite.

Martin s'empara de son arc, qu'il ne quittait jamais, et le banda. Il sortit une longue flèche et visa le navire adverse. Il attendit, s'efforçant de compenser le roulis, puis tira. Comme un oiseau furieux, la flèche bondit au-dessus de l'eau, frappant l'autre navire à la poupe.

Martin suivit sa flèche du regard, puis murmura « Ah ». D'un mouvement fluide, il sortit une autre flèche, l'encocha, banda l'arc et tira. Elle suivit la première, mais au lieu de frapper l'arrière de l'autre bateau, elle se planta en vibrant dans la barre du pont, à quelques centimètres de la tête du timonier.

Depuis le pont de *L'Eau Vive*, ils virent le timonier du *Griffon Royal* plonger à terre, lâchant la barre. Le navire de guerre hésita et commença à perdre du terrain.

— Un peu trop de vent pour un bon tir, déplora Martin.

Il tira une autre flèche qui se planta à un cheveu de la première, empêchant quiconque d'approcher de la barre.

Lentement, les deux navires commencèrent à s'écarter l'un de l'autre. Amos se tourna vers l'équipage.

— Passez le mot. Quand je donnerai ordre de faire silence, celui qui se permettra ne serait-ce qu'un murmure servira de nourriture aux poissons.

Le vaisseau de guerre vacilla derrière eux pendant une minute avant de reprendre sa course.

— Ils se décalent, Amos, dit Martin. Je ne peux pas tirer au travers des voiles.

— Non, mais si tu voulais bien me faire le plaisir d'écarter ces gamins à la proue qui font joujou avec leur baliste, je t'en serais très reconnaissant. J'ai l'impression que tu as irrité Radburn.

Martin et Arutha virent les servants de la baliste préparer leurs armes. Le maître chasseur tira une volée de flèches vers la proue du navire adverse, si vite que chaque trait n'était qu'à mi-parcours qu'il en avait déjà lâché un autre. La première toucha un homme à la jambe. Il s'effondra par terre et les autres se mirent à couvert.

— Brouillard droit devant, capitaine ! cria la vigie.

Amos se tourna vers le timonier.

— Bâbord toute.

L'Eau Vive mit cap au sud. Le *Griffon Royal* filait juste derrière le navire, à un peu plus de cent mètres. Le vent faiblit lorsqu'ils changèrent de direction.

— Le vent ne vaudra pas mieux qu'un pet foireux, ici, expliqua Amos à Arutha comme ils approchaient du banc de brume. Je vais faire prendre les ris, pour que le claquement de nos voiles ne trahisse pas notre position.

Brusquement, ils pénétrèrent dans un mur de brouillard gris sombre, qui s'obscurcit rapidement quand le soleil se coucha sous l'horizon.

— Prenez les ris ! ordonna Amos dès que le vaisseau de guerre eut disparu à ses yeux.

L'équipage tira les voiles et le navire ralentit aussitôt.

— Tribord toute, et plus un bruit, passez le mot.

Soudain, le vaisseau devint silencieux comme une tombe. Amos se tourna vers Arutha.

— Les courants vont nous porter vers l'ouest, murmura-t-il. Nous allons nous laisser dériver. J'espère que le capitaine de Radburn vient de la mer du Royaume.

— La barre avant, murmura-t-il au timonier. Qu'on attache les vergues, passe le mot, ajouta-t-il à l'adresse de Vasco. Et surtout que nos gars là-haut ne bougent pas.

Soudain, Arutha prit conscience du silence. Après le vacarme de la poursuite, le souffle frais du vent du nord, le sifflement des cordages et des voilures dans les vergues et le bruissement incessant de la toile, ce banc de brume qui étouffait le moindre son paraissait anormalement silencieux. Dans le noir, on n'entendait qu'un mât grincer de temps à autre, ou encore un cordage qui claquait. Les minutes s'étirèrent, semblant durer une éternité.

Puis il y eut comme une violente alarme : des voix et des bruits de navire. Le grincement des mâts et le vent dans les voiles les envahirent. Arutha ne vit rien pendant un long moment, puis une faible lueur perça les ténèbres à l'arrière, passant sur un axe nord-est sud-ouest : les lanternes du *Griffon Royal* à leur recherche. Tous les hommes à bord de *L'Eau Vive*, sur le pont comme dans les vergues, s'immobilisèrent, de peur que le bruit de leurs pas ne porte sur l'eau et ne trahisse leur présence aussi sûrement qu'un clairon. Ils entendirent au loin des cris venant de l'autre navire :

— La ferme, bon sang ! Avec tout ce boucan on ne les entendra jamais !

Puis tout redevint calme, à l'exception du bruit des voiles et des cordages du *Griffon Royal*.

Le temps passa lentement dans le noir. Puis il y eut un grincement affreux, comme un roulement de tonnerre : un déchirement, le grincement du bois qui craque en s'écrasant sur le roc. Immédiatement, il y eut des hurlements de panique.

Amos se tourna vers ses compagnons, qu'il distinguait vaguement dans le noir.

— Ils se sont échoués. Au bruit, ils ont dû fendre la coque par en dessous. Ce sont des hommes morts.

Il donna l'ordre de mettre la barre au nord-est pour s'écarter des hauts-fonds et des récifs. Les marins s'empressèrent de remettre les voiles.

— Sale manière de mourir, commenta Arutha.

Martin haussa les épaules, à demi éclairé par les lanternes que l'on montait sur le pont.

— Tu crois qu'il en existe une bonne ? Personnellement, j'ai vu pire.

Le prince descendit du pont arrière, suivi par les cris pitoyables des hommes qui se noyaient, triste contrepoint aux ordres triviaux de Vasco disant d'ouvrir la cambuse. Il ferma la porte du couloir menant aux cabines pour se couper de ces bruits déplaisants. Puis il ouvrit doucement la porte de sa cabine et vit Anita endormie à la lumière vacillante d'une lanterne. Ses cheveux brun-roux semblaient presque noirs, étalés en couronne autour de sa tête. Il s'apprêtait à refermer la porte, quand il l'entendit dire :

— Arutha ?

Elle le regardait. Il entra et s'assit sur le bord de la couchette.

— Ça va ? lui demanda-t-il.

La princesse s'étira et fit oui de la tête.

— J'ai dormi profondément. (Ses yeux s'agrandirent.) Tout va bien ?

Elle s'assit, approchant son visage d'Arutha. Ce dernier la prit dans ses bras et la serra contre lui.

— Tout va bien. Nous sommes en sécurité, maintenant.

Elle soupira en posant sa tête sur son épaule.

— Merci pour tout, Arutha.

Il ne répondit pas, troublé par des sentiments très forts, l'envie de la défendre, de la protéger du mal, de s'occuper d'elle. Ils restèrent longtemps ainsi, puis Arutha reprit le contrôle sur ses émotions et s'écarta un petit peu.

— Tu dois avoir faim.

Anita eut un rire franc et joyeux.

— En fait, oui, je suis même affamée.

— Je vais te faire apporter quelque chose, mais ce sera simple, je le crains, même par rapport à ce qu'on te servait chez les Moqueurs.

— Je prendrai ce qu'on me donnera.

Arutha remonta sur le pont et demanda à un marin d'aller à la cuisine chercher quelque chose pour la princesse, puis il retourna à la cabine et la trouva en train de se coiffer.

— Je dois être affreuse, se plaignit-elle.

Arutha dut lutter pour ne pas sourire. Il ne savait pas pourquoi, mais il se sentait inexplicablement heureux.

— Pas du tout. Tu es plutôt mignonne, à vrai dire.

Elle arrêta de se coiffer et Arutha s'émerveilla de la manière dont elle pouvait paraître si jeune à un moment, puis si femme l'instant d'après. Elle lui sourit.

— Je me souviens de t'avoir observé à la dérobée lors d'un dîner à la cour de mon père, la dernière fois que tu étais à Krondor.

— Moi ? Mais, dieux du ciel, pourquoi donc ?

Elle ne répondit pas à la question.

— Ce jour-là, je me suis dit aussi que tu étais mignon, quoique un peu raide. Il y avait un garçon qui m'avait tenue en l'air pour que je puisse te voir. Il faisait partie de la suite de ton père. J'ai oublié son nom, mais il m'a dit qu'il était apprenti magicien.

Arutha perdit son sourire.

— C'était Pug.

— Que lui est-il arrivé ?

— Il a été porté disparu dès la première année de guerre.

Anita posa son peigne.

— Je suis désolée. Il a été si gentil alors que je devais être si importune.

— C'était un garçon gentil, effectivement, capable d'actes de grande bravoure et il était très cher à ma sœur. Elle a longtemps pleuré sa perte. (Luttant contre un brusque accès de mélancolie, il ajouta :) Dis-moi, pourquoi une princesse de Krondor aurait-elle voulu regarder en douce un de ses lointains cousins de la campagne ?

Anita regarda Arutha un long moment.

— Je voulais te voir parce que nos pères envisageaient de nous marier.

Le jeune homme en resta abasourdi. Il lui fallut toute sa maîtrise de lui-même pour garder son calme. Il s'empara de la chaise et s'assit.

— Ton père ne t'a jamais parlé de cela ? demanda la princesse, surprise par sa réaction.

Ne sachant que dire d'intelligent, Arutha secoua simplement la tête.

Anita acquiesça.

— Je sais, la guerre et tout ça. Les choses se sont précipitées peu après votre départ de Rillanon.

Le prince avala sa salive avec peine, la bouche soudain sèche.

— Mais, qu'est-ce que c'est que cette histoire de… mariage dont auraient discuté nos deux pères ?

Il regarda Anita dont les yeux verts couvaient la flamme vacillante de la bougie et autre chose encore.

— Des affaires d'État, je le crains. Père voulait s'assurer que j'hériterais du trône et Lyam était un parti trop dangereux, parce que c'était l'aîné. Toi, au contraire, tu étais le parti idéal, car le roi avait peu de chances d'émettre des objections... enfin à l'époque. Maintenant que Guy me veut, j'imagine que le roi est d'accord avec lui.

Arutha commença à s'énerver, sans savoir exactement pourquoi.

— Et je suppose que nous n'avions pas notre mot à dire dans l'affaire !

Son ton monta.

— Je t'en prie, ce n'est pas de mon fait, protesta la princesse.

— Désolé. Je ne voulais pas t'offenser. C'est juste que je n'ai jamais vraiment pensé au mariage et certainement pas à un mariage d'État. (Il retrouva son sourire ironique.) C'est habituellement réservé aux fils aînés. Nous autres, cadets, sommes habituellement destinés à nous trouver au mieux une vieille comtesse veuve, ou la fille d'un riche marchand. (Il s'efforça vainement d'en rire.) Une jolie fille de riche marchand, si nous avons de la chance, ce qui est loin d'être toujours le cas. (Il se redressa, puis finit par ajouter :) Anita, tu resteras à Crydee tant qu'il le faudra. Pendant un temps, ce sera peut-être dangereux à cause des Tsurani, mais nous trouverons bien un moyen de résoudre le problème, en t'envoyant à Carse, peut-être. Quand la guerre sera finie, tu pourras rentrer chez toi tranquillement, je te le promets. Et jamais, jamais personne ne te forcera à faire quoi que ce soit contre ta volonté.

Leur conversation fut interrompue par un marin qui frappa à la porte et entra avec un bol de soupe de poisson fumante, du pain dur et du porc salé sur un plateau. Tandis qu'il plaçait la nourriture sur la table et versait du vin dans un verre, Arutha regarda la princesse. Quand le marin fut parti, elle commença à manger.

Le prince lui parla de choses et d'autres, à nouveau captivé par les manières ouvertes et envoûtantes de la jeune fille. Quand finalement il lui souhaita une bonne nuit et referma la porte, il se rendit brusquement compte que cette idée de mariage d'État ne le dérangeait pas vraiment. Il monta sur le pont. Le brouillard s'était levé et le navire filait de nouveau avec un bon vent. Arutha regarda les étoiles dans le ciel et, pour la première fois depuis des années, siffla un petit air joyeux.

Près du gouvernail, Martin et Amos se passaient une outre de vin et parlaient tout bas.

— Le prince semble exceptionnellement joyeux ce soir, fit remarquer Amos.

Martin tira sur sa pipe et souffla un nuage de fumée, rapidement emporté par le vent.

— Je parierais qu'il ne sait même pas pourquoi il se sent aussi heureux. Anita est jeune, mais pas assez pour qu'il arrive à résister à ses attentions très longtemps. Si elle s'est décidée et je crois bien que c'est le cas, elle l'aura attrapé dans ses rets en moins d'un an. Et il en sera heureux.

Amos éclata de rire.

— Il va lui falloir encore du temps avant d'en profiter. Moi, je parie que le jeune Roland va se retrouver devant l'autel avant Anita.

Martin secoua la tête.

— Ce n'est pas un pari, ça. Roland s'est fait avoir il y a des années. Anita a encore du travail.

— Tu n'es donc jamais tombé amoureux, Martin ?

— Non, Amos. Les forestiers, tout comme les marins, ça fait de mauvais maris. Jamais longtemps à la maison, parfois des jours entiers, voire des semaines entières tout seuls. On est plutôt dans le genre ours solitaire. Et toi ?

— Comme tu vois. (Amos soupira.) Plus je me fais vieux et plus je me demande ce que j'ai raté.

— Mais tu y changerais quelque chose ?

Avec un petit rire, Amos répondit :

— Probablement pas, Martin, probablement pas.

Le navire accosta à bon port. Fannon et Gardan mirent pied à terre. Arutha aida Anita à descendre la passerelle et la présenta au maître d'armes de Crydee.

— Nous n'avons pas de carrosse à Crydee, Votre Altesse, lui dit Fannon, mais je vais faire mander un chariot immédiatement. La route est longue jusqu'au château.

Anita sourit.

— Je sais monter à cheval, maître Fannon. N'importe quel animal pas trop nerveux fera l'affaire.

Le maître d'armes donna ordre à deux de ses hommes de repartir vers l'écurie pour ramener un des palefrois de Carline équipé d'une selle pour dame.

— Quelles nouvelles ? demanda Arutha.

Fannon emmena le prince à l'écart.

— Le dégel n'a commencé que tardivement dans les montagnes, Votre Altesse, alors les Tsurani n'ont pas encore fait de grosses manœuvres. Des avant-postes ont été attaqués, mais il n'y a rien de notre côté qui laisse penser que nous aurons à subir une offensive ce printemps. Peut-être vont-ils s'attaquer à votre père.

— J'espère que vous avez raison, car père a reçu la majeure partie de la garnison de Krondor.

Il expliqua en quelques mots ce qui était arrivé à Krondor et Fannon écouta attentivement.

— Vous avez bien fait de ne pas aller au campement de votre père. Je crois que vous avez correctement estimé la situation. Rien ne serait plus désastreux qu'une grande offensive tsurani contre les positions du duc Borric s'il était parti faire la guerre contre Guy. Gardons cela pour nous encore un moment. Votre père apprendra bien assez tôt ce qui est arrivé, mais plus il mettra de temps à connaître la traîtrise de Guy, plus nous aurons de chances de contenir les Tsurani encore un an.

Arutha sembla troublé.

— Ça ne pourra pas durer bien longtemps, Fannon. Il faut mettre un terme à cette guerre. (Il se retourna un moment et vit les villageois regarder fixement la princesse.) Enfin, nous avons encore un peu de temps pour organiser notre défense contre les Tsurani, si nous arrivons ne serait-ce qu'à trouver quelques idées.

Fannon réfléchit un moment, s'apprêta à dire quelque chose, puis se tut. Il avait l'air sombre, presque comme s'il souffrait.

— Qu'y a-t-il, maître d'armes ? s'enquit Arutha.

— J'ai de tristes nouvelles à vous annoncer, Votre Altesse. Messire Roland est mort.

Le prince fut atterré par la nouvelle. Un bref instant, il se demanda si Fannon ne lui faisait pas une farce de mauvais goût, car il n'arrivait pas à accepter ce qu'il venait d'entendre. Finalement, il bégaya :

— Comment ?

— Nous avons appris la nouvelle il y a trois jours par le baron Tolburt, qui est extrêmement triste. Le châtelain s'est fait tuer dans un raid tsurani.

Arutha regarda le château sur la colline.

— Comment va Carline ?

— Comme on s'y serait attendu. Elle pleure, mais elle accuse bien le choc.

Le prince eut l'impression de suffoquer. L'air sombre, il revint vers Anita, Amos et Martin. Tout le monde savait déjà que la princesse de Krondor venait d'arriver. Les soldats qui avaient accompagné Fannon et Gardan formaient un îlot de calme autour d'elle, gardant les villageois à bonne distance. Arutha annonça la triste nouvelle à Amos et à Martin.

Les montures arrivèrent rapidement et tous se retrouvèrent en selle pour rejoindre le château. Arutha partit au galop ; il avait déjà mis pied à terre bien avant que les autres ne débouchent dans la cour. La majeure partie des serviteurs attendait le prince qui cria à l'intendant Samuel sans trop de formalités :

— La princesse de Krondor est mon invitée pour quelque temps. Faites préparer des appartements et escortez-la jusqu'à la grande salle ; dites-lui que je la rejoindrai bientôt.

Le prince courut pour entrer dans le donjon, passant sans les voir à côté des gardes qui se mirent au garde-à-vous. Il arriva à la porte des appartements de Carline et frappa.

— Qui est là ? demanda une faible voix à l'intérieur.

— Arutha.

La porte s'ouvrit d'un seul coup et Carline se précipita dans les bras de son frère et le serra très fort.

— Oh, je suis si heureuse que tu sois de retour. Tu ne sais pas à quel point je suis heureuse. (Elle recula pour le regarder.) Je suis désolée. Je voulais venir t'accueillir au port, mais je n'ai pas réussi à me remettre assez pour cela.

— Fannon vient de m'apprendre la nouvelle. Je suis terriblement désolé.

Carline le regarda calmement, d'un air résigné, puis le prit par la main et le fit entrer dans ses appartements.

— Je savais bien que cela pouvait arriver, reconnut-elle en s'asseyant sur un divan. Ça s'est passé de la manière la plus ridicule possible, tu sais. Le baron Tolburt a écrit une très longue lettre, le pauvre homme. Il a vu son fils si peu de temps, ça l'a beaucoup éprouvé. (Des larmes commencèrent à monter et elle avala sa salive en détournant les yeux de son frère.) Roland est mort…

— Tu n'es pas obligée de m'en parler.

Elle secoua la tête.

— Ça va. Ça fait mal… (Les larmes lui montèrent à nouveau aux yeux, mais elle continua à parler.) Oh, comme ça fait mal. Mais je supporterai la douleur. C'est Roland qui me l'a appris, Arutha. Il savait qu'il courait des risques et il m'a dit que s'il mourait, je devrais vivre ma vie. J'ai bien retenu la leçon, tu sais. Je crois que c'est parce que j'ai fini par comprendre combien je l'aimais et que je le lui ai dit que j'ai eu la force de supporter sa perte.

» Roland est mort en essayant de sauver des vaches que l'on volait à un fermier. (Elle sourit à travers ses larmes.) Ça lui ressemble bien, n'est-ce pas ? Il a passé tout l'hiver à construire ce fort et, au premier problème, il se fait tuer par quelques Tsurani affamés qui tentent de voler des vaches maigrichonnes. Roland est sorti avec ses hommes pour les chasser, mais il s'est fait abattre par une flèche. Il a été le seul blessé et il est mort avant qu'on puisse le ramener au fort. (Elle poussa un long soupir.) Il fallait toujours qu'il fasse le pitre. À croire qu'il l'a fait exprès.

Elle commença à pleurer et Arutha la regarda en silence. Elle se maîtrisa et dit :

— Tout ça ne nous amène rien de bon, tu sais. (Elle se leva et regarda par la fenêtre, en ajoutant doucement :) Maudite soit cette stupide guerre.

Arutha la rejoignit et la serra un moment contre lui.

— Maudites soient toutes les guerres, déclara-t-il.

Le frère et la sœur restèrent silencieux encore quelques minutes, puis Carline finit par demander :

— Quelles nouvelles nous amènes-tu de Krondor ?

Arutha lui expliqua brièvement ce qui s'était passé là-bas, tout en l'observant. Elle semblait accepter plus aisément la perte de Roland que celle de Pug. Le prince partageait sa douleur, mais d'un autre côté, il était sûr qu'elle s'en remettrait. Il était content de découvrir combien sa sœur avait grandi en quelques années. Quand il eut fini de lui parler du sauvetage d'Anita, Carline l'interrompit :

— La princesse de Krondor est ici ?

Le jeune homme acquiesça.

— Je dois avoir l'air affreuse et, toi, tu amènes la princesse de Krondor ici ! protesta Carline. Arutha, tu es un monstre.

Elle se précipita vers un miroir de métal poli et tenta nerveusement d'arranger son visage en le tamponnant avec un linge humide.

Arutha sourit. Le deuil n'empêchait en rien sa sœur de garder toute sa vivacité et sa force de caractère.

En se brossant les cheveux, Carline se tourna vers son frère.

— Est-ce qu'elle est belle, Arutha ?

Le sourire ironique du prince se fit plus franc.

— Oui, je dirai qu'elle est belle.

Carline scruta le visage de son frère.

— Je vois qu'il va falloir que j'apprenne à bien la connaître. (Elle reposa son peigne et rajusta sa robe, puis tendit la main à Arutha.) Viens, nous ne pouvons faire attendre plus longtemps ta jeune dame.

La main dans la main, ils quittèrent la pièce et descendirent l'escalier jusqu'au couloir principal, pour accueillir Anita à Crydee.

8

Le Très-Puissant

Une maison abandonnée surplombait la ville, au sommet de la plus haute des collines qui encerclaient la cité d'Ontoset. L'on disait que c'était de là qu'on avait la meilleure vue sur la ville et sur la mer.

La maison brillait autrefois de toutes les splendeurs d'une grande famille, mais celle-ci avait été déchue pour avoir soutenu le mauvais parti lors d'un grave conflit politique, comme il en existait tant au sein de l'empire. La maison était tombée en ruine et on l'avait oubliée, car bien que le bâtiment fût l'un des plus beaux de la région, les Tsurani étaient très superstitieux et associaient souvent la malchance à la terre.

Un jour, on apprit en ville que des bergers surveillant leur troupeau de kula avaient aperçu à leur réveil une silhouette en robe noire qui montait la colline en direction de la vieille maison. Ils s'étaient écartés précipitamment pour l'éviter, comme le leur dictait leur condition, mais ils étaient restés dans les environs, à cause de leurs bêtes – l'unique source de leurs maigres revenus étant la laine de kula. Vers midi, ils entendirent un grand bruit, comme si un monstrueux coup de tonnerre déchirait les cieux. Leur troupeau apeuré se dispersa et certaines bêtes coururent vers le sommet de la colline. Les bergers avaient beau être terrifiés, ils devaient sauver leur gagne-pain. Ils rassemblèrent tout leur courage et partirent récupérer leurs animaux.

L'un des bergers, un homme du nom de Xanothis, monta jusqu'au sommet de la colline où se trouvait la grande maison et aperçut le magicien en robe noire, debout sur la crête. La grande maison en ruine n'existait plus. À sa place, creusée sur une profondeur de plusieurs mètres, était apparue une grande bande de terre nue, fumante. Craignant d'avoir interrompu un Très-Puissant dans son travail, Xanothis commença à reculer, espérant n'avoir pas été remarqué, car l'homme lui tournait le dos et avait relevé sa capuche. Le berger recula d'un pas et le magicien se tourna vers lui, le fixant de ses étranges yeux bruns profonds.

Le berger le salua comme le voulait la coutume, les genoux à terre, les yeux baissés. Il ne se prosterna pas complètement, car c'était un homme libre et, bien qu'il ne fût pas noble, il était le chef de sa famille.

— Relève-toi, ordonna le magicien.

Un peu confus, Xanothis se leva, les yeux toujours baissés.

— Regarde-moi.

Il leva les yeux vers un visage qui l'observait intensément sous la capuche. Une barbe aussi noire que ses yeux soulignait la peau claire, ce qui troubla encore davantage Xanothis, car seuls les esclaves portaient la barbe. Le magicien sourit devant l'air perplexe du berger et l'examina en tournant autour de lui.

L'homme était plutôt grand pour un Tsurani et dépassait le magicien de presque cinq centimètres, alors que celui-ci faisait déjà un bon mètre soixante-dix. Sa peau était sombre comme du chocha, ou du café. Il avait les yeux et les cheveux noirs, à l'exception de quelques mèches blanches. La courte robe verte qu'il portait dévoilait la musculature puissante d'un homme qui avait dû être soldat, comme le laissaient à penser son maintien bien droit et ses nombreuses cicatrices. Il devait avoir plus de cinquante ans, mais malgré tout, il semblait encore capable de supporter la vie difficile d'un berger. Il ressemblait un peu à Gardan de Crydee, bien qu'il fût un peu moins grand que le sergent.

— Ton nom ? s'enquit le magicien en venant se mettre face à Xanothis.

Ce dernier le lui donna d'une voix qui trahissait son malaise. Le magicien le surprit ensuite en lui demandant :

— À ton avis, berger, ce lieu est-il un bon endroit pour s'installer ?

— Si… si c'est… si tel est votre désir, Très-Puissant, bégaya Xanothis, troublé.

— Ne me demande pas ce que je pense ! répondit vivement le magicien. C'est ton avis à toi que je veux !

Xanothis eut du mal à dissimuler sa honte. Les Très-Puissants étaient sacro saints et faire défaut à l'un d'eux était le déshonneur assuré.

— Pardonnez-moi, Très-Puissant. On dit que ce lieu est maudit par les dieux.

— Et qui dit cela ?

Le ton cassant du magicien fit reculer le berger comme si on l'avait frappé.

— Ceux qui vivent en ville, Très-Puissant, et d'autres encore dans le pays, répondit-il d'une voix calme, bien que ses yeux trahissent sa colère.

Il croisa le regard du magicien et le soutint. De petites rides d'amusement apparurent au coin des yeux du Très-Puissant et sa bouche s'incurva légèrement vers le haut, mais sa voix tonnait encore.

— Mais toi, tu n'y crois pas, berger ?

— J'ai été soldat pendant quinze ans, Très-Puissant. J'ai vu de nombreuses fois les dieux favoriser ceux qui prennent soin d'eux-mêmes.

Le magicien sourit, mais ce n'était pas un sourire chaleureux.

— Un homme qui compte sur lui-même. Bien. Je suis content que nous pensions la même chose, car j'envisage d'installer ma maison ici : j'aime bien voir la mer.

Le berger se raidit à cette remarque, ce que ne manqua pas de voir le magicien, qui lui demanda :

— Cela te convient-il, Xanothis d'Ontoset ?

— Le Très-Puissant se joue de moi, répondit Xanothis en se dandinant d'un pied sur l'autre. Que cela me plaise ou non ne changera rien, j'en suis certain.

— C'est vrai, mais tu n'as pas répondu à ma question. Cela te convient-il ?

Les épaules de Xanothis s'affaissèrent un peu.

— Il va me falloir déplacer mes bêtes, Très-Puissant, c'est tout.

— Parle-moi de cette maison, Xanothis, celle qui se tenait ici autrefois.

— C'était la maison du seigneur des Almach, Très-Puissant. Il a soutenu un de ses cousins contre Almecho lors de sa nomination au poste de seigneur de guerre. (Il haussa les épaules.) J'occupais la place du chef de patrouille de cette maison. J'étais un homme très orgueilleux, ce qui limitait mon avancement en tant que soldat. Mon seigneur m'a donné la permission de quitter son service et de me marier, alors j'ai repris les bêtes du père de mon épouse. Si j'étais resté soldat, je serais mort ou je serais devenu esclave ou guerrier gris. (Il regarda la mer au loin.) Que voulez-vous savoir de plus, Très-Puissant ?

— Tu peux laisser tes bêtes sur cette colline, Xanothis. Les bêtes qui broutent gardent l'herbe rase et je n'aime pas les herbes folles. Empêche-les simplement d'approcher du bâtiment principal où j'effectuerai mes travaux, sinon j'en ferai cuire une de temps à autre pour mon dîner.

Sans un mot supplémentaire, le magicien tira un objet des plis de sa robe et l'activa. Il y eut un étrange bourdonnement pendant un moment, puis la silhouette en robe noire disparut avec un petit claquement. Xanothis resta là quelques minutes, puis partit à la recherche de ses bêtes perdues.

Plus tard dans la nuit, autour d'un feu de camp, il parla de sa rencontre avec le Très-Puissant à sa famille et aux autres bergers. Nul ne mit sa parole en doute, car quels que fussent ses défauts, Xanothis n'était pas du genre à exagérer, mais tous furent très étonnés. Puis survint une chose à laquelle ils ne s'habituèrent jamais vraiment : lors des mois qui suivirent, alors que l'on reconstruisait une autre grande maison, certains bergers aperçurent de temps en temps Xanothis en pleine discussion avec un Très-Puissant, en haut de la colline, pendant que ses kula broutaient un peu en contrebas.

Un nouvel édifice de forme étonnante s'élevait à présent au sommet de la colline. Les gens se posaient beaucoup de questions au sujet de son propriétaire, l'étrange Très-Puissant. Sa demeure était l'objet de toutes les envies car sa conception et sa construction représentaient une sorte de révolution pour l'architecture tsurani. Fini, le bâtiment de trois niveaux avec une cour intérieure. À la place se trouvait un long bâtiment à un étage, plein de coins et de recoins, avec plusieurs dépendances plus petites reliées par des allées couvertes. On y trouvait également de nombreux petits jardins et ruisseaux. Les matériaux utilisés faisaient autant sensation que son étrange architecture, car les bâtiments étaient essentiellement construits en pierre tandis que des tuiles de brique cuite recouvraient le toit. Certains se dirent que cela devait protéger de la chaleur au plus fort de l'été.

Deux autres nouveautés contribuaient encore à la fascination que les gens avaient pour cette maison et son propriétaire. Tout d'abord, la manière dont ce projet avait été commandité : le magicien était arrivé un jour à Ontoset, dans la maison de Tumacel, le plus riche prêteur de la ville. Il s'était approprié plus de trente mille souverains impériaux et avait laissé le prêteur effaré par sa perte de liquidités. C'était la seule manière que Milamber avait trouvée pour échapper aux complications bureaucratiques dans lesquelles se complaisaient les Tsurani. Les marchands ou les fournisseurs qui travaillaient pour un Très-Puissant devaient ensuite demander au trésor impérial de les rembourser. Résultat, les matériaux demandés arrivaient très lentement et les services rendus ne l'étaient qu'avec un enthousiasme très modéré. En règle générale, ce genre d'histoire provoquait beaucoup de ressentiments. Milamber paya tout d'avance et laissa au prêteur – qui avait plus de facilité à gérer ses pertes que la plupart des autres marchands, tout simplement parce que c'était son métier – la charge de réclamer son argent au trésor.

Ce qui fascinait aussi, c'était le style des décorations de la maison. Au lieu des habituelles peintures aux couleurs vives, les murs du bâtiment restèrent pratiquement nus, à l'exception d'un ou deux paysages aux couleurs neutres et naturelles. Nombre de jeunes artistes de talent furent employés à ce projet. Quand les travaux furent entièrement finis, tout le monde s'arracha leurs services. En un mois, une nouvelle tendance venait de naître dans l'art tsurani.

Cinquante esclaves travaillaient maintenant aux champs avoisinants, libres d'aller et venir comme bon leur semblait, vêtus d'habits de leur propre monde, Midkemia. Un jour, le Très-Puissant s'était rendu à un marché aux esclaves et les avait emmenés avec lui sans payer.

Beaucoup de voyageurs qui arrivaient à Ontoset passaient une soirée en haut des sommets avoisinants pour contempler la maison, à distance respectable, bien entendu. On questionnait souvent le berger, Xanothis, sur l'étrange Très-Puissant qui vivait dans cette demeure, mais l'ancien soldat souriait sans rien dire.

— L'idée que la grande faille qui conduit actuellement vers Midkemia est contrôlable n'est qu'en partie exacte. (Milamber marqua une pause, laissant à son scribe le temps de finir d'écrire ce qu'il venait de lui dicter.) On constate que des failles peuvent être créées sans les déchaînements d'énergie associés à leur apparition accidentelle, que ce soit par l'entremise de sortilèges mal lancés ou par la proximité d'un trop grand nombre d'objets magiques instables.

Quand elles seraient terminées, les recherches que faisait Milamber sur l'énergie dégagée par les failles seraient ajoutées aux archives de l'Assemblée. Comme d'autres projets qu'il avait parcourus dans les archives, les recherches sur les failles montraient à Milamber que la plupart des travaux de ses frères magiciens présentaient un gros défaut. En général, les projets n'étaient pas menés jusqu'à leur terme, ce qui dénotait un manque de profondeur dans la réflexion. Dès que la procédure de création de failles sûres avait été établie, on avait arrêté toutes les recherches sur leur nature exacte.

Milamber reprit sa dictée :

— Ce qui manque à ce concept de contrôle, c'est la capacité à sélectionner le point de contact, la possibilité de « cibler » la faille. On a pu constater grâce à l'arrivée sur les côtes de Crydee, sur Midkemia, du vaisseau transportant Fanatha, qu'il était probable que certaines affinités existent entre une nouvelle faille en formation et une faille préexistante. Toutefois, comme le montrent certains tests ultérieurs, cette affinité est limitée et les limites en sont assez mal comprises. Même si la probabilité qu'une seconde faille apparaisse dans la même région est plus importante, ce n'est en aucun cas une certitude.

» Par ailleurs, on peut se demander pourquoi les failles font montre de certaines contradictions, ajouta le magicien quand le scribe eut terminé de copier. La taille semble relative à l'énergie déployée lors de leur formation, mais d'autres caractéristiques semblent dénuées de raisons logiques. Certaines failles sont unidirectionnelles, alors que d'autres permettent des déplacements des deux côtés. (Milamber avait perdu de nombreux appareils de grande valeur en découvrant cela.) Il existe aussi des « paires liées », deux failles unidirectionnelles qui apparaissent simultanément, l'une permettant l'aller et l'autre le retour entre le point d'origine et le point d'arrivée. Bien que ces failles puissent être parfois distantes de plusieurs kilomètres, elles sont liées l'une à l'autre…

Milamber cessa de dicter, interrompu par le gong qui annonçait l'arrivée d'un membre de l'Assemblée. Il congédia son scribe et se dirigea vers la salle de transport. En chemin, il réfléchit aux raisons pour lesquelles il se plongeait dans ses recherches depuis ces deux derniers mois. Il fuyait la décision qu'il lui faudrait prendre bientôt : devait-il ou non retourner chez les Shinzawaï pour chercher Katala ?

Milamber savait qu'il était possible qu'elle ait

épousé quelqu'un d'autre, car cela faisait presque cinq ans qu'ils étaient séparés et elle n'avait eu aucune raison de croire qu'il pourrait revenir un jour. Mais le temps et l'entraînement n'avaient en rien émoussé les sentiments qu'il ressentait pour elle. En arrivant à la salle de transport, il prit sa décision : le lendemain, il irait la voir.

En entrant, il vit Hochopepa sortir du motif géométrique dessiné en marqueterie sur le sol.

— Ah ! fit le magicien replet. Te voilà. Comme cela faisait deux semaines que je ne t'avais pas vu, j'ai décidé de te rendre visite.

— Je suis bien content de te voir. Mes études sont très prenantes et un peu de répit me fera le plus grand bien.

Ils sortirent de la pièce et passèrent dans un jardin.

— Je voulais te demander quelque chose, avoua Hochopepa. Quel est le sens du motif que tu as choisi ? Je ne le reconnais pas.

— C'est une représentation stylisée du motif d'une fontaine que j'ai vue un jour, répondit Milamber. Elle représentait trois dauphins.

— Qu'est-ce que c'est, un dauphin ?

Milamber lui parla des mammifères marins de Midkemia, en s'asseyant sur des coussins entre deux arbres nains.

— Pourquoi les dauphins de cette fontaine ?

— Je ne sais pas. Une impulsion, peut-être. Quand j'ai passé ma dernière épreuve sur la tour, j'ai vu quelque chose dont je ne me suis souvenu qu'un ou deux mois après.

— Quel rapport y a-t-il entre les deux ?

— Dans la représentation de l'ultime combat contre l'Étranger, te souviens-tu d'un magicien solitaire en robe brune, qui a dévié la faille de manière à empêcher Kelewan d'entrer dans l'univers de l'Ennemi ?

Hochopepa réfléchit.

— Je ne saurais dire, Milamber. Mais le sortilège utilisé pour créer ces images nous affecte tous d'une manière différente. Si tu compares tes visions avec celles des autres, tu découvriras de grandes différences. Cependant, à l'époque de l'Étranger, nous avions tous des robes noires. Qui pourrait bien être ce magicien en robe brune ?

— Un homme que j'ai rencontré il y a des années.

— Impossible. Ces choses se sont passées il y a des siècles.

Milamber sourit.

— Quoi qu'il en soit, je l'ai rencontré. J'ai utilisé ce motif en souvenir de notre rencontre.

— Comme c'est étrange. On s'est posé de nombreuses questions sur le voyage dans le temps. Ce doit être la clé de toute cette histoire, à moins que ton esprit de barbare ne t'ait joué des tours lors de l'épreuve, ajouta Hochopepa avec un sourire.

Milamber claqua dans ses mains et un serviteur apparut avec un plateau de rafraîchissements. Le serviteur, Netoha, avait été le hadonra de la famille qui résidait en ces lieux auparavant. Milamber l'avait retrouvé alors qu'il cherchait quelqu'un pour s'occuper des plantations de ses jardins. L'homme avait eu le courage de l'approcher, ce qui faisait de lui quelqu'un d'exceptionnel pour un Tsurani. Incapable, depuis la ruine de son employeur, de trouver un travail similaire à celui pour lequel il avait été formé, Netoha avait survécu tout ce temps dans la misère en grappillant ce qu'il pouvait. Milamber l'avait pris à son service, autant par sympathie que parce qu'il avait besoin de lui. Netoha avait rapidement su se rendre utile de mille manières auxquelles n'aurait jamais pensé le jeune magicien et leur relation s'avérait tout à fait satisfaisante.

Hochopepa se servit parmi les rafraîchissements et les gâteaux qu'on lui proposait.

— Je suis venu t'annoncer certaines choses. Dans deux mois va se tenir une fête impériale, avec des jeux. Seras-tu des nôtres ?

Cela piqua la curiosité de Milamber, qui congédia Netoha d'un geste.

— Et qu'est-ce qui rend cette fête si particulière ? Je ne me souviens pas de t'avoir déjà vu si excité.

— Elle est donnée par le seigneur de guerre en l'honneur de son neveu, l'empereur. Il prépare une nouvelle offensive de grande envergure pour la semaine qui précède les jeux et on espère qu'il annoncera le succès de sa campagne. (Il baissa la voix.) Les gens ayant accès à la cour n'ignorent pas qu'il subit actuellement beaucoup de pressions pour justifier sa conduite de la guerre devant le Grand Conseil. Selon la rumeur, il aurait dû faire de grandes concessions au Parti de la roue bleue pour bénéficier à nouveau de son aide militaire.

» Mais ce qui va rendre ces jeux exceptionnels, c'est que la Lumière du Ciel va sortir de son palais de la Contemplation, contrairement à toutes les traditions.

Ce serait un bon moyen pour toi de t'introduire à la cour.

— Je suis désolé, Hocho, répondit Milamber. Je n'ai pas très envie d'assister à une fête. Dans le cadre de mes études, je suis allé à une réception à Ontoset ce mois-ci. Les danses sont ennuyeuses, la nourriture à la limite de l'ignoble et le vin aussi plat que les conversations. Les jeux sont encore moins intéressants. Si c'est de ce genre de cour-là dont tu me parles, je m'en passerai fort bien.

— Milamber, ton éducation pèche encore par de nombreux côtés. Le fait d'avoir gagné le droit de porter la robe noire ne veut pas dire que tu as atteint toute la maîtrise de notre art. Protéger l'empire, c'est bien plus que simplement rester là à rêver à de nouvelles manières de projeter de l'énergie dans tous les sens ou de créer un chaos économique avec les prêteurs locaux. (Il choisit un autre gâteau et reprit sa réprimande.) Tu dois venir à cette fête pour plusieurs raisons, Milamber. Tout d'abord, tu es dans ton genre une sorte de célébrité pour les nobles, car d'un bout à l'autre de l'empire on parle de ta merveilleuse maison, essentiellement à cause de ces jeunes brigands que tu as si grassement payés pour te faire ces délicates peintures que tu aimes tant. On considère maintenant comme une marque de distinction le fait d'avoir le même genre de choses chez soi.

» Quant à ce lieu… (Il désigna la maison d'un grand geste de la main, feignant l'émerveillement.) Quiconque capable de concevoir un tel édifice doit sans doute être digne d'intérêt. (Il abandonna son ton moqueur et ajouta :) Au fait, ton mystérieux isolement en ces terres perdues n'a en rien diminué l'impact de toutes ces sottises. Bien au contraire, cela n'a fait qu'ajouter à ta réputation.

» Mais revenons-en à des raisons bien plus importantes que les obligations sociales. Comme tu le sais sans doute, on s'inquiète de plus en plus du fait que les nouvelles de la guerre soient probablement minimisées. Cela fait longtemps maintenant que nous n'avons pratiquement rien gagné et l'on dit que l'empereur pourrait bien décider de s'opposer à la politique du seigneur de guerre. Si cela arrivait…

Il laissa sa phrase en suspens.

Milamber ne dit rien pendant un moment.

— Hocho, je crois qu'il est temps que je te parle de quelque chose. Si tu penses que cela suffit à me condamner, tu peux rentrer à l'Assemblée et m'accuser.

Hochopepa se fit très attentif, oubliant toutes ses piques et ses remarques acerbes.

— Quand tu m'as initié, tu as bien fait les choses, car je ressens un réel besoin de travailler pour l'empire, au mieux de mes capacités. Je n'ai que très peu de sentiments pour ma terre natale et tu n'imagineras jamais tout ce que cela implique. Mais lors du processus qui a fait de moi ce que je suis, tu n'as jamais pu recréer en moi l'amour que je pouvais porter auparavant à Crydee. Ce que tu as créé, c'est un homme avec un sens du devoir très fort, mais sans amour pour l'objet de ce devoir.

Hochopepa resta silencieux, le temps de digérer ce que venait de lui dire son hôte. Puis il acquiesça et Milamber continua.

— Il se peut que je sois la plus grande menace pour l'empire depuis que l'Étranger a envahi vos cieux, car si je m'implique dans votre politique, la justice que je représenterai sera sans merci. Je suis au courant de toutes ces histoires de factions, de l'interpénétration des familles au sein des divers partis et de toutes les conséquences de ces actes. Crois-tu donc que, parce que je reste en haut de ma colline au beau milieu des terres de l'est, je ne me rends pas compte des changements et de tout ce qui agite la fourmilière politique de la capitale ? Bien sûr que non. Si le Parti de la roue bleue s'effondre et que ses membres rejoignent le Parti de la guerre ou les Impériaux, tous les petits marchands dans les rues d'Ontoset en parlent dès le lendemain sur la place du marché. Je sais tout ce qu'il se passe aussi bien que n'importe qui d'autre qui ne serait pas impliqué directement dans tout cela. D'ailleurs, pendant les quelques mois que j'ai passés ici, je suis parvenu à une conclusion : l'empire est en train de se tuer lui-même.

Son aîné ne dit rien pendant un moment, puis demanda :

— T'es-tu vraiment demandé les raisons profondes pour lesquelles notre système se retourne ainsi contre nous ?

Milamber se leva pour faire les cent pas.

— Bien entendu. Je suis en train d'étudier tout cela et j'ai choisi d'attendre avant d'agir. J'ai besoin de plus de temps pour mieux comprendre l'histoire que tu m'as si bien enseignée. Mais j'ai déjà quelques idées sur ce qui ne va pas et cela me fournit un point de départ. (Il inclina la tête, pour voir s'il devait continuer. Hochopepa lui fit signe que oui.) Il me semble que plusieurs problèmes se posent, des problèmes dont je ne peux qu'imaginer l'impact réel sur l'empire. (Il leva l'index.) Tout d'abord, les gens qui détiennent le pouvoir se préoccupent plus de leur propre grandeur que du bien de l'empire. Mais comme la population pense qu'ils représentent l'empire, il est facile de ne pas remarquer que celui-ci s'effondre sur lui-même.

— Qu'entends-tu par là ? demanda le vieux magicien.

— Quand tu penses à l'empire, qu'est-ce qui te vient à l'esprit ? L'histoire de l'expansion territoriale ? La montée en puissance de l'Assemblée ? Peut-être penses-tu à une chronique des dirigeants ? Quoi qu'il en soit, on oublie l'évidence. L'empire, ce sont tous ceux qui vivent à l'intérieur des frontières, depuis les nobles jusqu'au plus humble des serviteurs, y compris les esclaves qui travaillent dans les champs. Il doit être considéré comme un tout et non pas comme incarné par une infime fraction que tout le monde voit, comme le seigneur de guerre ou le Grand Conseil. Tu comprends ?

Hochopepa semblait troublé.

— Je n'en suis pas sûr, mais je crois… Continue.

— Si ce que je dis est vrai, déduis-en toi-même les conséquences. Deuxièmement, il ne faut jamais que le besoin de stabilité prime sur le besoin de se développer.

— Mais nous nous développons depuis toujours ! objecta Hochopepa.

— Inexact, corrigea Milamber. Ce que vous développez depuis toujours, c'est votre territoire et cela peut ressembler effectivement à un développement si l'on n'y regarde pas de trop près. Mais alors que vos armées vous rapportaient constamment de nouvelles terres, qu'est-il arrivé à votre art, à votre musique, à votre littérature, à vos recherches ? Même l'Assemblée dont tous se vantent se contente d'affiner des connaissances qui existent déjà. Tu semblais dire tout à l'heure que je perdais mon temps à trouver de nouvelles manières « de projeter de l'énergie dans tous les sens ». Eh bien qu'y a-t-il de mal à cela ? Rien. Mais il y a quelque chose qui ne va pas dans une société qui considère d'office comme suspect tout ce qui est nouveau.

» Regarde autour de toi, Hocho. Vos artistes sont scandalisés parce que j'ai décrit des peintures de ma jeunesse ; seuls quelques rares jeunes peintres en ont été tout excités. Vos musiciens passent leur temps à apprendre de vieilles chansons, à la perfection, à la note près, mais personne n'en compose de nouvelles, ils ne se permettent que quelques variations brillantes sur des mélodies vieilles de plusieurs siècles. Personne ne crée de nouvelles épopées, ils ne récitent que les anciennes. Hocho, votre peuple stagne. Cette guerre en est un exemple de plus. Elle n'a aucune justification, vous la faites par simple habitude, afin que certains groupes gardent le pouvoir, pour que les riches deviennent encore plus riches et pour perpétuer le jeu du Conseil. Mais à quel prix ! Des milliers de vies perdues chaque année, les vies de ceux qui sont l'empire, ses propres citoyens. L'empire est un cannibale qui dévore son propre peuple.

Le vieux magicien semblait dérouté par tous ces propos qui étaient en parfaite contradiction avec ce qu'il avait toujours cru voir : une culture en perpétuel développement, énergique, vivante.

— Troisièmement, reprit Milamber, si je dois servir l'empire et que l'ordre social est responsable de la stagnation, il est de mon devoir de changer cet ordre social, même si je dois le détruire.

Hochopepa était atterré. Le raisonnement de Milamber était sans faille, mais la solution qu'il suggérait était potentiellement pleine de risques pour tout ce qu'il connaissait et révérait.

— Je comprends ce que tu veux dire, Milamber, mais ce dont tu parles est trop difficile à envisager comme ça, d'un coup.

Le jeune homme prit un ton rassurant.

— Je ne veux pas dire que la destruction de l'ordre social actuel soit la seule solution, Hocho. J'ai employé cette image pour te choquer et te faire comprendre une chose. L'objet de mes recherches actuelles, ce n'est pas seulement la maîtrise visible de l'énergie, mais aussi la compréhension de la nature du peuple tsurani et de l'empire. Crois-moi, je suis décidé à prendre le temps qu'il faudra pour cela. J'envisage de passer quelque temps dans les archives.

Hochopepa fronça les sourcils et regarda son jeune ami.

— Attention, tu pourrais trouver certaines choses dérangeantes dans ces archives. Comme je te l'ai dit, ton éducation n'est pas terminée.

Milamber baissa la voix :

— J'ai déjà découvert certaines choses dérangeantes, Hocho. La majeure partie de ce que les nations considèrent comme une vérité n'est fondée que sur des mensonges.

Hochopepa sembla inquiet.

— Il y a des choses qui sont interdites à tous sauf aux membres de l'Assemblée, Milamber, et il n'est pas sage d'en parler même à tes frères. (Il détourna les yeux et réfléchit.) Toutefois, quand tu auras fini de fouiner dans ces vieilles cryptes moisies, si tu as envie de parler de tes découvertes, tu trouveras en moi une oreille bienveillante. (Il regarda de nouveau son ami.) Je t'apprécie et je trouve que tu nous apportes quelque chose de neuf et de rafraîchissant, Milamber, mais beaucoup de gens préféreraient te voir mort. Ne va pas parler de cette recherche sur la société à qui que ce soit hormis à Shimone ou à moi-même.

— D'accord. Mais quand j'aurai découvert ce que je dois faire, j'agirai.

Hochopepa se leva, l'air inquiet.

— Ce n'est pas que je ne sois pas d'accord avec toi, mon ami, c'est juste qu'il me faut du temps pour assimiler ce dont tu viens de me parler.

— Je ne pouvais faire autrement que te dire la vérité, Hocho, en dépit du fait qu'elle soit extrêmement troublante.

Le magicien sourit.

— C'est une chose que j'apprécie, Milamber. Il me faut quelque temps pour réfléchir à cette proposition. (Un peu de sa bonne humeur lui revint.) Tu m'accompagnerais à l'Assemblée ? Ton absence a été longue, avec cette maison à faire construire et tout le reste. Tu ferais bien de te montrer une fois de temps en temps.

Milamber sourit à son ami.
— Bien entendu.
Il fit signe à Hochopepa de passer le premier. En chemin, ce dernier proposa :
— Si tu veux étudier notre culture, Milamber, je maintiens ce que je t'ai dit pour la fête impériale. Il va y avoir plus d'activité politique au milieu des sièges de l'arène en une seule journée qu'en tout un mois de séances du Grand Conseil.
Milamber se tourna vers Hochopepa.
— Tu as peut-être raison. Je vais y réfléchir.

Quand ils arrivèrent sur le motif de l'Assemblée, Shimone était là. Il les salua en inclinant la tête.
— Bienvenue. J'allais justement vous chercher.
— Sommes-nous donc si vitaux pour les affaires de l'Assemblée que l'on doive t'envoyer nous chercher ? demanda Hochopepa d'un ton légèrement amusé.
Shimone inclina brièvement la tête.
— Peut-être, mais pas aujourd'hui. Je pensais juste que les affaires à l'ordre du jour avaient des chances de vous intéresser.
— Qu'y a-t-il ? s'enquit Milamber.
— Le seigneur de guerre a fait parvenir des messages à l'Assemblée et Hodiku désire poser des questions à ce sujet. Pressons, ils vont bientôt commencer.
Ils se dirigèrent rapidement vers le hall central de l'Assemblée et entrèrent. On avait disposé dans la grande pièce une série de bancs pour former un amphithéâtre. Ils prirent des sièges dans les premiers rangs. Il y avait déjà là plusieurs centaines de Très-Puissants en robe noire. Au centre se tenait Fumita,

l'ancien frère du seigneur des Shinzawaï. Il devait présider la séance du jour, un honneur tiré au sort entre les participants. Milamber n'avait vu Fumita que deux fois depuis que celui-ci l'avait conduit à l'Assemblée.

— Cela fait presque trois semaines qu'on ne t'a pas vu à l'Assemblée, Milamber, s'étonna Shimone.

— Je suis désolé, mais je devais mettre ma maison en ordre.

— C'est ce que j'ai entendu dire. Tu es le sujet de nombreuses discussions à la cour impériale. Je crois savoir que le seigneur de guerre lui-même aimerait beaucoup te rencontrer.

— Un jour, peut-être.

— Qui arriverait à comprendre un tel homme ? demanda Hochopepa à Shimone. Se mettre en tête de construire une telle maison. (Il se tourna vers Milamber.) La prochaine fois, tu vas nous dire que tu as décidé d'épouser une femme.

Milamber éclata de rire.

— Alors ça, Hocho, comment as-tu deviné ?

Les yeux du magicien s'écarquillèrent.

— Tu ne vas pas faire ça !

— Et pourquoi pas ?

— Milamber, ce n'est pas une sage décision, crois-moi. Je regrette encore aujourd'hui mon propre mariage.

— Hocho, je ne savais pas que tu étais marié.

— Je préfère en parler le moins possible. Ma femme est quelqu'un de bien, mais elle a la langue acérée et l'esprit caustique. Dans ma propre maison, je ne suis guère plus qu'un serviteur parmi tant d'autres. C'est pourquoi je ne vais la voir qu'aux jours prescrits.

Ce serait mauvais pour mes nerfs de la voir plus souvent.

— Qui donc est ta promise, Milamber ? demanda Shimone. Une jeune noble ?

— Non. Elle était esclave chez les Shinzawaï.

Hochopepa réfléchit tout haut :

— Une esclave… mouais. Ça marchera peut-être, alors.

Milamber et Shimone rirent. Plusieurs autres magiciens les regardèrent avec curiosité, car, en général, l'Assemblée n'était pas le lieu idéal pour s'amuser.

Fumita leva la main et la salle retrouva son calme.

— Aujourd'hui, l'Assemblée entendra une question soulevée par Hodiku.

Un Très-Puissant extrêmement maigre, à la tête rasée et au nez crochu, se leva de son siège pour faire face à Milamber et Hochopepa au centre de l'amphithéâtre. Il regarda les magiciens assemblés dans la salle, puis prit la parole :

— Je viens aujourd'hui pour parler de l'empire. (C'était la formule d'introduction rituelle pour toute affaire portée devant l'Assemblée.) Je parle pour le bien de l'empire, ajouta-t-il pour finir le rituel. Je m'inquiète de l'aide que nous demande aujourd'hui le seigneur de guerre pour intensifier la guerre contre le monde de Midkemia.

Il y eut un chœur de huées et de cris où l'on entendit des « Politique ! » et des « Assis ! » dans toute la salle. Shimone et Hochopepa se retrouvèrent bientôt debout avec les autres en criant :

— Laissez-le parler !

Fumita leva la main pour réclamer le silence et la pièce se calma rapidement. Hodiku poursuivit :

— Il existe un précédent. Il y a quinze ans, l'Assemblée a donné ordre au seigneur de guerre de mettre fin à la guerre contre la Confédération thuril.

Un autre magicien bondit de son siège.

— Si la conquête de Thuril s'était poursuivie, il y aurait eu trop peu d'hommes au nord pour repousser la migration thûn de l'année. Il s'agissait clairement de sauver la province de Szetac et la Cité sainte. Nos frontières nord sont parfaitement sûres, maintenant. La situation n'est plus la même.

Des disputes éclatèrent dans toute la salle et il fallut à Fumita un long moment pour restaurer l'ordre. Hochopepa se leva pour déclarer :

— J'aimerais qu'Hodiku nous expose les raisons pour lesquelles il considère que cette requête est vitale pour la sécurité de l'empire. Tout magicien volontaire est libre de participer à la conquête.

— C'est le problème, répondit Hodiku. Rien n'empêche un magicien de penser que cette guerre de conquête dans un autre espace-temps est une bonne chose pour l'empire. Sans les Robes Noires qui servent déjà le seigneur de guerre, jamais la faille n'aurait pu être utilisée dans ce but. C'est le fait que le seigneur de guerre fasse directement appel à l'Assemblée que je trouve inacceptable. Que cinq ou six magiciens décident de servir la guerre ou même d'aller sur cet autre monde pour risquer leur vie au combat, c'est leur problème. Mais qu'un seul magicien réponde à cette demande sans en peser toutes les conséquences et l'Assemblée semblera à tous soumise aux décisions du seigneur de guerre.

Plusieurs magiciens applaudirent à cet argument et d'autres semblèrent en considérer les mérites. Seuls quelques-uns huèrent. Hochopepa se leva de nouveau.

— J'aimerais faire une proposition. Je pourrais, au nom de l'Assemblée, envoyer un message au seigneur de guerre lui exprimant nos regrets du fait que l'Assemblée en tant qu'entité ne peut exiger de ses magiciens qu'ils obéissent à ses ordres, mais qu'il est libre de requérir les services de tout magicien qui accepterait de travailler pour lui.

Un murmure d'approbation général parcourut la pièce.

— Hochopepa propose d'envoyer un communiqué d'ordre politique au seigneur de guerre au nom de l'Assemblée, résuma Fumita. Quelqu'un a-t-il des objections ? (Il n'y en eut pas.) L'Assemblée remercie Hochopepa pour sa sagesse.

» Une autre question requiert notre attention, reprit-il après un moment de silence. Le novice Shiro n'a pas les qualités morales nécessaires à la pratique de la magie supérieure. Les sondages mentaux nous ont révélé qu'il possédait des convictions anti-impériales, acquises pendant sa jeunesse auprès de sa grand-mère maternelle, une femme de Thuril. L'Assemblée est-elle d'accord ?

Les mains se levèrent, chacune nimbée d'une lumière colorée exprimant le vote des magiciens. Vert pour la vie, rouge pour la mort et bleu pour l'abstention. Milamber vota l'abstention, mais les autres votes furent unanimement pour la mort. Une Robe Noire se leva et Milamber sut que, dans les minutes qui suivraient, le novice serait assommé puis téléporté au fond du lac où son corps sans vie reposerait, trop froid pour remonter à la surface.

— Tu devrais veiller à venir plus souvent, Milamber, déclara Shimone après la fin de la séance. On ne te voit pratiquement plus. Tu passes trop de temps seul.

Milamber sourit.

— C'est vrai, mais j'envisage de remédier à cette situation dès demain.

Le gong résonna dans toute la maison et les serviteurs se précipitèrent pour préparer l'arrivée du Très-Puissant. Kamatsu, le seigneur des Shinzawaï, savait qu'un Très-Puissant avait sonné le gong dans les salles de l'Assemblée afin d'annoncer son arrivée imminente.

Dans la chambre de Kasumi, Laurie et le fils aîné de la maison étaient plongés dans une partie de pashawa, un jeu qui se jouait avec des morceaux de papier rigides et peints. C'était un jeu courant dans les brasseries et les auberges de Midkemia, un détail supplémentaire à connaître pour le jeune Tsurani qui voulait maîtriser chaque aspect de la vie sur Midkemia.

Kasumi se leva.

— C'est très probablement mon oncle. Il faut que j'y aille.

Laurie sourit.

— Est-ce que ce départ ne serait pas plutôt motivé par l'envie de ne pas perdre ?

Le Tsurani secoua la tête.

— Je crains d'avoir créé des problèmes dans ma propre maison. Tu n'as jamais fait un bon esclave, Laurie, et tu es devenu de plus en plus indocile. Il est heureux pour toi que je t'apprécie.

Ils rirent tous les deux et le fils aîné de la maison sortit. Quelques minutes plus tard, un esclave accourut et informa Laurie que le seigneur de la maison exigeait sa présence immédiate. Il se leva d'un bond, plus à cause de l'agitation évidente de l'esclave que pour réellement obéir à l'ordre. Il courut vers les appartements du seigneur et frappa au chambranle de la porte. La porte coulissa, poussée par Kasumi. Laurie entra, vit le seigneur des Shinzawaï en compagnie de son hôte et fut envahi par une profonde confusion.

L'hôte portait la robe noire des Très-Puissants tsurani, mais il avait le visage de Pug. Laurie ouvrit la bouche, s'arrêta, puis reprit :

— Pug ?

Le seigneur de la maison sembla furieux de ce comportement outrageant de la part d'un esclave, mais son rappel à l'ordre fut coupé par le Très-Puissant :

— Puis-je disposer de cette salle quelques minutes, mon seigneur des Shinzawaï ? Je désirerais parler à cet esclave en privé.

Kamatsu s'inclina avec raideur.

— Comme vous voudrez, Très-Puissant.

Il sortit de la pièce en compagnie de son fils. Il était encore sous le choc de l'arrivée de l'ancien esclave et troublé par des émotions conflictuelles qui s'agitaient en lui. Qu'il soit en effet un Très-Puissant, nul ne pouvait en douter : sa manière d'arriver le prouvait. Mais Kamatsu ne pouvait s'empêcher de penser que cette arrivée sonnait le désastre du plan que son fils et lui préparaient si soigneusement depuis neuf ans.

Milamber prit la parole :

— Ferme la porte, Laurie.

Ce dernier obéit puis regarda son ancien ami. Il semblait en bonne santé, mais avait beaucoup changé. Il avait presque un port de roi, comme si le pouvoir dont il disposait maintenant reflétait une force intérieure qu'il n'avait pas auparavant.

— Je..., commença Laurie, qui, ne sachant que dire, retomba dans le silence. Ça va ? demanda-t-il finalement.

Milamber acquiesça.

— Tout va bien, mon vieil ami.

Laurie sourit, traversa la pièce et prit son ami dans ses bras. Puis il s'écarta.

— Laisse-moi te regarder.

Le magicien sourit.

— Je m'appelle Milamber, Laurie. Le Pug que tu connaissais est aussi mort que des fleurs vieilles d'un an. Viens, assieds-toi et causons.

Ils s'assirent à la table et se servirent deux coupes de chocha.

— On n'a jamais eu de tes nouvelles, fit remarquer Laurie en sirotant le breuvage amer. Au bout d'un an, je me suis dit que tu étais perdu. Je suis désolé.

Milamber acquiesça.

— C'est comme ça, avec l'Assemblée. En tant que magicien, je suis censé oublier mes attaches, sauf dans un cadre social acceptable. Comme je n'avais ni clan ni famille, je n'avais pas à renoncer à quoi que ce soit. Tu as toujours été un pauvre esclave incapable de savoir quelle était sa place. Quel meilleur ami pour un magicien barbare et rebelle ?

Laurie opina.

— Je suis content que tu sois revenu. Tu vas rester ?

Milamber secoua la tête.

— Je n'ai pas ma place ici. En plus, j'ai du travail à faire. Je possède maintenant ma propre demeure, près de la ville d'Ontoset. Je suis venu pour toi – et Katala, si…

Sa voix s'éteignit, comme s'il avait peur de poser la question.

— Elle est encore ici et elle n'a toujours pas pris d'époux, le rassura Laurie, comprenant sa détresse. Elle ne voulait pas t'oublier. (Il sourit.) Par les dieux de Midkemia ! Ça m'est complètement sorti de la tête. Tu ne pouvais pas savoir.

— Quoi ?

— Tu as un fils.

Milamber en fut estomaqué.

— Un fils ?

Laurie éclata de rire.

— Il est né huit mois après ton enlèvement. C'est un bon garçon et Katala est une bonne mère.

Milamber se sentit comblé par cette nouvelle.

— S'il te plaît, tu veux bien l'amener ici ?

Laurie se leva.

— Tout de suite.

Il sortit de la pièce en courant. Milamber resta assis, luttant contre ses émotions. Il se servit de ses pouvoirs de magicien pour détendre son esprit et se calmer.

La porte coulissa et Katala apparut, l'air hésitante. Laurie se tenait derrière elle, un garçon d'environ quatre ans dans les bras.

Milamber se leva et tendit les bras. Katala se précipita vers lui, ce qui le fit presque pleurer de joie. Ils s'étreignirent silencieusement un moment, puis elle murmura :

— Je te croyais disparu à jamais. J'espérais… mais je te croyais disparu.

Ils restèrent là de longues minutes, chacun jouissant éperdument de la présence de l'autre, jusqu'à ce que la jeune femme s'écarte.

— Il faut que tu voies ton fils, Pug.

Laurie s'avança avec le garçon. Ce dernier dévisagea Milamber de ses grands yeux bruns. C'était un enfant bien fait, qui ressemblait beaucoup à sa mère, mais quelque chose dans la manière dont il inclinait la tête le faisait ressembler au garçon qui avait vécu au château de Crydee. Katala le prit des bras de Laurie et le passa à Milamber.

— William, voici ton père.

Le garçon sembla prendre la nouvelle avec un certain scepticisme. Il se risqua à faire un sourire timide, mais il s'écarta, gardant une certaine distance.

— Je veux par terre, dit-il brusquement.

Milamber rit et reposa le garçon. Ce dernier regarda son père, puis perdit immédiatement tout intérêt pour cet étranger en noir.

— Oh ! s'écria-t-il avant de courir jouer avec les pièces du jeu de shâh du seigneur des Shinzawaï.

Milamber le regarda un moment, puis dit :

— William ?

Katala se tenait à côté de lui, les bras autour de sa taille, et le serrait comme si elle avait peur qu'il disparaisse encore.

— Elle voulait lui donner un nom midkemian, Milamber, expliqua Laurie.

Katala sursauta :

— Milamber ?

— C'est mon nouveau nom, mon amour. Il va falloir t'habituer à m'appeler ainsi.

Elle fronça les sourcils car l'idée ne lui plaisait pas tout à fait.

— Milamber, répéta-t-elle pour essayer. (Elle haussa les épaules.) C'est un bon nom.

— Pourquoi William ?

Laurie s'approcha du garçon, qui essayait d'empiler les pièces les unes sur les autres, et les lui retira doucement des mains. L'enfant lui jeta un regard noir.

— Je veux jouer, protesta-t-il d'un air indigné.

— Je lui ai proposé plein de noms et elle a choisi celui-ci, répondit Laurie en soulevant le petit.

— La sonorité me plaisait, expliqua Katala. William.

En entendant son nom, le garçon regarda sa mère.

— J'ai faim.

— Je préférais James ou Owen, mais elle a insisté, ajouta Laurie tandis que l'enfant essayait de se dégager de ses bras.

Katala l'attrapa.

— Il faut que je le nourrisse. Je vais l'emmener à la cuisine.

Elle embrassa Milamber et sortit de la pièce.

Le magicien resta silencieux un moment.

— C'est encore mieux que tout ce que j'avais espéré. J'avais peur qu'elle en ait trouvé un autre.

— Pas elle, P... Milamber. Elle ne voulait même pas entendre parler de tous ceux qui l'ont courtisée – pourtant, il y en a eu un bon nombre. C'est une sacrée femme. N'en doute pas.

— Je n'en douterai jamais, Laurie.

Ils s'assirent. Un toussotement les fit se retourner. Kamatsu se tenait sur le pas de la porte.

— Puis-je entrer, Très-Puissant ?

Milamber et Laurie commencèrent à se lever mais le seigneur de la maison leur fit signe de rester où ils étaient.

— Non, restez assis.

Kasumi entra derrière son père et ferma la porte. Milamber remarqua que le fils de la maison portait des vêtements de style midkemian. Il haussa un sourcil, mais ne fit rien remarquer.

Le chef de la famille Shinzawaï semblait extrêmement troublé et tenta de rassembler ses esprits.

— Très-Puissant, puis-je être franc avec vous ? demanda-t-il au bout d'un certain temps. Votre arrivée aujourd'hui est inattendue et pourrait causer de nombreux problèmes.

— Je vous en prie, protesta Milamber. Je ne veux en aucun cas provoquer des troubles au sein de votre maison, mon seigneur. Je veux juste récupérer ma femme et mon fils. Et je vous demanderai aussi cet esclave, ajouta-t-il en montrant Laurie.

— Comme vous voudrez, Très-Puissant. Il est bon, bien entendu, que la femme et l'enfant partent avec vous. Mais si je puis me permettre de vous présenter une requête, je vous prie de permettre à cet esclave-ci de rester.

Milamber dévisagea les deux Shinzawaï. Ils restaient maîtres d'eux-mêmes, mais à la manière dont ils échangeaient des regards et dont ils regardaient Laurie, ils cachaient mal leur détresse. Quelque chose ici avait changé ces cinq dernières années. La relation entre les différentes personnes présentes dans la pièce n'était pas une relation normale de maître à esclave.

— Laurie ? (Milamber regarda son ami.) Qu'y a-t-il ?

Laurie regarda les deux autres hommes, puis le magicien.

— Il va falloir que je te demande de me promettre quelque chose.

Kamatsu, choqué, retint sa respiration.

— Laurie ! Comment oses-tu ? On ne marchande pas avec un Très-Puissant. Leurs paroles sont la loi.

Milamber leva la main.

— Non. Laissez-le parler.

— Je ne connais pas grand-chose à tout cela, Milamber, avoua Laurie d'un ton implorant. Tu sais que je n'ai pas le sens du protocole. Il se peut que je viole la coutume, mais je te le demande en souvenir de notre amitié. Jurerais-tu que tu garderas pour toi ce que tu entendras dans cette pièce ?

Le magicien réfléchit. Il pouvait ordonner au seigneur des Shinzawaï de tout lui dire et l'homme le ferait, aussi sûrement qu'un soldat obéit aux ordres qu'on lui donne. Mais son amitié pour le troubadour lui importait beaucoup.

— Je vous donne ma parole que je ne répéterai pas ce que vous allez me dire.

Laurie poussa un soupir et sourit. Les Shinzawaï semblèrent se détendre un peu.

— J'ai passé un marché avec mon seigneur ici présent, expliqua Laurie. Quand nous aurons accompli certaines tâches, on me rendra ma liberté.

Milamber secoua la tête.

— Ce n'est pas possible. La loi ne permet pas à un esclave d'être libéré. Même le seigneur de guerre ne peut pas libérer un esclave.

— Et toi alors ? lui fit remarquer Laurie en souriant.

— Je suis en dehors de la loi, répondit Milamber d'un ton inflexible. Nul ne peut me commander. Serais-tu magicien ?

— Non, Milamber, rien de tout cela. Il est vrai qu'ici, je ne peux être qu'esclave. Mais je ne serai pas ici. Je vais rentrer sur Midkemia.

Milamber s'étonna.

— Comment serait-ce possible ? Il n'existe qu'une seule faille permettant d'accéder à Midkemia et elle est sous le contrôle de mages voués au seigneur de guerre. Il n'y en a pas d'autre, sinon je le saurais.

— Nous avons un plan. C'est compliqué et ça prendrait beaucoup de temps à t'expliquer, mais en voici l'essentiel, en quelques mots : je vais accompagner Kasumi déguisé en prêtre de Turakamu le Rouge. Il va diriger des troupes fraîches pour le front. Personne ne sera choqué par ma taille, car les prêtres du dieu Rouge bénéficient de grands palanquins. Les troupes seront toutes loyales aux Shinzawaï. Quand nous serons sur Midkemia, nous nous glisserons au travers des lignes et rejoindrons les forces du royaume.

Milamber acquiesça.

— Maintenant, je comprends mieux les cours de langue et les vêtements. Mais, dis-moi, Laurie, tu serais prêt à espionner pour le compte des Tsurani en échange de ta liberté ?

Sa voix n'exprimait aucune désapprobation, c'était une simple question.

Laurie rougit.

— Je ne vais pas servir d'espion. Je vais servir de guide. Je dois mener Kasumi à Rillanon, pour qu'il puisse voir le roi.

— Pourquoi ? demanda Milamber, surpris.

— Je vais aller voir le roi pour lui faire une proposition de paix, intervint Kasumi.

— Comment pouvez-vous envisager de mettre fin à la guerre alors que le Parti de la guerre contrôle toujours le Grand Conseil ? s'insurgea Milamber.

— Il y a une chose qui joue en notre faveur, répondit Kamatsu. Cette guerre dure depuis neuf ans et personne n'en voit la fin. Très-Puissant, je ne prétends pas vous apprendre quoi que ce soit, mais puis-je me permettre d'expliquer certains points obscurs ?

Milamber lui fit signe de continuer. Kamatsu prit une gorgée de boisson.

— Depuis la fin de la guerre contre la Confédération thuril, le Parti de la guerre avait du mal à maintenir sa position dominante dans le Grand Conseil. Chaque incident de frontière avec Thuril déclenchait une demande de reprise du conflit. Grâce aux combats sur la frontière et aux tentatives répétées des Thûn de traverser les passes au nord pour récupérer leurs terres du sud, le Parti de la guerre réussissait tout juste à maintenir son hégémonie. Une coalition menée par le Parti de la roue bleue s'apprêtait il y a dix ans à le déloger de son piédestal, mais c'est à ce moment-là que l'Assemblée découvrit la faille menant à votre monde natal. Dès que l'on apprit combien ce monde était riche en métaux, le Conseil appela à la guerre. Nous avons perdu à cet instant-là tout le travail accompli pendant des années.

» Alors nous nous sommes immédiatement mis en devoir de lutter contre cette folie. Les métaux que nous extrayons dans votre monde sont, d'après les dires de Laurie, tirés de mines abandonnées que ceux que vous appelez « les nains » considèrent sans intérêt. Tout ceci n'est rien de plus pour Tsuranuanni qu'une excuse pour lever à nouveau le drapeau de la guerre et faire couler le sang.

» Vous connaissez notre histoire. Vous savez combien il est difficile pour nous de régler nos différends de manière pacifique. J'ai été soldat et je connais les honneurs de la guerre. Je sais aussi quel gâchis cela peut être. Laurie m'a convaincu que mes suppositions sur les habitants du royaume étaient fondées. Vous n'êtes pas un peuple très guerrier, malgré vos nobles et leurs armées personnelles. Vous auriez accepté de commercer.

— C'est tout à fait exact, l'interrompit Milamber. Mais je ne suis pas sûr que cela ait une quelconque influence sur la situation actuelle. Cela faisait presque cinquante ans que mon ancienne nation n'avait pas participé à une grande guerre, juste quelques escarmouches avec les gobelins du nord et le long de nos frontières avec Kesh. Vous avez donné le goût du sang aux armées du royaume. La nation a été envahie sans raison. Elles n'accepteront pas, je crois, de tout arrêter comme ça et de pardonner ce qui a été fait. Il y aura une demande de rétribution ou du moins de réparation. Le Grand Conseil accepterait-il de renoncer à l'honneur de Tsuranuanni et de payer réparation pour les torts causés par ses soldats ?

Le seigneur de Shinzawaï se troubla.

— Le Conseil, non, j'en suis sûr. Mais l'empereur le ferait.

— L'empereur ? répéta Milamber, surpris. Qu'a-t-il donc à voir dans tout cela ?

— Ichindar, le ciel le bénisse, pense que la guerre est en train de saigner l'empire aux quatre veines. Lors de notre campagne contre les Thuril, nous avons appris que certaines frontières étaient simplement trop vastes et trop éloignées de l'empire pour être contrôlables, sauf à un coût bien supérieur aux gains potentiels. La Lumière du Ciel sait qu'il ne peut y avoir de frontière plus vaste ni plus lointaine que celle que nous avons trouvée sur Midkemia. Il s'apprête à s'impliquer dans le Jeu du Conseil. C'est peut-être le plus grand des Jeux jamais joués de toute l'histoire de Tsuranuanni. La Lumière du Ciel désire obliger le seigneur de guerre à faire la paix et envisage même de lui retirer son office si nécessaire. Mais il ne prendra pas le risque de faire une telle entorse à nos traditions s'il n'est pas certain de la volonté du roi Rodric de conclure un accord. Il doit arriver devant le Grand Conseil avec une paix toute prête. Sinon les risques seraient trop grands.

» On n'a commis de régicide qu'une seule fois dans toute l'histoire de l'empire, Très-Puissant. Le Grand Conseil a acclamé l'assassin et l'a nommé empereur. C'était le fils de l'homme qu'il venait de tuer. Son père avait tenté d'imposer des taxes aux temples et ce fut la dernière fois qu'un empereur s'impliqua dans le jeu du Conseil. Il nous arrive d'être durs, Très-Puissant, même avec nous-mêmes, mais jamais un empereur n'a tenté de faire ce que cherche à accomplir Ichindar et ce que d'autres, beaucoup d'autres, considéreront comme une abdication de l'honneur de l'empire, un acte inimaginable. Mais s'il peut offrir la paix au Conseil, il sera alors clair pour tous que les dieux ont donné leur bénédiction à ce projet et nul n'osera le contester.

— Vous risquez gros, seigneur des Shinzawaï.

— J'aime ma nation et l'empire, Très-Puissant. Je mourrais volontiers au combat pour lui et j'ai souvent risqué ma vie quand j'étais plus jeune, lors des campagnes de Thuril. Je risquerais aussi ma vie, celle de mes enfants, l'honneur de ma famille et de mon clan pour remettre l'empire sur pied. L'empereur est prêt à le faire lui aussi. Nous sommes des gens patients. Ce plan nous a demandé des années de préparatifs. Le

Parti de la roue bleue est depuis longtemps l'allié secret du Parti de la paix. Nous avons retiré nos troupes à la troisième année de guerre pour embarrasser le seigneur de guerre et pour que Kasumi ait le temps de se préparer au voyage à venir. Nous avons passé plus d'un an à rencontrer les différents seigneurs du Parti de la roue bleue et du Parti de la paix pour nous assurer de la coopération de chaque membre lors du jeu du Conseil, avant que Laurie et vous ne veniez ici comme tuteurs.

» Nous sommes tsurani et la Lumière du Ciel ne permettrait pas que nous tentions une ouverture si nous n'avions pas un messager parfaitement prêt. Nous avons fait de Kasumi ce messager, en nous efforçant de lui donner le plus de chances possible d'arriver sans encombre devant votre roi. Il doit en être ainsi, car si jamais quelqu'un qui ne fait pas partie de nos factions entend parler de notre tentative et qu'elle échoue, de nombreuses têtes, y compris la mienne, tomberaient. C'est le prix à payer quand on perd au Jeu. Si vous emmenez Laurie, Kasumi n'a que peu de chances d'atteindre le roi de votre ancien monde et l'effort de paix sera reporté jusqu'à ce que nous puissions trouver un autre guide auquel nous puissions faire parfaitement confiance, ce qui prendra sans doute au moins deux ans. La situation a atteint un point critique. Le Parti de la roue bleue s'est de nouveau rangé du côté de l'Alliance pour la guerre, après des années de négociations avec le Parti de la guerre. Des milliers d'hommes seront envoyés au front pour que Kasumi puisse se glisser entre les lignes du royaume afin d'atteindre votre ancien pays. Ce sera bientôt le bon moment. Réfléchissez aux conséquences ne serait-ce que d'une seule année de guerre supplémentaire. En conquérant votre pays natal, le seigneur de guerre pourrait se protéger de toutes nos manœuvres.

Milamber pesa ce qu'on venait de lui dire, puis demanda à Kasumi :

— Quand ?

— Bientôt, Très-Puissant, répondit le Tsurani. C'est une question de semaines. Le seigneur de guerre a des espions partout et a quelques indices concernant nos plans. Il se méfie du revirement soudain du Parti de la roue bleue au sein du Conseil, mais il ne peut pas refuser notre aide. Il faut qu'il obtienne une victoire capitale. Il prévoit de lancer une grande offensive au printemps contre les forces des ducs Borric et Brucal, l'armée principale. Elle est prévue juste avant la fête impériale, laquelle est orchestrée de manière à annoncer la victoire lors des jeux impériaux, pour sa gloire personnelle.

— C'est un peu comme un gambit final au shâh, Très-Puissant, ajouta Kamatsu. Une victoire écrasante permettrait au seigneur de guerre de prendre le contrôle du Grand Conseil, mais nous en prenons le risque pour pouvoir jouer notre coup final. Le front sera plongé dans le chaos à cause des préparatifs de l'offensive. C'est là que Kasumi et Laurie auront les meilleures chances de s'éclipser. Si le roi Rodric accepte, la Lumière du Ciel pourra apparaître devant le Grand Conseil avec une déclaration de paix. Ainsi, tout ce sur quoi se fondent le pouvoir et l'influence du seigneur de guerre tombera en poussière. En terme de shâh, nous exposons notre dernière pièce pour que notre empereur puisse mettre en échec un seigneur de guerre.

Milamber resta pensif un moment.

— Votre plan est des plus risqués, seigneur des Shinzawaï. Je respecterai ma parole et ne dirai rien. Laurie peut rester ici. (Il regarda l'intéressé.) Puissent les dieux de nos ancêtres te protéger et t'assurer le succès. Je prie pour que cette guerre puisse bientôt prendre fin. (Il se leva.) Si cela ne vous dérange pas, je vais me retirer. Je voudrais ramener ma femme et mon enfant chez moi, maintenant.

Kasumi se leva et s'inclina.

— J'aimerais ajouter une chose, Très-Puissant. (Ce dernier lui fit signe de continuer.) Il y a des années, quand vous m'avez demandé que Katala devienne votre épouse et que je vous ai répondu que votre requête serait refusée, je vous avais dit qu'il y avait de bonnes raisons à cela. Nous prévoyions de vous faire rentrer chez vous, vous aussi. J'imagine que vous le comprenez aujourd'hui. Notre peuple est dur, Très-Puissant, mais il n'est pas cruel.

— Cela m'est apparu dès que vous m'avez révélé votre plan. (Milamber regarda Laurie.) Pour celui que je suis devenu, cette terre est maintenant son foyer, mais il reste en moi quelque chose qui n'a pas changé et pour cette raison je t'envie de rentrer. Je chérirai ton souvenir, mon vieil ami.

Sur ces mots, le magicien quitta la pièce. Hors du grand bâtiment, il trouva Katala qui l'attendait dans un jardin en regardant jouer leur fils. Elle s'avança vers lui et ils s'embrassèrent, savourant leur douce union. Au bout d'un long moment, il lui dit :

— Viens, mon amour, ramenons notre fils à la maison.

Table

Résumé des événements précédents 15

1. L'esclave 19
2. Le manoir des Shinzawaï 51
3. Métamorphose 107
4. Initiation 153
5. Le voyage 205
6. Krondor 257
7. Évasion 293
8. Le Très-Puissant 341

Composition PCA - 44400 REZE

Imprimé par CAYFOSA QUEBECOR à Barcelone (Espagne)
Dépôt éditeur n° 79101
32.10.2339.3/01 – ISBN : 978-2-0132-2339-3
Loi n° 49-956 du 16 juillet 1949 sur les publications destinées à la jeunesse
Dépôt légal : février 2007